छायावाद का शताब्दी वर्ष एक पुनर्मूल्यांकन

छायावाद का शताब्दी वर्ष
एक पुनर्मूल्यांकन

डॉ. बलदेव पाण्डेय

प्रलेक प्रकाशन प्रा.लि.
Pralek Prakashan Pvt. Ltd.

प्रलेक प्रकाशन का लोगो विश्व प्रसिद्ध महान चित्रकार **मिकी पटेल** ने बनाया है।

ISBN : 978-81-947467-6-8 (Paper Back)

प्रकाशक

प्रलेक प्रकाशन प्रा.लि.

PRALEK PRAKASHAN PVT. LTD.

वितरक

JVP PUBLICATION PVT. LTD.
602, I-3 Global City,
Virar (west), Thane 401303, Maharashtra
Cell : 9833402902 / 7021263557
Email : pralek.prakashan@gmail.com
Website : www.pralekprakashan.com

पहला संस्करण : 2020

आवरण सज्जा एवं आवरण चित्र : सचिन राठौर

पुस्तक सज्जा : Jvp Publication Pvt. Ltd.

लेजर टाइप सेटिंग : आशीष कुमार पाठक

Chhayavad Ka Satabdi Varsh Ek Punarmulyakan

By Dr. Baldeo Pandey

छायावाद का शताब्दी वर्ष एक पुनर्मूल्यांकन

डॉ. बलदेव पांडेय

शिव–स्वरूप बाबूजी

श्री विश्वनाथ पाण्डेय जी को

सादर समर्पित

छाया का वाद बना तो तात्पर्य क्या है?

मुकुटधर पाण्डेय ने छायावाद को परिभाषित करते हुए 1920 ई. में जबलपुर से प्रकाशित पत्रिका 'श्रीशारदा' के तीन अंकों में लेख लिखा। लेकिन इसके पहले 'सरस्वती' पत्रिका में सुशीलकुमार छद्म नाम से महावीरप्रसाद द्विवेदी ने एक काल्पनिक बातचीत प्रस्तुत करते हुए छायावादी कविताओं की विशेषताओं को उद्घाटित करने का कार्य किया। इन सभी प्रसंगों का नामवर सिंह ने अपनी 'छायावाद' पुस्तक में उल्लेख किया है।

हिंदी के सभी विद्वानों की राय में छायावाद मूलत: स्वच्छंदतावादी प्रवृत्ति है और यह सही भी है। लेकिन मेरी राय में संपूर्ण आधुनिक साहित्य में ही स्वच्छंदतावादी प्रवृत्ति है। इस बात को ठीक से समझने के लिए हमें इस शब्द के असली अर्थ को उजागर करना चाहिए। अपनी इच्छा या पसंद से चलने वाला मनुष्य स्वच्छंद होता है। ऐसे लोग गतानुगतिक नहीं होते। ये लोग रूढ़िभंजक होते हैं। इनमें परंपरा से अधिक आधुनिकता का बोध होता है। स्वाधीनता के पक्षधर होने के कारण ऐसे लोग स्वतंत्रताकामी या आज़ादी के मतवाले होते हैं। इनमें कोई एक विचारधारा नहीं होती है। ये बने बनाए रास्ते पर कुछ दूर निकलकर फिर एक रास्ते पर चल निकलते हैं। ये वेद, शास्त्र और लोक किसी की अवहेलना नहीं करते। ये जीवन में प्रेम को सबसे अधिक महत्त्व देते हैं। मनुष्य को बाँटने या अलग करने की सांप्रदायिक सोच के ये पक्षधर नहीं होते हैं। सत्ता की चाटुकारिता से ये सदा दूर भागते रहते हैं। मानवीय मूल्यों एवं संवेदनशीलता से ये भरे-पूरे होते हैं। स्वच्छंदतावादी स्वचालित होते हैं। ये सतत् नित नूतनता का अवगाहन करते रहते हैं। ये विराट् और तुच्छ दोनों की साधना पर चलने वाले होते हैं। उपनिवेशवाद और सामंतवाद के खिलाफ संघर्ष करने वाले होते हैं। आत्म-गौरव के भाव से भरे हुए होते हैं। आत्माभिव्यक्ति इनकी पहचान है। भारतेंदु, बंकिमचंद्र, रवींद्र, महावीरप्रसाद द्विवेदी, मैथिलीशरण गुप्त, प्रेमचंद आदि में भी स्वच्छंदतावादी प्रवृत्ति विद्यमान रही है। छायावाद के चारो स्तंभ प्रसाद, निराला, पंत और महादेवी वर्मा में यह प्रवृत्ति और भी अधिक विकसित होती है।

तात्पर्य यह है कि हिंदी साहित्य में भारतेंदु युग में ही स्वच्छंदतावादी प्रवृत्ति पूरी तरह से गतिशील है। द्विवेदी युग में इसका विकास होता है और छायावाद में इसका चरम रूप दिखलाई देता है। छायावादोत्तर युग में भी यह गतिशील रहता है। केदारनाथ अग्रवाल की कविता 'वसंती हवा' इसका श्रेष्ठ उदाहरण है। बच्चन, दिनकर, अज्ञेय, नागार्जुन, शमशेर, भवानी, भारती से लेकर केदारनाथ सिंह तक में रोमांटिक मुद्रा दिखाई देती है।

लेकिन छाया का वाद बना तो इसका अर्थ क्या है? कुछ हिंदी के विद्वानों ने छायावाद को परिभाषित करते हुए कहा कि यह एक काव्यात्मक शैली है जिसमें अज्ञात या अज्ञेय के प्रति जिज्ञासा और प्राकृतिक विषयों के मानवीकरण की प्रवृत्ति होती है। नगेंद्र ने इसे स्थूल के प्रति सूक्ष्म के विद्रोह के रूप में जानने की कोशिश की। यह तो आज सर्वसम्मत रूप से स्थापित है कि छायावाद स्वच्छंदतावादी प्रवृत्ति है और छायावाद प्रभाववाद का ही अर्थ ध्वनित करता है। निराला ने लिखा—'दुख की छाया पड़ी हृदय पर/झट उमड़ वेदना आई!' यहाँ छाया का अर्थ स्पष्ट रूप में प्रभाव है। छाया मूर्त वस्तुओं की ही नहीं होती है, अमूर्त्त की भी होती है। प्रसाद ने 'लहर' कविता में 'भावुकता की परिछाई' का प्रयोग किया है। यहाँ इसका अर्थ है भावुकता का प्रभाव। छायावाद एक तरह की प्रभाववादी कविता है। इसे अंग्रेजी में 'इम्प्रेशनिज्म' कहा जाता है। चित्रकला से यह शब्द साहित्य में आया है। ऐसे रचनाकार किसी सिद्धांत या विचारधारा के सूत्र में बँधकर नहीं लिखते हैं। जैसा मन पर प्रभाव पड़ा वैसा ही लिखते हैं। स्वच्छंदतावादी प्रवृत्ति के भीतर प्रभाववादी प्रवृत्ति की सवसे सक्रिय भूमिका होती है। यह प्रवृत्ति सिर्फ कविताओं के भीतर ही नहीं होती है, बल्कि गद्य की विभिन्न विधाओं में भी होती है। रचनाकार जीवन, प्रकृति और अनेक विचारो से जहाँ भी प्रभावित होता है, वैसी ही रचता है। इसीलिए ऐसे रचनाकारों में विषय-वैविध्य होता है। अनेक तरह की जीवन स्थितियों, प्रकृति और रंगों के प्रति व्याकुलता से भरा हृदय इन रचनाकारों में दिखाई पड़ता है। अनेक तरह की विचारधाराओ से भी ये प्रभावित होते हैं। ये प्रेम को सबसे अधिक महत्त्व देते हैं। कभी जड़ता के शिकार नहीं होते। इनकी आत्मीयता से भरपूर रचना बहुत शीघ्र औरों के मन को छूने की कोशिश करती है। इनकी रचनाओं में नकार और स्वीकार दोनो तरह के स्वर रहते हैं।

छायावाद युग की कविताओं आत्मसात करने की कोशिश में हर पीढ़ी लगी रहती है। उसमें प्रेरणा के अनेक तत्त्व हैं। यह हिंदी कविता का उज्ज्वल धरोहर है। छायावाद अपनी स्थावना के सौ वर्ष पूरे कर रहा है। 'छायावाद का शताब्दी वर्ष एक पुनर्मूल्यांकन' पुस्तक के लेखक बलदेव पाण्डेय ने मेरे निर्देशन में 'महावीरप्रसाद द्विवेदी की आलोचना एवं उनके कवि-कर्म का मूल्यांकन' विषय पर शोध-कार्य किया है। इस पुस्तक में इन्होंने छायावादी काव्य के ऐतिहासिक महत्त्व की पड़ताल करते हुए बदले हुए सामाजिक सांस्कृतिक परिदृश्य में छायावादी कविताओं के पुनर्मूल्यांकन का कार्य किया है। छायावादी कवियों का प्रेम, प्रकृति और नारी इन तीनों के प्रति गहरा अनुराग था। कड़वी सच्चाई यह है कि पिछले सौ सालों में प्रकृति और नारी दोनों के आँचल तार-तार हुए हैं। प्रेम के उदात्त और भास्वर स्वरूप का प्रतिस्थापन दैहिक भोग में देखा जा रहा है। ऐसे में नई पीढ़ी के लिए छायावादी कविताओं का पुनर्पाठ जरूरी हो गया है। छायावाद के विषय में प्रचलित अतिरेकवादी अवधारणाओं से बचते हुए लेखक ने नवीन और मौलिक दृष्टि के साथ इन पर विचार किया है। इनकी आलोचनात्मक दृष्टि बिल्कुल

स्पष्ट और पैनी है। विश्वास है कि यह पुस्तक छात्र-छात्राओं के लिए छायावाद को नये सिरे से समझने में काफी सहायक सिद्ध होगी एवं छायावादी कविताओं के प्रति विशेष अनुराग रखने वाले पाठकों को काफी पसंद आएगी।

डॉ. भारत यायावर

यशवंत नगर, हज़ारीबाग
झारखण्ड

अपनी बात

हिंदी भाषा और साहित्य के विकास में हिंदी पत्रिका 'सरस्वती' की अत्यंत महत्त्वपूर्ण भूमिका रही है। 'सरस्वती' का प्रकाशन 1900 ई से शुरू हुआ। 1903 ई. में जब आचार्य महावीरप्रसाद द्विवेदी ने 'सरस्वती' पत्रिका के संपादन का दायित्व सँभाला तो हिंदी भाषा और साहित्य के निर्माण को एक नई गति मिली। उनके समकालीन स्वच्छंदतावादी कवि श्रीधर पाठक, रामनरेश त्रिपाठी, मुकुटधर पाण्डेय जैसे कवियों ने खड़ीबोली हिंदी में कविता लिखना शुरू कर दिया था, किंतु वे भी ब्रजभाषा के व्यमोह से अभी पूरी तरह मुक्त नहीं हो पाए थे। अपने संपादन के पहले साल से ही द्विवेदी जी ने काव्य-भाषा के रूप में खड़ीबोली हिंदी की पुरजोर वकालत शुरू कर दी। सदी के पहले दशक की समाप्ति तक अधिकांश कवियों में सहमति बन गई कि अब खड़ीबाली में ही कविता लिखी जाए। द्विवेदी जी के परम अनुयायी मैथिलीशरण गुप्त 1909 ई में 'रंग में भंग' के साथ हिंदी कविता-लेखन के क्षेत्र में अवतरित हुए और 1912 ई में 'भारत-भारती' लिखकर जनमानस पर छा गए। ऐसे ही दौर में काशी के जयशंकर प्रसाद अपनी नई पत्रिका 'इंदु' के साथ हिंदी में अवतरित हुए। उनमें कुछ नया रचने की लालसा थी। 1916 ई में सूर्यकांत त्रिपाठी निराला के द्वारा 'जुही की कली' जैसी नूतन कलेवर वाली कविता का लिखा जाना और यह चर्चा फैल जाना कि महावीरप्रसाद द्विवेदी जैसे दिग्गज संपादक के द्वारा इसे 'सरस्वती' से सखेद वापस कर दिया गया है, एक बड़ी साहित्यिक घटना बनी। वर्ष 1920 ई. तक प्रसाद एवं निराला को सुमित्रानंदन पंत जैसे प्रकृति के सुकुमार कवि का साथ मिला। एक 'वाद' के रूप में जबलपुर की पत्रिका श्रीशारदा में 'छायावाद' की चर्चा लगातार चार संस्करणों में हुई। इस चर्चा से साहित्यिक महकमें एक गर्माहट आई और आखिरकार हिंदी के विद्वानों के द्वारा छायावाद को स्वीकृति मिली। इस प्रकार हिंदी कविता के एक स्वर्णिम युग छायावाद का प्रादुर्भाव हुआ। छायावाद अपने सौ वर्ष पूरे कर रहा है।

छायावाद के साथ एक खास बात यह रही कि यदि पक्ष या विपक्ष की बात छोड़ दी जाय तो आचार्य महावीर प्रसाद द्विवेदी, आचार्य रामचंद्र शुक्ल, आचार्य नंददुलारे बाजपेयी, आचार्य हजारीप्रसाद द्विवेदी तथा डॉ. नगेंद्र से लेकर डॉ. नामवर सिंह तक ने इस पर जमकर लिखा। इन विद्वानों की समालोचना से इसका स्वरूप निखरता गया। इसके उद्भव से लेकर इसके स्वरूप तक के विषय में कई अतिरेकवादी बातें सामने आईं, कई तरह से इसे परिभाषित करने का प्रयास किया गया और यहाँ तक कहा गया कि छायावाद ने परिभाषाओं से अपना गला घोंट लिया है। 1936 ई. के आसपास

छायावाद के अवसान और प्रगतिवाद के प्रादुर्भाव के साथ नवल किशोर गौढ़ ने 'छायावाद की शव परीक्षा' लिखकर इस वाद का पटाक्षेप करने का प्रयास तो किया, परंतु ऐसा न हो सका। निःसंदेह डॉ. नामवर सिंह द्वारा लिखित 'छायावाद' पुस्तक काव्यांदोलन के उत्स से लेकर छायावाद के चारो प्रमुख कवियों पर चर्चा के लिहाज़ से एक संपूर्ण पुस्तक साबित हुई। डॉ. नामवर सिंह ने अपने पूर्ववर्ती सभी समालोचकों को सलीके से समेटने और निबटाने का काम किया था, किंतु साथ ही साथ वे परवर्ती जिज्ञासु छात्र-छात्राओं एवं शोधार्थियों के लिए छायावाद के सम्यक् अध्ययन के लिए एक विस्तृत 'कैनवास' दे गए। विश्वविद्यालयों में विशेष पत्र के रूप में छायावाद की पढ़ाई से लेकर नेट की परीक्षाओं के 'सिलेबस' के केंद्र में रहने के कारण हिंदी के किशोर छात्र-छात्राओं के लिए रुमानियत से भरा छायावाद अध्ययन का पसंदीदा विषय रहा। छायावाद ने हिंदी के छात्र-छात्राओं को जितना लुभाया उससे अधिक विद्वानों की व्याख्या ने उन्हें भरमाने का काम किया। मेरी यह कोशिश रही है कि छायावाद से जुड़ी सभी परीक्षोपयोगी अवधारणाओं और काव्य-प्रसंगों को स्पष्टतः रख सकूँ। अतिरेकवादी विचारधाराओं से बचते हुए मेरी कोशिश यह भी रही है कि अनपेक्षित विस्तार न देते हुए छायावाद, रहस्यवाद, स्वच्छंदतावाद जैसी अवधारणाओं के साम्य-वैषम्य को सरलीकृत करते हुए रखा जाय। दूसरी बात यह कि 'प्रेम', 'प्रकृति' और 'नारी'- पिछले सौ सालों में सबसे अधिक अवमूल्यन और दोहन इन्हीं का हुआ है। मेरे विचार से छायावादी कविताओं के माध्यम से एक बार फिर इन तीनों की महत्ता को समझाने की जरूरत है, वरना सृष्टि और संस्कृति के विनाश को रोक पाना संभव नहीं हो पाएगा। तीसरी बात यह कि प्रचंड भौतिकवाद की चपेट में आ चुकी 'हाई-पैकेज़' वाली इस नई पीढ़ी के लिए छायावाद का आनंदवाद, सर्वात्मवाद और औपनिषदिक चिंतन निश्चित रूप से प्रकाश-स्तंभ का काम कर सकता है, ऐसा मेरा विश्वास है।

इस पुस्तक में बड़े विद्वानों के उद्धरण कम और छायावादी कवियों की काव्य-पंक्तियाँ अधिक मिलेंगी। इसके पीछे दो-तीन प्रमुख कारण हैं—पहला यह कि नई पीढ़ी जो कि आजकल वाट्सएप एवं इंस्टाग्राम पर कुरुचिपूर्ण कविताओं में उलझी हुई हैं, उनका रुचि-परिष्कार हो। दूसरी बात, कविता के पढ़ने-पढ़ाने का संस्कार काव्य-पंक्तियों से बनता है न कि विद्वानों के उद्धरण से बनता है। हमारी पीढ़ी और हमसे भी पहले की पीढ़ी के साहित्यानुरागियों को हिंदी ही नहीं, अन्य भारतीय भाषाओं की सैकड़ों काव्य-पंक्तियाँ कंठस्थ हुआ करती थीं। हमारी पीढ़ी को जिन हिंदी शिक्षकों से संस्कारित होने का सौभाग्य पाप्त हुआ है, उनमें से अधिक बांग्ला साहित्य के मर्मज्ञ हुआ करते थे और हम उनके आवास पर जाकर घंटों उनसे रवि बाबू की कविताएँ सुना करते थे। पुस्तक में कई ऐसी काव्य-पंक्तियाँ हैं जो दो या दो से अधिक बार भी आई हैं, ऐसा प्रसंगवशात् हुआ है।

विद्वानों ने संपूर्ण छायावाद को 'स्वानुभूति की विवृत्ति' के रूप में देखा है। यह पुस्तक भी मेरे लिए 'स्व' की अभिव्यक्ति की दृष्टि से जरूरी थी, किंतु इस पुस्तक की रचना का मूल उद्देश्य छात्र-हिताय ही है। निजी तौर पर मेरे लिए यह सौभाग्य का विषय रहा कि मेरा किशोरवय झारखंड के एक ऐसे कस्बे में बीता जो पूरे प्रदेश ही नहीं, देश के अन्य कोने के लोगों को अपने सुंदर जल-प्रपातों और हरी-भरी उपत्यकाओं के सौंदर्य से लुभाता रहा है। पंत जी से शब्द उधार लेते हुए कहना चाहूँगा कि मैं घंटों इन झरनों की सुंदरता को निहारता रहता और छायावादी कविताएँ मेरे भीतर कुछ रचने-गढ़ने का काम करती रहतीं। विशेष-पत्र के रूप में बी.ए. 'प्रतिष्ठा' की पढ़ाई के क्रम में छायावादी कविताओं से रू-ब-रू होते हुए मेरी किशोर-चेतना इन कविताओं के साथ तदाकार होती चलीं गईं। दैव कृपा से उन दिनों मुझे प्रोफेसर अरविंद झा जैसे छायावादी कविताओं के मर्मज्ञ गुरु मिल गए। कविताओं के प्रति अनुराग तो प्रगाढ़ हुआ, किंतु समझदारी विकसित हुई कुछ ऐसे मित्रों के साहचर्य से जो मेरी तरह ही छायावादी कविताओं के दीवाने थे।

मेरी रचनाशीलता के प्रेरणास्त्रोत देश के ख्यातिप्राप्त रसायनशास्त्री एवं राँची विश्वविद्यालय के पूर्व विभागाध्यक्ष डॉ. जी.डी. मिश्रा मेरे आदर्श रहे हैं। मैं उनसे हमेशा कहा करता था कि रस और रसायन का रिश्ता बड़े करीब का रहा है। यही कारण था कि मैं उनका आत्मीय बना रहा और वे मुझे उत्साहित करते रहे। मेरे संस्थान डीएवी पब्लिक स्कूल झारखंड जोन डी की ए.आर.आ. डॉ. उर्मिला सिंह एवं राष्ट्रपति पुरस्कार से सम्मानित मेरे प्राचार्य अशोक कुमार हमेशा शिक्षण-संबंधी नई चुनौतियों एवं दायित्व-निर्वहन के लिए मेरा चयन करते रहे और मुझमें निखार आता गया। डीएवी प्रबंधन एवं सीबीएसई की ओर से बतौर संसाधक दर्जनों कार्यशालाओं के संचालन ने जहाँ मेरे आत्म-विश्वास को द्विगुणित किया वहीं कविता के रसास्वादन, भावार्थ-निरूपण एवं सौंदर्य-विश्लेषण की क्षमता को सरलतर ढंग से छात्र-छात्राओं तक कैसे पहुँचाया जा सकता है, इन सबका अनुभव मुझे सैकड़ों शिक्षकों के साहचर्य-लाभ से हुआ। निश्चित रूप से लेखन की सरलता में ये चीजें बड़ी सहायक बनीं। वर्ष 2015 ई के बाद एक बार पुनः मेरे लेखन को गति देने में सीआरपीएफ के कमांडिंग ऑफिसर श्री मुन्ना कुमार सिंह के उत्साहवर्द्धन एवं गुरुवर डॉ. भारत यायावर के मार्गदर्शन की अहं भूमिका को मैं विस्मृत नहीं कर सकता। मैंने डीएवी के मंच के लिए सौ से अधिक नाटक लिखे, मेरे बच्चों ने दर्जनों पुरस्कार जीते। मेरे स्कूल का मंच मेरे सृजन और कला-सुलभ सम्मान का आधार रहा। मैं हृदय से आभारी हूँ अपने मित्रद्वय एवं सहपाठी डॉ. कृष्णकुमार गुप्ता तथा सुबोधसिंह 'शिवगीत', हिंदी-प्राध्यापक, पी.जी. सेंटर विनोबा भावे विश्वविद्यालय हजारीबाग का, जिनके साथ निरंतर चलने वाली अंतहीन काव्यचर्चा का भरपूर लाभ मुझे प्राप्त हुआ। मेरे अनुज डॉ. सुनील कुमार दुबे, हिंदी-प्राध्यापक संत कोलंबा महाविद्यालय हजारीबाग, का टोक-टाक बड़ा काम आया जिसके

कारण मेरे जैसा आरामतलब आदमी यह श्रमसाध्य कार्य कर सका। अंततः अपनी जीवनसंगिनी अनुभा, तकनीकी सहयेगी राजीव रंजन मिश्र, बच्चे शुभम और सुयश के प्रति असीम स्नेह अर्पित करता हूँ। मर्मज्ञ कहानीकार भैया विवेक प्रियदर्शी, कवयित्री पूनम सिन्हा, नवल किशोर मिश्र एवं समानधर्मा भाई नीलोत्पल रमेश के प्रति आभार प्रकट करना भावात्मक स्तर पर मेरे लिए एक जरूरी काम होगा।

छायावादी कवि आशा और विश्वास के पथ के अनोखे पथिक थे। आशा है कि छायावाद के गहन दर्शन, उसकी गौरवमयी काव्य-परंपरा एवं छायावाद के अनूठे शिल्प-सौंदर्य को समझने में यह पुस्तक अवश्य ही रचनात्मक सहयोग प्रदान करेगी। मेरा विश्वास है कि छायावादी कविताओं के आलोक में प्रकृति और नारी दोनों अपने दिव्य सौंदर्य से आलोकित होंगी तथा समरसता का सिद्धांत हर प्रकार की सामाजिक कटुता को खत्म करने में सहायक सिद्ध होगा।

डॉ. बलदेव पाण्डेय

रामनगर, हज़ारीबाग
दिनांक—01-08-202

अनुक्रमणिका

छायावाद : शताब्दी वर्ष

आधुनिक हिंदी कविता के विकास में छायावाद युग एक गौरवमय पड़ाव रहा है, इसे हिंदी कविता के सभी सुधीजन एक स्वर में स्वीकारते रहे हैं। यह युग इस वर्ष के 2020 ई. के उत्तरार्द्ध में अपने सौ वर्ष पूरे कर रहा है। यहाँ सहज ही यह प्रश्न उठ खड़ा होता है कि जब 1916 ई. के आसपास ही छायावादी काव्य की मूल प्रवृत्तियाँ उभरकर सामने आने लगी थीं, तो ऐसे में छायावाद के शताब्दी वर्ष को 2020 ई. तक खींचकर ले जाना कहाँ तक समीचीन होगा? इस विषय में दो बातें कही जा सकती है— पहली बात यह कि जब पहले से ही द्विवेदी युग का सीमा निर्धारण 1900 ई. से 1920 ई. तक तय किया जा चुका है और यह सर्वमान्य भी है, तो स्वाभाविक है कि छायावाद का आरंभिक वर्ष 1920 ई. से ही माना जाएगा। दूसरी बात यह कि 1920 ई. के आसपास की पत्र-पत्रिकाओं के अध्ययन से यह पता चलता है कि 'छायावाद' शब्द भले ही पूर्व में प्रचलन में आ गया था किंतु एक 'वाद' के रूप में 'छायावाद' शब्द का प्रयोग पहली बार मुकुटधर पाण्डेय के द्वारा वर्ष 1920 ई. में ही किया गया।

1920 ई. के जुलाई, सितंबर, नवंबर और दिसंबर की श्रीशारदा (जबलपुर) में 'हिंदी में छायावाद' शीर्षक नाम से चार लेखों की लेखमाला छपवायी गई थी। लेखमाला के पहले निबंध 'कवि स्वातंत्र्य' में मुकुटधर पाण्डेय ने रीति ग्रंथों की परतंत्रता से मुक्त होकर कविता में व्यक्तित्व तथा भाव, भाषा, छंद-प्रकाशन, रीति आदि पर मौलिकता की आवश्यकता पर ज़ोर दिया गया है। दूसरे निबंध 'छायावाद क्या है'? प्रश्न पर विचार किया गया है। उन्होंने कहा कि बंग-साहित्य की वर्तमान स्थिति की थोड़ी भी जानकारी रखने वाले तो सुनते ही समझ जाएँगे कि यह शब्द 'मिस्टीसिज्म' के लिए आया है। बंगाल के इसाई संतों का प्रभाव ब्रह्म समाजी रवींद्रनाथ टैगोर पर और टैगोर की कविताओं का प्रभाव हिंदी के कुछ युवा कवियों पर पड़ा, जिसके कारण इस प्रकार की कविताएँ लिखी जाने लगीं।

मुकुटधर पाण्डेय ने छायावादी कविताओं के मूल में 'आत्मनिष्ठ अंतर्दृष्टि' को रखा। छायावाद में प्रकृति का उपयोग प्राय: प्रतीक रूप में होता है, इस तथ्य की ओर संकेत करते हुए मुकुटधर पाण्डेय कहते हैं— "प्राकृतिक दृश्य और घटनाएँ सांकेतिक रूप से अदृश्य तथा अव्यक्त के प्रकाशन में सहायता पहुँचाती हैं।" इस प्रकार स्पष्ट है कि अपने आरंभिक दौर में छायावादी कविताओं में भले ही प्रकृति के माध्यम से अव्यक्त सत्ता के प्रति जिज्ञासा एवं आत्म-निवेदन की भावनाओं की प्रधानता थी, किंतु एक 'वाद' के रूप में छायावाद कई विवादों के साथ ही सही, 1920 ई. में स्वयं को स्थापित कर चुका था।

यह सही है कि छायावाद अपने जन्म के साथ ही कई सवालों के साथ घिर गया। उनमें 'अस्पष्टता' का सवाल सर्वोपरि रहा। पहली बार सुशील कुमार ने छायावाद की 'अस्पष्टता' की ओर इशारा करते हुए संभवत: व्यंग्य में कहा कि कविता न होकर उसकी छायामात्र है। सुशील कुमार ने इसके विरोध स्वरूप एक सिरीज शुरू कर दिया। सुशीला कुमारी, हरिकिशोर, चित्रकार पामनरेश जोशी एवं सुमित्रानंदन पंत ने इस बहस में भाग लिया था। वस्तुत: आचार्य महावीर प्रसाद द्विवेदी ही सुशील कुमार छद्म के नाम से यह अभियान चला रहे थे।

छायावाद के प्रति यह विरोध साल दो साल में थमने वाला नहीं था। आचार्य महावीरप्रसाद द्विवेदी अभी तक हिंदी की सबसे लोकप्रिय और प्रभावशाली प्रत्रिका 'सरस्वती' के संपादक थे। आचार्य महावीरप्रसाद द्विवेदी ने 'सरस्वती' के मई 1927 ई. वाले अंक में 'आजकल के हिंदी कवि और कविता' में रवींद्रनाथ की कविताओं में तो मिस्टीसिज्म' वाली बात मान ली, किंतु हिंदी कवियों की कविताओं में 'रहस्यात्मकता' को उन्होंने एक सिरे से इंकार कर दिया। द्विवेदी जी ने छायावाद का अर्थ 'अन्योक्ति-पद्धति' से लिया। वे कहते हैं कि— ''छायावाद से लोगों का क्या मतलब है, कुछ समझ में नहीं आता है। शायद उनका मतलब है कि किसी कविता के भावों की छाया यदि कहीं अन्यत्र जाकर पड़े तो उसे छायावादी कविता कहना चाहिए।'' यहाँ स्पष्ट कर देना अपेक्षित होगा कि द्विवेदी जी का विरोध संपूर्ण छायावाद से न होकर उसकी पतनशील प्रवृत्तियों से था। उन्होंने उनके नवजागरण वाले स्वर की सराहना की थी।

हिंदी के प्रसिद्ध आलोचक आचार्य रामचंद्र शुक्ल ने छायावाद को इसाई संतों द्वारा लिखे गए आध्यत्मिक गीतों में प्रयुक्त 'फैंटसमैटा' शब्द से जोड़कर देखा। उन्होंने छायावादी कविताओं में औपनिषदिक चिंतन की छाप देखी और बीच की कड़ी के रूप में ब्रह्म समाज और बांग्ला की कविताओं को स्वीकार कर लिया। शुक्ल जी के अनुसार बांग्ला में ऐसी कविताओं को छायावादी कविता कहा जाता है। इस प्रकार शुक्ल जी के अनुसार वस्तु के स्तर पर छायावाद एवं रहस्यवाद में भिन्नता नहीं थी। आचार्य हज़ारीप्रसाद द्विवेदी ने इस भ्रामक धारणा का खण्डन करते हुए कहा कि छायावाद नाम बांग्ला कविताओं में कभी प्रचलन में रहा ही नहीं। जिस प्रकार आचार्य महावीरप्रसाद द्विवेदी ने छायावाद को एक अन्योक्ति-पद्धति के रूप में देखा, उसी प्रकार शुक्ल जी ने छायावाद को एक शैली विशेष के रूप में ही स्वीकार किया, जिसमें कई प्रकार की शैलियों का समावेश है। शुक्ल जी ने छायावाद की केवल आध्यात्मिक कविताओं को ही अपने दृष्टि-पथ में रखा, इसलिए रहस्यवाद को छायावाद के विषयवस्तु के रूप में स्वीकार कर लिया।

आचार्य नंददुलारे बाजपेयी का छायावाद भी आध्यात्मिक ही है, किंतु वे मानते हैं कि छायावाद में पल्लवित-पुष्पित होने वाले अध्यात्म का परंपरा से कोई संबंध नहीं था। वे 'हिंदी साहित्य : बीसवीं शताब्दी' नामक पुस्तक में लिखते हैं— ''मानव अथवा

प्रकृति के सूक्ष्म किंतु व्यक्त सौंदर्य में आध्यात्मिक छाया का भान मेरे विचार से छायावाद की एक सर्वमान्य व्याख्या हो सकती है। बाजपेयी की आध्यात्मिक छाया, शुक्ल जी का फैंटसमैटा' अथवा छायाभास ही छायावाद है। नंददुलारे बाजपेयी इस बात को स्पष्ट करते हुए कहते हैं कि छायावाद की आध्यात्मिकता परंपरा से हटकर इस मामले में है कि उसमें धार्मिक स्थूलता नहीं है। नंददुलारे बाजपेयी ने पहली बार छायावाद की व्याख्या एक नूतन सौंदर्यबोध के साथ की जिसके कारण उन्हें सौष्ठववादी या सौंदर्यवादी आलोचक भी कहा गया। वस्तुतः डॉ. नगेंद्र भी जब छायावाद को स्थूल के प्रति सूक्ष्म का विद्रोह कहते हैं तो उनका अभिप्रेत भी छायावाद के सूक्ष्म एवं अभिनव शिल्प की प्रशंसा करना था। सुशीलकुमार की 'अस्पष्टता', मुकुटधर की आध्यात्मिकता, आचार्य द्विवेदी जी का रहस्य, शुक्ल जी का आध्यात्मिक छायाभास, बाजपेयी जी का आध्यात्मिक छायाभान, नगेंद्र का स्थूल के प्रति सूक्ष्म का विद्रोह सब एक से ही चिंतन क्रम में हैं।

आचार्य रामचंद्र शुक्ल ने अंग्रेज़ी के 'रोमैंटीसिज्म' शब्द का हिंदी रूपांतरण स्वच्छंदतावाद के रूप में किया और श्रीधर पाठक, मुकुटधर पाण्डेय और रामनरेश त्रिपाठी को स्वच्छंदतावादी कवि कहा किंतु प्रसाद, निराला, पंत और महादेवी को इसके अंतर्गत नहीं रखा। रहस्यवाद अज्ञात की जिज्ञासा है तो छायावाद चित्रण की सूक्षमता और स्वच्छंदतावाद प्राचीन रूढ़ियों से मुक्ति की आकांक्षा है। छायावादी युग की कई कविताओं में एक साथ रहस्यवाद, छायावाद एवं स्वच्छंदतावाद तीनों के गुण विद्यमान हैं, उदाहरण के लिए पंत जी की 'मौन-निमंत्रण' कविता देखी जा सकती है। इस प्रकार छायावाद का दायरा अधिक विस्तृत है। यों तो रामनरेश त्रिपाठी ने छायवाद को हिंदी कविता का सहज विकास कहा था पर दूसरी ओर सियारामशरण गुप्त का मत था— ''गीतांजलि की व्यापक प्रसिद्धि ने हिंदी में प्रबुद्ध नवोदित कवियों को नई प्रेरणा दी और इसका फल हिंदी कविता की इस नई धारा का विकास है।'' आलोचक श्री प्रभाकर माचवे भी यह स्वीकारते हैं कि—''रवींद्रनाथ और अंग्रेंजी कवियों विशेषतः रोमांटिक कवियों की छाया इस नवोत्थान पर थी।'' श्री विनयमोहन शर्मा ने छायावाद को रहस्यवाद के रूप में ग्रहण किया। आचार्य शुक्ल की तरह ये भी मानते हैं कि इसाई संतों के छायाभास और यूरोप के काव्य क्षेत्र में प्रचलित समस्त शैलियों के विद्रोह के रूप में ही छायावाद का आविर्भाव हुआ था जो कि एक प्रकार से आध्यत्मिक प्रतीकवाद का अनुकरण था। आचार्य विश्वनाथ प्रसाद मिश्र भी यह मानते हैं कि ''छायावाद पूर्व प्रचलित समस्त शैलियों के विद्रोह के रूप में सामने आया था।'' प्रसिद्ध हिंदी कवि रामधारी सिंह दिनकर ने छायावाद को वैयक्तिकता के उद्दाम विस्फोट के रूप में देखा। वैयक्तिकता से तात्पर्य वर्णित वस्तु एवं कविता के शिल्प पर कवि-व्यक्तित्व की स्पष्ट छाप से था।

पहली बार डॉ. नामवर सिंह ने 'छायावाद' नाम से एक स्वतंत्र पुस्तक की रचना करते हुए उस पर समग्रता से विचार किया। उन्हीं के शब्दों में— ''छायवाद उस राष्ट्रीय

जागरण की काव्यात्मक अभिव्यक्ति है जो एक ओर पुरानी रूढ़ियों से मुक्ति चाहता था और दूसरी ओर विदेशी पराधीनता से।'' नामवर जी के अनुसार छायावाद की मूल प्रेरणा भाव-प्रबलता से प्रेरित स्वच्छंद कल्पना है। वे व्यक्ति की स्वाधीन चेतना एवं उसके विस्तार को ही छायावाद के रूप में देखते हैं। छायावादी कविताओं में समकालीन सामाजिक एवं राजनीतिक घटनाओं का तथ्यात्मक एवं स्थूल चित्रण न होकर छाया चित्रण ही हुआ है, अतः यह नाम इस स्तर पर तो सार्थक प्रतीत होता है। 'छायावाद' शब्द का अर्थ चाहे जो हो किंतु व्यावहारिक दृष्टि से यह प्रसाद, निराला, पंत एवं महादेवी सहित उन समस्त छायावादी कवियों की कविताओ का द्योतक है जो 1920 ई. से 1936 ई. के बीच लिखी गईं। इस लिहाज़ से 1920 ई. को छायावाद के शताब्दी वर्ष पर इन महान् रचनाकारों को याद करते हुए इनकी कविताओं का पुनर्मूल्यांकन निश्चित रूप से हिंदी कविता एवं हिंदी के पाठकों के लिए एक ज़रूरी काम माना जाना चाहिए।

❖

छायावाद : सीमांकन एवं स्वरूप-विवेचन

छायावाद के सीमांकन पर विचार करते हुए सबसे पहले हमारा ध्यान छायावाद के अग्रज कवि के रूप में प्रतिष्ठित जयशंकर प्रसाद जी की रचनाओं पर जाता है। प्रसाद जी ने 1909 ई. के आसपास से 'इंदु' पत्रिका का प्रकाशन शुरू कर दिया था। यह भी सही है कि इनकी आरंभिक रचनाएँ 'कलाधर' नाम से छपती थी और उन पर ब्रजभाषा की स्पष्ट छाप थी। प्रसाद जी का पहला काव्य-संकलन 'चित्राधार' नाम से 1918 ई. में छपा। इस रचना में 'वन-मिलन', 'अयोध्या का उद्धार' और 'प्रेमराज्य'—तीन कथामूलक कविताओं के अतिरिक्त प्रकृति-चित्रण एवं प्रेमाभिव्यक्ति से संबंधित कविताएँ हैं। इन कविताओं में स्वानुभूति का प्रसार, सामाजिक धार्मिक रूढ़ियों के प्रति विद्रोह, वैयक्तिक प्रेम की अकुंठ अभिव्यक्ति जैसी प्रवृत्तियाँ उभरकर सामने आई हैं। इसके अलावे निराला की जूही की कली 1916 ई. एवं पंत के 'पल्लव' की कुछ रचनाओं के प्रकाशन के साथ ही से पुरानी काव्य-पद्धति को छोड़कर नई काव्य-पद्धति वाली कविताओं के संकेत मिलने लगे थे। ऐसी स्थिति में यदि एक वाद के रूप में छायावाद का सीमांकन 1920 ई. से से मान लिया जाय तो तो यह तर्कसंगत प्रतीत होता है। दूसरी ओर 1935 ई. में 'कामायनी' के प्रकाशन के साथ ही छायावादी काव्य चेतना वाली कविताओं का पूर्ण प्रकाशन भाव एवं शिल्प दोनों स्तर पर दिख जाता है। 1936 ई. में पंत के 'युगांत' के प्रकाशन के साथ प्रगतिवादी युग के आगमन के संकेत मिलते हैं और 'युगवाणी' में नवयुग को वाणी मिलती है। 1938 ई. में निराला की प्रकाशित 'अनामिका' में अनेक ऐसी रचनाएँ हैं जो छायावादी संसार से आगे बढ़कर एक नए ठोस यथार्थ के निकट आने का प्रयास कर रह रही थीं। अत: एक युग के रूप में छायावाद की अवधि 1920 ई. से 1936 ई. के बीच मानी जानी चाहिए। छायावाद की सीमा-रेखा को 1936 ई. तक ही माने जाने का एक आधार यह भी है कि 1936 ई. में 'भारत में प्रगतिशील लेखक संघ' का प्रथम अधिवेशन आयोजित हुआ था जिसकी अध्यक्षता प्रेमचंद ने की थी। निश्चित तौर पर हिंदी साहित्य के इतिहास में यह एक युगांतकारी घटना थी। ऐसे में 1936 ई. को छायावाद और प्रगतिवाद के बीच विभाजक वर्ष के रूप में स्वीकार कर लिया जाना चाहिए।

छायावादी कविताओं के साथ एक रोचक तथ्य यह भी है कि परिमाण में छायावादी पद्धति की रचनाएँ राष्ट्रीय सांस्कृतिक धारा की कविताओं से कम हैं। किंतु छायावादी कविताओं के आधार पर नामकरण के पीछे कई तर्क दिए जा सकते हैं— अनुभूति की तीव्रता और अभिव्यंजना-शिल्प के स्तर पर छायावादी कविताओं में कलात्मक समृद्धि

अधिक देखी गईं। छायावादी कविताओं में गहरी सांस्कृतिक निष्ठा पाई गईं। उसकी आध्यात्मिक एवं वैचारिक जड़ें बहुत अंदर तक धँसी हुई थीं और बहुत मज़बूत थीं। छायावादी काव्य ही परवर्ती काव्य के लिए प्रतिस्पर्धा और प्रतिक्रिया का कारण बना। इस युग के उच्चतम आदर्शो को 'कामायनी' मे ही अभिव्यक्ति मिली। युग-बोध की अभिव्यक्ति आधुनिक काल का निजी वैशिष्ट्य रहा। भारतेंदु में यह युग-बोध 'आवहु सब मिली के रोवहुँ भारत भाई' और 'कहाँ करुनानिधि केसव सोए' में अभिव्यक्त हुआ है। द्विवेदी-युग में 'इस भूतल को ही स्वर्ग बनाने आया' में इसकी अभिव्यक्ति हुई है। छायावाद तक आते-आते कविता में परिवर्तन यह हुआ कि द्विवेदी युग की इतिवृत्तात्मकता के स्थान पर छायावाद में अंतर्जगत का चित्रण प्रमुख बना और स्थूल एवं सरल पदावली के स्थान पर उपचार-वक्रता, प्रतीकात्मकता, सांकेतिकता की प्रधानता दिखलाई पड़ने लगी। जहाँ तक युग-बोध की बात है तो निराला जैसे कवियों में यह युग-बोध 'पश्चिम की उक्ति नहीं, गीता है गीता है' तथा प्रसाद में आनंदवाद के सामरस्य में हुआ है।

छायावाद युग भारत के लिए अस्मिता की खोज का युग था। यह खोज प्रसाद के नाटकों में भी ज़ारी दिखती है। अस्मिता की खोज के प्रेरक-स्त्रोत थे— सांस्कृतिक पुनर्जागरण के वृहत्त्रयी। छायावादी कवियों पर राजा राममोहन राय के सुधारवाद, स्वामी दयांनद सरस्वती की वैदिक संस्कृति के प्रति गहन् निष्ठा और विवेकानंद के औपनिषदिक चिंतन का गहरा असर था। छायावाद में द्विवेदीयुगीन इतिवृत्तात्मकता और स्थूलता के प्रति विद्रोह के साथ-साथ सड़ी-गली सामाजिक रूढ़ियों, धार्मिक पाखंडों के अलावे मूल रूप से राजनीतिक दासता के प्रति विद्रोह का भाव मिलता है। छायावादी कविताओं में एक साथ स्वाधीनता की चेतना, प्रणय की मादकता एवं सांस्कृतिक पुनर्जागरण का स्वर सब कुछ मिल जाता है। छायावादी कविताओं के साथ ख़ास बात यह रही कि वेदना के स्वर की उपस्थिति के बावजूद भी कहीं नैराश्य का स्वर सामूहिक चेतना पर हावी नहीं हुआ।

(क) छायावाद : कितना स्थूल कितना सूक्ष्म— छायावाद को द्विवेदीयुगीन काव्य से अलग करते हुए यह कहा जाता है कि इनके विषयवस्तु इतिवृत्तात्मक अथवा स्थूल नहीं हैं। इसे पूरी तरह सत्य नहीं माना जा सकता। छायावादी कवियों में प्रसाद और निराला ने रामायण, महाभारत, इतिहास और पुराणों से कई विषय उठाए हैं। प्रसाद जी के मनु और श्रद्धा वैदिक साहित्य के पात्र हैं। उन्होंने 'महाराणा का महत्त्व', 'अयोध्या का उद्धार, 'प्रेमराज्य' 'पेशोला की प्रतिध्वनि', 'शेरसिंह का शस्त्र समर्पण' जैसे कई ऐतिहासिक चरित्रों को अपनी कविताओं में अभिव्यक्ति का माध्यम बनाया है। निराला की 'राम की शक्तिपूजा' और 'तुलसीदास', 'महाराणा का महत्त्व' जैसी रचना का एक ठोस वितान ज़रूर है जिसकी संरचना में कवि ने पौराणिक ग्रंथों से प्रेरणा ग्रहण की है। इसी प्रकार 'चित्रकूट', 'पंचवटी' जैसे कई तीर्थ स्थल भी भावाभिव्यक्ति के आधार

बने हैं। यदि महावीरप्रसाद द्विवेदी के शब्दों में उपदेशात्मकता का मतलब राष्ट्रीयता की भावनाओं का संचार करना है तो इस मामले में छायावादी कवि पीछे नहीं रहे है। प्रसाद के नाटकों प्रयाण गीत हों या निराला के सांस्कृतिक जगारण वाले प्रगीत हों, हर जगह देश–जागरण का यह मुखर स्वर सुना जा सकता है। इन सभी के लिए छायावादी कवियों ने ऐतिहासिक पात्रों, प्रसंगों एवं ऐतिहसिक गौरव को समेटेने वाले भू-खंडो का बख़ूबी इस्तेमाल छायावादी कवियों के द्वारा हुआ है।

पहली बार डॉ. नगेंद्र ने छायावाद को परिभाषित करते हुए कहा— "छायावाद स्थूल के प्रति सूक्ष्म का विद्रोह है।" स्पष्ट है कि ऐसा कहने की वजह छायावादी काव्य में निहित कल्पनाशीलता, लाक्षणिकता और स्वानुभूभूति की प्रधानता जैसी प्रवृत्तियाँ रही होंगीं। डॉ. नामवर सिंह ने भी इसी ओर संकेत करते हुए कहा— "छायावाद का ध्यान वस्तु के बाह्याकार की अपेक्षा या तो उसमें निहित भावों की ओर गया या उसकी सूक्ष्म छाया की ओर। इसी प्रकार प्रकृति अनादि काल से कविता में मौजूद रही किंतु वर्णनात्मकता के अंतर्गत वहाँ पेड़–पौधे, जीव–जंतुओं के नाम भर गिनवा दिए जाते थे या फिर उनकी स्थूलाकृति प्रदान कर संतुष्ट हो जाया करते थे। कविता के इतिहास में पहली बार छायावादी कवियों ने ही प्रकृति के अंतःस्पंदन को महसूस करते हुए उसका सूक्ष्म अंकन किया। यही इनकी सबसे बड़ी खासियत रही।

छायावाद के पूर्व रीतिकालीन कवियों का सौंदर्य–बोध अत्यंत उथला और माँसल था। वहाँ श्रृंगार–वर्णन के नाम पर नख–शिख वर्णन से अधिक कुछ नहीं था। दूसरी ओर द्विवेदीयुगीन काव्य में अतिशय नैतिकता के दबाव में नारी सफ़ेद साड़ी वाली सेविका बन कर रह गई। पूर्ववर्ती युग के कवि नारी के जिन भौंहों को 'कमान' समझते थे, निराला ने उन्हीं 'करुण भौंहों में आकाश के दर्शन किए। यही नहीं, निराला ने अपनी बेटी सरोज के वयःसंधि का जो वर्णन किया, उसमें वात्सल्य के समावेश से वह विश्व–स्तरीय और अनूठा बन गया। ऋतुराज वसंत हर युग के कवियों को प्रिय रहे किंतु वसंत के अग्रदूत बनकर निराला ही उभरे। बांग्ला में रवींद्र यदि 'समुद्र के कवि' बने तो हिंदी में निराला 'बादल के कवि' बने। महादेवी जी ने अपने जीवन को जलजात से रूपायित किया तो पंत जी ने ही प्रथम रश्मि के आगमन को पहचाना।

कहा जा सकता है कि छायावाद के पूर्व के कवियों ने सृष्टि की व्यापकता और अनेकरूपता को समेटने की कोशिश तो की, किंतु पहली बार छायावादी कवियों ने मनोजगत् की गहराई को वाणी देने की कोशिश की। मनोजगत् के सूक्ष्म सत्य को छायावादी कवियों ने अपनी उर्वर कल्पना–शक्ति के सहारे इंद्रधनुषी सतरंगीपन के साथ पेश किया। आचार्य हज़ारीप्रसाद द्विवेदी भी यह मानते है कि छायावाद के पूर्ववर्ती काल में कविता में विषयवस्तु की प्रधनता रही। छायावादी कवियों ने कविता को निजी राग–विराग के रंग में रंग दिया। कविता में विषय की प्रधानता के स्थान पर कवि की दृष्टि प्रधान हो गई। इस क्रम में 'मैं शैली' अपनाते हुए छायावादी कवियों ने मामूली से मामूली

विषय को भी अपने चित्त के रंग से अनुरंजित करते हुए उसे अत्यंत विशिष्ट बना दिया। द्विवेदीयुगीन कविता जो कि विषयनिष्ठ हुआ करती थी, छायावादी युग में आकर बिल्कुल आत्मनिष्ठ हो गई। इसी प्रकार कवियों ने कविता की वर्णनात्मकता और अभिधा की स्थूलता का परित्याग करते हुए सांकेतिकता और प्रतीकात्मकता से भरी लक्षणा एवं व्यंजना शब्दशक्ति वाली ध्वनि-प्रधान काव्य रचने में अपनी पूरी प्रतिभा लगा दी। यही कारण था कि छायावाद के विरोधी भी इसकी उपचार-वक्रता और विशेषण-विपर्यय वाली सूक्ष्मता से भरी काव्य-शैली की प्रशंसा किए बिना नहीं रह सके। इसमें दो राय नहीं कि रचनात्मक स्तर पर युवा छायावादी कवियों का स्थूलता के प्रति सूक्ष्मता का चलाया गया काव्यांदोलन पूरी तरह सफल रहा था।

(ख) छायावाद और रहस्यवाद— छायावादी काल के आरंभिक दौर में आचार्य रामचंद्र शुक्ल ने 'छाया' शब्द को अंग्रेज़ी के फैंटसमैटा से जोड़ने का प्रयास किया जिसका संबंध इसाई समाज में गाए जाने वाले परमात्मा के प्रणय गीतों से था। शुक्ल जी ने छायावाद का अर्थ निर्धारण दो स्तर पर किया— सीमित अर्थ में यह एक शैली मात्र है जिसमें लाक्षणिक मूर्तिमत्ता, प्रतीक विधान, विरोध चमत्कार, विशेषण विपर्यय, मानवीकरण, अन्योक्ति विधान आदि पर बल रहता है। व्यापक अर्थ में उन्होंने रहस्यवाद को भी छायावाद में समेट लिया।

छायावाद से अलग हटकर रहस्यवादी काव्यधारा का स्वतंत्र विकास हुआ, इस धारा की अपनी सुदृढ़ दार्शनिक पृष्ठभूमि है। रहस्यवाद और छायावाद की कविताओं में हम निम्न स्तर पर भिन्नता प्रतिपादित कर सकते हैं— रहस्यवादी भावना का आलंबन जहाँ अमूर्त निराकार ब्रह्म है वहीं छायावाद का विषय लौकिक ही होता है। रहस्यवाद की तुलना में छायावाद का क्षेत्र अपेक्षाकृत व्यापक है इसके अंतर्गत सामाजिक चेतना की कविताओं के साथ-साथ सांस्कृतिक जागरण वाली सभी कविताएँ स्वतः समाहित हो जाती हैं। यद्यपि प्रसाद ने रहस्यवाद को अध्यात्मवाद और विशेष कर शैव दर्शन से जोड़ने का प्रयास किया है, किंतु यह व्याख्या सर्वमान्य नहीं हो सकी।

(ग) छायावाद और स्वच्छंदतावाद—आचार्य रामचंद्र शुक्ल छायावाद और स्वच्छंदतावाद दोनों धाराओं को अलग-अलग रूपों में देखते हैं। स्वच्छंदतावादी काव्य के प्रवर्तक शुक्ल जी के अनुसार श्रीधर पाठक हैं जबकि छायावाद के अग्रज कवि के रूप में प्रसाद जी को याद किया जाता है। शुक्ल जी के अनुसार 'गीतांजलि' की धूम मच जाने के कारण हिंदी के परवर्ती कवि चित्रात्मक भाषा और प्रतीकवाद की ओर आसक्त हो गए फलतः श्रीधर पाठक द्वारा प्रवर्तित स्वच्छंतावादी काव्यधारा अवरुद्ध हो गई और छायावाद नाम से एक नई काव्यधारा तीव्र गति से आगे की ओर बढ़ी। प्रकृति के रुढ़िबद्ध रूपों से हटकर अपनी आँखों से प्रकृति के स्वरूप निरीक्षण का कार्य पहली बार श्रीधर पाठक ने किया, उनकी यही दृष्टि स्वच्छंदतावादी कहलायी। शुक्ल जी ने स्वच्छंदतावादी दृष्टि के लिए तीन विशिष्ट शर्तें रखीं— पद्य के ढाँचों, अभिव्यंजना

के ढंग और प्रकृति के निरीक्षण की नवीन दृष्टि। छायवादी कविताओं में स्वच्छंदतावादी प्रवृत्तियाँ अवश्य मौजूद हैं किंतु उसका फलक अपेक्षाकृत अधिक व्यापक है। छायावाद के अंतर्गत रहस्य-भावना की कविताओं के साथ साथ सामाजिक यथार्थ वाली रचनाएँ भी समाहित हैं इस लिहाज़ से निराला की 'वह तोड़ती पत्थर', 'भिक्षुक' और 'विधवा' सभी रचनाएँ छायावाद के अंतर्गत परिगणित हो जाती हैं।

छायावाद और अंग्रेज़ी के रोमांटिसिज्म की कविताओं में कई बुनियादी अंतर है—अंग्रेज़ी कविता पर सदियों से धार्मिकता, नैतिकता एवं काव्यशास्त्रीय नियमों का जो दबाव था उसे रोमांटिसिज्म के कवियों ने एक साथ इन बंधनों को तोड़ा। इन रूपों में वह पूरी तरह परंपरा-भंजक था। छायावादी काव्य स्वच्छंदतावादी कम एवं पुनरुत्थानवादी अधिक था। काव्यशास्त्रीय मूल्यों की दृष्टि से वह रस-सिद्धांत के अनुरूप है। दार्शनिक स्तर पर उसमें सर्ववाद, कर्मवाद, वेदांत, शैव-दर्शन, अद्धैत-दर्शन भक्ति आदि सभी प्राचीन सिद्धांतों का समावेश दिखता है।

अभिव्यंजना एवं शिल्प के स्तर पर स्वच्छंदतावादी प्रवृत्ति रीतिमुक्त काव्यधारा के कवि घनानंद में भी मिलती है किंतु छायावादी कवियों का स्वच्छंदतापन उनसे उलग एवं विशिष्ट है। ब्रजभाषा और खड़ीबोली की आरंभिक कविताओं की तुलना में छायावादी कवियों ने इसे आग्रहपूर्वक चित्रमयी, वक्र और माधुर्य से पूर्ण बनाया है। यद्यपि ऐसी वक्रता घनानंद की कविताओं में पहले से भी मौजूद थी किंतु घनानंद का स्वर एकांगी था, उन्होंने समाज की सड़ी-गली रूढ़ियों एवं वर्जनाओं का छायावादियों की तरह विरोध नहीं किया।

यहाँ सवाल यह भी उठता है कि छायावादी काव्य एवं द्विवेदीयुगीन काव्य में प्रवृत्तियों के स्तर पर बुनियादी अंतर क्या है? द्विवेदयुगीन काव्य विषयनिष्ठ, वर्णन-प्रधान और स्थूल था जबकि छायावादी काव्य व्यक्तिनिष्ठ एवं कल्पना-प्रधान है। आशा, आकुलता, आवेग, तन्मयता, पीड़ा, स्मृति, विषाद जैसी भावावेग की तीव्रता के कारण छायावादी काव्य में अनुभूति की प्रधानता पाई गई जबकि द्विवेदी युगीन कविताओं में सुधारवाद एवं उपदेशात्मकता का स्वर प्रधान रहा। द्विवेदी युग में कविता अंतर्मन की वस्तु नहीं बन पाई। छायावादी काव्य की सौंदर्य चेतना की अक्षय स्त्रोतस्विनी प्रकृति है। कवियों ने प्राकृतिक सौंदर्य पर नारी-सौंदर्य का आरोप कर जहाँ उसमें रसनीय माँसलता पैदा की है वहीं नारी-सौंदर्य पर प्रकृति-सौंदर्य का आरेप करते हुए उसे स्थूल माँसलता से बचाया है। द्विवेदीयुगीन काव्य में नारी या तो विधवा के रूप में अरण्य रोदन करती रही या फिर राधा के रूप में विश्व-सेविका बनकर रह गई है। छायावादी काव्य अपनी अभिव्यंजनागत ताज़गी एवं नवीन काव्य-शैली के कारण अधिक समादृत हुआ।

अंतत: इस चिर नवीन प्रश्न पर भी विचार कर लेना चाहिए कि क्या छायावाद अंग्रेज़ी के स्वच्छंदतावाद का हिंदी संस्करण है? अंग्रेज़ी में स्वच्छंदतावादी काव्य को दौर 1780 ई. के आसपास आरंभ होता है जबकि छायावाद का आरंभ 1918 ई. के

आसपास माना जाता है। दोनों धाराओं के कवियों में स्वकेन्द्रिता, प्रकृति-प्रेम, सौंदर्य-चेतना, दार्शनिक-चिंतन, कल्पना की उड़ान एवं अकुंठ प्रेम की अभिव्यक्ति देखी जा सकती है, किंतु छायावाद स्वच्छंदतावाद की नकल नहीं है। इसकी सांस्कृतिक जड़ें बहुत गहरी हैं। विचार, दर्शन, आध्यात्मिक चिंतन के धरातल पर यह विशुद्ध भारतीय है और इसे द्विवेदी युग की प्रतिक्रिया के बजाय पुनरुत्थान के रूप में देखा जाना चाहिए। मन में परंपरा के प्रति गहन आक्रोश और विद्रोही भावना रखने वाले स्वतंत्र विचारों और स्वच्छंद प्रवृत्ति को स्वच्छंदतावादी प्रवृत्ति माना गया है। यह प्रवृत्ति विचार, रचनात्मकता एवं जीवन दर्शन के रूप में हर देश में यदा कदा दृष्टिगोचर होती रहती है। यूरोप का स्वच्छंदतावाद फ्रांसीसी क्रांति की उपज था जबकि हिंदी का छायावाद जालियाँवाला बाग के विषाद से जन्मा था। अंगेजी के स्वच्छंदतावाद एवं हिंदी के छायावाद में लगभग सवा सौ साल का अंतर है। सामान्य परिस्थितियों में जन्म लेने के कारण दोनों में कल्पना की ऊँची उड़ान, आत्मनिष्ठता बंधनहीनता, सूक्ष्मता, नारी और प्राकृतिक सौंदर्य के प्रति प्रबल आकर्षण परिलक्षित होता है। इतना होकर भी छायावादी काव्य आंदोलन विचार, दर्शन एवं उद्देश्य के स्तर पर बिल्कुल भिन्न, मौलिक एवं स्वदेशी था।

छायावादी काव्य में उभरकर आने वाली प्रमुख प्रवृत्तियों पर विचार करते हुए उनकी जड़ों की पड़ताल करना भी एक रुचिकर विषय हो सकता है। सौंदर्यवाद, मानववाद, रहस्यवाद, अंतर्मुखी वृत्ति एवं अतीत के गौरव गान आदि प्रवृत्तियाँ छायावाद की बुनियादी प्रवृत्तियाँ है। छायावादी कवि कल्पना के सहारे प्रकृति के नाना रूपों पर मानवीय हाव भाव और क्रिया व्यापारों का आरोप कर उसमें रसनीय माँसलता पैदा करता है। मानवीकरण की यह प्रवृत्ति भी पश्चिमी साहित्य के प्रभाव से आई है। इसके पहले यहाँ प्रकृति चित्रण के नाम पर पेड पौधे पशुओं की गणना भर होती थी। इतना कुछ होते हुए भी जिस प्रकार रहस्यवाद अध्यात्म तत्त्व की भावात्मक प्रतिक्रिया है उसी प्रकार छायावाद अध्यात्म की कलात्मक अभिव्यक्ति है। वैयक्तिकता, विद्रोही चेतना, सौंदर्योपासना, प्रकृति-प्रेम, वेदनातिशयता आदि तत्त्व छायावादी कवियों ने अंग्रेज़ी के स्वच्छंदतावाद से लिया था किंतु उनकी प्रकृति, नारी, उनका प्रेम, जीवन दर्शन आदि सब कुछ स्वदेशी था। छायावादी कवियों का सौंदर्य दिव्य सूक्ष्म तथा सत्य का साक्षात्कार करवाने वाला है। 'कामायनी' के आनंदवाद एवं 'तुलसीदास' में निहित पुनरुत्थानवाद को हम छायावाद के संदेश के रूप में देख सकते हैं।

✤

छायावाद : सांस्कृतिक पृष्ठभूमि

आधुनिक समीक्षा साहित्य के विकास को समाजशास्त्रीय एवं सांस्कृतिक परिस्थितियों के प्रतिफलन के रूप मे देखने के पक्ष में रही है। यह सही है कि साहित्य की प्रवृत्तियों को व्यापक सामाजिक और सांस्कृतिक धरातल पर सामूहिक चेतना के आलोड़न विलोड़न के रूप में देखा जाना चाहिए। आज जब हम पीछे मुड़कर देखते हैं तो पाते हैं कि सांस्कृतिक दृष्टि से भारत ने जितने उत्थान-पतन के झंझावात झेले हैं, विश्व के शायद ही इतने बड़े भू-भाग के निवासियों के साथ ऐसा हुआ होगा। इससे जहाँ सांस्कृतिक विविधता को फलने-फूलने का पूरा अवसर मिला, वहीं यहाँ की हवा और मिट्टी में विषम संस्कृति के विषाणुओं को नष्ट करने अथवा उनको स्वयं में पचा लने की क्षमता भी विकसित हुई। भारत के सांस्कृतिक विकास की यात्रा को कई इतिहासकारों एवं साहित्यकारों ने अपने-अपने नज़रिये से देखा है और भारत के सांस्कृतिक बदलाव को अपने अपने ढंग से रेखांकित किया है। ये बदलाव क्रांतिकारी परिवर्तन के प्रतिफलन हैं। हिंदी के प्रसिद्ध कवि एवं इतिहास-बोध से समृद्ध चिंतक रामधारी सिंह 'दिनकर' ने अपनी पुस्तक 'संस्कृति के चार अध्याय' में लिखा है— ''पहली क्रांति तब हुई जब आर्य भारत में आए। जब महावीर और गौतम ने आर्यों के द्वारा स्थापित धर्म और संस्कृति के विरुद्ध विद्रोह किया तथा उपनिषदों की चिंताधारा को मनोवांछित दिशा की ओर ले गए, तब सांस्कृतिक दृष्टि से इसे दूसरी क्रांति का काल कहा जा सकता है। तीसरी महत्त्वपूर्ण क्रांति उस समय हुई जब इस्लाम विजेताओं के धर्म के रूप में भारत पहुँचा और इस देश में हिंदुत्व का एक नए धर्म से संपर्क हुआ, और चौथी क्रांति भारत में अंग्रेजों के आगमन से हुई।

छायावाद काल का संबंध भारतीय संस्कृति की इस चौथी क्रांति और उसके परिणाम से है। आधुनिक काल में अंग्रेज़ों का भारत में व्यवसायी के रूप में प्रवेश और विजेता बनकर लगभग दो सौ वर्षों तक शासन करना राजनीतिक दृष्टि से महत्त्वपूर्ण रहा ही, सांस्कृतिक दृष्टि से भी इसके कई नकरात्मक एवं सकरात्मक फल उभरकर सामने आए। भारत की समृद्धि की गाथा सुनकर पहले पुर्तगाल आए थे फिर डच और फ्रांसीसी आए, परंतु 1757 ई. की प्लासी की लड़ाई ने यहाँ अंग्रेज़ों को विजेता बनाकर स्थापित कर दिया। 1912 ई. में भारत की राजधानी दिल्ली बन गई और तब से यूरोपीय सभ्यता, संस्कृति और शिक्षा का प्रभाव इस देश पर तीव्र गति से बढ़ने लगा। यूरोप के भौतिकवादी दृष्टिकोण के प्रभाव से निरंतर बढ़ते हुए प्रभाव की एक प्रतिक्रिया हुई और भारत में अपने प्राचीन विचारों, विश्वासों और मूल्यों के प्रति नवीन दृष्टि से विचार

करने की प्रवृत्ति बढ़ी। इसे भारतीय संस्कृति का पुनर्जागगरण कहा जा सकता है। इस पुनर्जागरण के अग्रदूत राजा राममोहन राय, स्वामी दयानंद सरस्वती, स्वामी विवेकानंद, लोकमान्य गंगाधर तिलक, महर्षि अरविंद, रवींद्रनाथ ठाकुर महात्मा गाँधी जैसे महापुरुष हुए। सांस्कृतिक पुनर्जागरण का यह काल 1828 ई. में ब्रह्म समाज की स्थापना से शुरू होता है और 1947 ई. में भारत की स्वतंत्रता के पश्चात इसमें एक नया मोड़ आता है। इस काल के उत्तरार्द्ध में हिंदी साहित्य की जो प्रवृत्ति प्रकाश में आई, हम हिंदी में उसे छायावाद के नाम से जानते हैं।

छायावाद की नई काव्य-चेतना का प्रथम आभास सन् 1913 ई. में 'इंदु' में प्रकाशित प्रसाद जी की रचनाओं तथा 1916 ई. में प्रकाशित निराला की रचना 'जूही की कली' में मिला था। पंत की रचना 'पल्लव' के प्रकाशन के साथ छायावादी काव्य समृद्ध और सुष्ठु बना। 1935 ई. में 'कामायनी' के प्रकाशन के साथ छायावादी काव्य अपने उत्कर्ष पर पहुँचा। डॉ. शंभुनाथ सिंह के अनुसार— "दो महायुद्धों के बीच के युग को हिंदी हिंदी काव्य के इतिहास में छायावाद युग कहा जाता है। छायावादी युग की काव्य-प्रवृत्तियों पर तत्कालीन सांस्कृतिक युग का प्रभाव स्पष्टतः देखा जा सकता है। छायावादी युग की धारा को समझने के लिए उस युग की जीवन-पद्धति को समझना होगा और उन तत्त्वों तथा मूल्यों के स्त्रोतों की पड़ताल करनी पड़ेगी जो इस काव्यधारा के आदर्श बनें। भारत की सदियों से चली आ रही गुलामी का यह परिणाम था कि यहाँ की जनता रूढ़िग्रस्त और आत्मकेंद्रित हो गई थी। दूसरी ओर इसाई धर्म-प्रचारक पाश्चात्य जीवन के गौरव-मूल्यों को विस्तार प्रदान कर रहे थे। इस प्रकार अंग्रेज़ों का आक्रमण भारतीय संस्कृति पर भी आक्रमण था जिसके परिणामस्वरूप देश में जागरण और नूतन सांस्कृतिक उत्थान की लहर पैदा हुई। राजनीतिक और सांस्कृतिक दासता से मुक्ति का आंदोलन साथ-साथ छिड़ा। एक ओर राजा राममोहन राय और विवेकानंद ने इस देश की संस्कृति के मूल्यवान तत्त्वों की नवीन जीवन-दृष्टि के अनुरूप व्याख्या की तथा उसकी पुनः प्रतिष्ठा के लिए आंदोलन किए। दूसरी ओर राजनीतिक क्षेत्र में बालगंगाधर तिलक के द्वारा दिया गया नारा— 'स्वाधीनता हमारा जन्मसिद्ध अधिकार है', सारे देश में जन-जन का जीवन-मंत्र बन गया। इन्हीं प्रयासों के निर्मित वातावरण के परिणाम छायावादी कवि थे।

छायावादी रचनाओं में रूढ़ि और परंपरा के प्रति विद्रोह का जो स्वर भरा हुआ है, उसे प्रेरणा इन्हीं सामाजिक एवं सांस्कृतिक परिस्थितियों से मिली थी। छायावाद का काल व्यापक रूप से सांस्कृतिक पुनर्जागरण एवं व्यापक विद्रोह का काल था। इन वर्षो में ब्रितानी साम्राज्यवाद का तीव्रता से विरोध किया गया जिसका विरोध मध्यवर्ग ने किया। छायावाद के चारो प्रमुख कवि युवा थे और मध्यवर्ग से थे। छायावादी कविता यदि वैयक्तिकता के उद्दाम विस्फोट के स्वर के रूप में उभरी तो उसमें भी यही विद्रोही चेतना काम कर ही थी। इस युग में प्रचार तो स्वतंत्रता, समानता, सहयोग और बंधुत्व

का हुआ किंतु ये सभी आदर्श भ्रम ही सिद्ध हुए। ऐसा प्रतीत हो रहा था कि स्वतंत्रता की यह लड़ाई एक वर्ग विशेष को प्रभुत्व प्रदान करती जा रही है जिसमें निम्नवर्ग और निम्न मध्यवर्ग ख़ुद को आर्थिक दासता के बंधनों में घिरा पा रहा था। अतः मध्यवर्ग के बुद्धिजीवियों ने चाहा कि सारे रूढ़िग्रस्त बंधनों को तोड़कर व्यक्ति को स्वतंत्र कर देने से ही पूर्ण स्वतंत्रता की स्थापना हो सकती है। यह विचार राजनीति में गाँधीवाद के रूप में व्यक्त हो रहा था तथा इस प्रवृत्ति का साहित्यिक रूपांतरण छायावाद के रूप में हुआ। प्रथम विश्वयुद्ध का व्यापक कुपरिणाम हुआ जिससे एक निराशा की भावना पनपी, दूसरी ओर समाज का स्वरूप ऐसा विकृत हो गया था कि उसमें सुधार का प्रयत्न बहुत उत्साहवर्द्धक या आशान्वित प्रतीत नहीं हो रहा था। छायावाद का अतिशय प्रकृति-प्रेम भी असंतुष्ट निराश मन की प्रतिक्रियात्मक अभिव्यक्ति का ही परिणाम था। इस प्रकार प्रकृति से तदात्म्य, सौंदर्य के प्रति आकर्षण, मानवीकरण, काल्पनिकता आदि छायावाद की विशेषताएँ तत्कालीन परिस्थितियों का परिणाम थीं। लेकिन इस क्रम में एक अच्छी बात यह रही कि इन कवियों ने संपूर्ण प्रकृति पर चेतनता का आरोप कर प्राकारंतर से अपनी लोकतंत्रात्मक विचारधारा को ही सहमति प्रदान की।

इस युग के महान नेता महात्मा गाँधी ने राजनीति का आधार भी दर्शन और अध्यात्म को बनाया था। अहिंसा उनका अस्त्र था और 'ईश्वर अल्ला तेरो नाम' उनका मंत्र था। उन्होंने धर्मनिरपेक्षता, सत्याग्रह आदि के लिए जो आंदोलन किया, भावानात्मक रूप में रवींद्रनाथ ने अपनी रचनाओं में आध्यात्मिकता, विश्व-संस्कृति, विश्व-मानवतावाद आदि विचाराधारा की स्थापना की। इन विचारधाराओं ने छायावादी कवियों को गहरे रूप से प्रभावित किया। इस युग की कविताओं में सहज रूप से प्रकृति के साथ अध्यात्म का समन्वय हो गया और छायावादी प्रवृत्तियों के बीच ही रहस्यवाद अपना स्वरूप अलग बनाने लगा। छायावाद ने प्रकृतिप्रेम, मानवतावाद, सामाजिकता, अध्यात्म संबंधी जिन मौलिक मूल्यों को स्वीकार किया, इस पर निश्चिय ही गाँधी, अरविंद और विवेकानंद के विचारों का असर था। इसका सुपरिणाम यह निकला कि छायावादी कवियों का क्षेत्र व्यापक होता चला गया। छायावादी कवि पुनर्जागरण से गंभीर रूप से प्रभावित थे, इसलिए उनका क्षेत्र एकदम पलायन, मादकता और निराशा का नहीं था। उनके सामने जीवन का भावात्मक पक्ष भी था। इसलिए उनके काव्य में मूल्यों की अभिव्यक्ति व्यापक मानवीय स्तर पर हुई। इस युग में यदि सांस्कृतिक पुनर्जागरण की प्रवृत्ति प्रधान नहीं होती तो संभवतः इस युग का साहित्य सर्वथा भिन्न रूप में हुआ होता। कहा जा सकता है कि छायावाद सांस्कृतिक पुनर्जागरण की काव्यात्मक अभिव्यक्ति था।

छायावाद : प्रकृति

संपूर्ण छायावाद प्रकृति की विराट पृष्ठभूमि पर पल्लवित और पुष्पित हुआ है। छायावादी कवियों ने प्रकृति-प्रेम के बहाने निजी प्रेम की अकुंठ अभिव्यक्ति प्रदान की। इन्होंने प्रकृति के माध्यम से लौकिक प्रेम का उन्मुक्त गायन किया। इनके लिए प्रकृति विराट् सत्ता के साथ जुड़ते हुए अलौकिक प्रेम की अभिव्यक्ति का माध्यम भी बनी। छायावादी कवियों ने प्रकृति के माध्यम से जीवन-संघर्ष को रूपायित किया। इन्होंने तत्त्व निरूपण में प्रकृति का सहारा लिया। इनके लिए दार्शनिक भावनाओं के निरूपण में भी प्रकृति ख़ूब सहायक सिद्ध हुई। छायावादी काव्य में मनुष्य प्रकृति से एक क्षण भी अलग नहीं दिखता है। सुख-दुख की सामान्य घड़ियों मे ही नहीं, प्रलय की दशा में भी प्रकृति उसके साथ रही है। 'कामायनी' जैसे महाकाव्य की शुरुआत ही इन पंक्तियों के साथ है—

"हिमगिरि के उतुंग श्रृंग पर
बैठ शिला की शीतल छाँह।
एक पुरुष भींगे नयनों से
देख रहा था प्रलय प्रवाह।"

हिंदी आलोचना के क्षेत्र में यह विडंबना ही मानी जाएगी कि सामान्य तौर पर छायावादी कवियों के प्रकृति प्रेम को सामाजिक विमुखता के रूप में सिद्ध करने का प्रयास किया गया। विशेष कर पंत जी के संदर्भ में बढ़ा-चढ़ाकर यह सिद्ध करने का प्रयास किया गया कि उन्होंने प्राकृतिक सौंदर्य के समक्ष नारी-सौंदर्य को भी झुठला दिया। यह ठीक है कि पंत जी आजीवन अविवाहित रहे किंतु उनके अविवाहित रहने के निश्चित रूप से कुछ निजी कारण रहे होंगे। सच तो यह है कि छायावादी कवियों ने सामाजिक स्वाधीनता और वैयक्तिक विकास की भावना के कई पाठ प्रकृति से पढ़े। मुक्तिकामी स्वच्छंदतावादी कवि यदि सामाजिक वर्जनाओं एवं रूढ़ियों के विरुद्ध विद्रोही तेंवर दिखलाता है तो यह सीख उसे प्रकृति से ही मिली है। यदि हम श्रीधर पाठक, मुकुटधर पाण्डेय और रामनेरश त्रिपाठी की आरंभिक कविताओं की पड़ताल करें तो पाएँगे स्वच्छंदतावादी कवियों में देश-प्रेम की भावना प्रकृति-प्रेम से पनपी और उसके परिणामस्वरूप भावुक हृदय देश सेवा देशोद्धार के लिए प्रवृत्त हुए। छायावादी कविताओं में इन्हीं प्रवृत्तियों का उत्तरोत्तर विकास हुआ है।

आधुनिक युग में विज्ञान ने प्रकृति में 'सर्वाइवल ऑफ फिटेस्ट' के सिद्धांत के साथ प्रकृति के साथ संघर्ष की गति तो तेज की किंतु दूसरी ओर मनुष्य स्वयं में प्रकृति का सर्वोत्तम विकास है, इस तरह की अवधारणाओं से उसका प्रकृति-प्रेम

और भी प्रगाढ़ हुआ। दूसरी बात यह कि विकास के लिए प्रकृति के साथ संघर्ष की बात पाश्चात्य दर्शन करता है जबकि भारतीय दर्शन प्रकृति के साथ समन्वय की बात करता है। भारतीय दर्शन यह मानता है कि यह प्रकृति शिव का लीलामय विस्तार है और आनंद प्रदान करने वाली है। छायावाद के सभी कवियों ने प्रकृति को परमात्मा तक पहुँचने वाले सोपान् के रूप में देखा। यहीं नहीं, उनके लिए प्रकृति परमात्मा की प्रतिकृति रही। उन्होनें प्रकृति के मनोरम रूपों से लेकर प्रलयंकारी रूपों का चित्रण किया, लेकिन प्रकृति की क्षण-भंगुरता पर कभी आँसू नहीं बहाए। इससे हटकर उन्होने यह कहा—

''किंतु न परिमित करो प्रेम, सौहार्द्र विश्वव्यापी कर दो
क्षण-भंगुर सौंदर्य देख, रीझो मत देखो-देखो।''

छायावाद के पूर्व तक मध्य युग में प्रकृति के प्रति श्रद्धा तो थी परंतु प्रकृति के प्रति ऐसा प्रेम और अनुराग कभी नहीं देखा गया। छायावादी कवियों ने प्रकृति को इतना महत्त्व दिया कि किसी अपरिचित और नन्हे-से फूल को भी स्वतंत्र रूप से एक कविता का विषय बनाया। पहली बार जूही, शेफालिका, नरगीस, बेला जैसे फूल अपनी संपूर्ण सत्ता और इयत्ता के साथ काव्य में आए। छायावाद के पूर्व तक स्थिति यह रही कि अधिकांश स्थलों पर प्रकृति के उद्दीपनकारी स्वरूप का चित्रण करते हुए काव्य-परंपरा का पालन मात्र किया जाता था, जहाँ प्रकृति नायक अथवा नायिका के रुदन या हास्य को तीव्रता प्रदान करने का साधन-मात्र थी। छायावादी कवियों ने प्रकृति को इतना महत्त्व दिया कि प्रकृति उसके लिए लिए देवी, माँ, सहचरी, प्राण सब कुछ हो गई। प्रकृति के आलंबनकारी स्वरूप का चित्रण करते हुए पंत जी कहते हैं—

''पावस ऋतु थी पर्वत-प्रदेश
पल-पल परिवर्तित प्रकृति वेश
मेखलाकार पर्वत अपार,
अपने सहस्त्र दृग सुमन फाड़
नीचे पद-तल में महाकार
अवलोक रहा है बार-बार।''

इसका मतलब यह नहीं कि छायावादी कवियों ने प्रकृति के उद्दीपनकारी स्वरूप के चित्रण में रुचि नहीं दिखलाई है। स्वयं पंत जी कहते हैं—

''मेरा पावस ऋतु सा जीवन
मनस सा उमड़ा अपार मन,
गहरे धुँधले, धुले साँवले
मेघों से भरे मेरे नयन।''

पश्चिम के स्वच्छंदतावादी काव्य में मानवीकरण अलंकार की बड़ी धूम रही। छायावादी कवियों ने विश्व-सुंदरी प्रकृति पर चेतनता का आरोप उसे विश्वप्रिया का स्वरूप प्रदान किया। ध्वनिकाव्य रचने में निपुण प्रसाद जी ने मानवीकरण के साथ-साथ विभिन्न प्रकार के सादृश्यमूलक अलंकारों की योजना करते हुए प्राकृतिक सौंदर्य के एक से एक मनमोहक चित्र उकेरे हैं। उदाहरण के लिए तारों से भरी रात को अल्हड़ नायिका के रूप में चित्रित करते हुए कवि कहता है—

''पगली! हाँ सँभाल ले कैसे
छूट पड़ा तेरा आँचल।
देख बिखरती है मणिराजी
अरी, उठा बेसुध चंचल।''

छायावादी कवियों ने प्रकृति के माध्यम से सिर्फ़ प्रेम और उछाह जैसे भावों का ही प्रकटीकरण नहीं किया है, अपितु दार्शनिक भावों के निरूपण में भी प्रकृति इनके लिए पग-पग पर सहायक हुई है। पंत जी 'नौका विहार' में 'चिर जन्म मरण के आर-पार शाश्वत जीवन नौका विहार' के रूप में आवागमन की सच्चाई को दुहराते हैं तो महादेवी वर्मा जीवन की क्षण-भंगुरता को 'दुख की बदली के रूप में रूपायित करती हैं। कहीं कहीं इन कवियों ने तत्त्व-चिंतन की गूढ़ता को भी प्रकृति के माध्यम से व्यक्त किया है। समस्त जड़-चेतन में एक ही परम सत्ता अथवा परम-चेतना का वास है, इसे निरूपित करते हुए प्रसाद जी कहते हैं—

''ऊपर हिम था, नीचे जल था
एक तरल था एक सघन।
एक तत्त्व की ही प्रधानता
कहो उसे जड़ या चेतन।''

छायावादी कवियों ने प्राकृतिक सौंदर्य पर नारी-सौंदर्य को आरोपित करते हुए उसें रसनीय माँसलता प्रदान कर दिया वहीं नारी-सौंदर्य पर प्राकृतिक सौंदर्य का आरोप कर उसे स्थूल माँसलता से बचाया। प्राकृतिक सौंदर्य पर नारी सौंदर्य के आरोपण की प्रवृत्ति सबसे पहले निराला की 'संध्या-सुंदरी' जैसी कविताओं में उभरकर सामने आई जिसका विस्तृत स्वरूप प्रसाद के 'लहर' जैसे काव्य-संकलन की छोटी-छोटी कविताओं एवं उनके नाटकीय गीतों में देखने को मिलता है। पंत जी भी इस कला में कम निपुण नहीं हैं। वे छाया को मानवी काया का रूप देते हुए लिखते हैं—

''हाँ प्रिय आओ बाँह खोलकर
मिलकर गले जुड़ा ले प्राण,
फिर तुम तम में मैं प्रियतम में
हो जावें द्रुत अंतर्धान।''

कुल मिलाकर छायावादी काव्य को समग्रता में समझने का एक मात्र माध्यम प्रकृति है। कहा जा सकता है कि छायावाद की राष्ट्रीयता, सांस्कृतिक चेतना, तत्त्व-चिंतन की गूढ़ता ये सभी प्रकृति के माध्यम से ही व्यंजित हुए है। यही नहीं, छायावाद का शिल्प-सौंदर्य भी प्रकृति चित्रण में ही अपने उत्कर्ष पर पहुँचा है। कहा जा सकता है कि छायावाद यदि आधुनिक हिंदी कविता का सुनहला अध्याय है तो उसके हर पन्ने को स्वर्णिम रंग देने का काम प्रकृति ने किया है।

✤

छायावाद : नारी-अस्मिता

छायावाद में नारी-सौंदर्य के चित्रण की बहुतायतता को देखते हुए इसके विरोधियों ने इसे स्त्रैण-काव्य तक की संज्ञा दे डाली। सजनि, सखी शब्दों की बहुतायतता के कारण इसे सखी-संप्रदाय तक का नाम दे दिया गया। पंत जी को 'वीणा-पल्लव' काल में प्रकृतिवादी कहा गया, गुंजन-काल में उन्हें प्रेयसीवाद ठहराया गया। यद्यपि इस तरह के आरोप अतिवादी प्रतीत होते हैं तथापि ये वस्तु-सत्य से बिल्कुल परे भी नहीं हैं। 'कामायनी' जिसमें छायावाद का उत्कर्ष देखा गया वहाँ एक मनु के मुकाबले दो स्त्री पात्र श्रद्धा और इड़ा उनपर भारी दीख रहीं हैं। स्त्री होने के नाते महादेवी जी का तो समग्र काव्य ही नारी-अस्मिता की आवाज़ बनकर मुखरित हुआ है। 'जूही की कली से अपने लेखन की ज़ोरदार उपस्थिति दर्ज करने वाले निराला ने 'तोड़ती पत्थर' और 'विधवा' जैसी कविताएँ लिखकर नारी की पीड़ा और संघर्ष को उकेरने का प्रयास किया। यहाँ स्पष्ट करना प्रासंगिक होगा कि यह सब कुछ एकबारगी नहीं होने लगा। इसके पीछे एक ठोस सामाजिक परिवर्तन की लहर काम कर रही थी। द्विवेदी युग की कविता में नारी के प्रति दया भाव तो है, पर यथोचित सम्मान का भाव नहीं है। द्विवेदी युग में द्विवेदी जी की अतिशय शुद्धिवादिता ने संपूर्ण काव्य को नीरसता और वर्जनाओं से भर दिया था। द्विवेदी जी ने स्वयं 'विधवा अबला विलाप' कविता लिखकर उनकी पीड़ा को स्वर देने का काम किया था। इसके पीछे एक कारण यह भी था कि बंगाल और महाराष्ट्र के कई बड़े समाज-सुधारकों यथा महादेव गोविंद रानाडे और ईश्वरचंद्र विद्यासागर के लेखों में लगातर विधवा पुनर्विवाह की वकालत की जा रही थी। जहाँ तक हिंदी कविता का प्रश्न है तो निराला उन विधवाओं के पुनर्विवाह की बात चला रहे थे जिन्होंने अपने 'जीवन-धन' को बस एक बार 'मधु सुहाग के दर्पण' में प्रतिबिंबित होते देखा था। वस्तुतः समाज में मूल प्रश्न नारी स्वाधीनता को लेकर उठाया जाना चाहिए था। युवा छायावादी कवियों के लिए प्रश्न सिर्फ़ पुनर्विविवाह का नहीं था, प्रेम का था, बंधन का नहीं अपितु मुक्ति का भी था।

छायावाद के नारी मुक्ति आंदोलन को उसके सामाजिक परिवेश में देखा जाना चाहिए। 1900 ई. में शिक्षा ग्रहण करने वाली लड़कियों की संख्या जहाँ लगभग चार लाख थी वहीं 1925 ई. में यह संख्या चार गुनी हो गई। 1935 ई. तक यह संख्या सात गुनी हो गई। स्त्री शिक्षा के इस बढ़ाव से ही इस नारी मुक्ति आंदोलन को बल मिला। जैसे जैसे कांग्रेस में नारियों की संख्या बढ़ती गई, स्कूलों और कॉलेजों में इनकी संख्या बढ़ती गई वैसे-वैसे इस आंदोलन को बल मिलने लगा। चालीस से पचास तक का

काल नारी जागरण के लिए युगांतर काल साबित हुआ। छायावादी कविताओं में नारी की तुलना में प्रकृति को वरण करने की बात कही गई है। रामनरेश त्रिपाठी की 'पथिक' शीर्षक कविता में नायक प्रकृति के लिए पत्नी तक को छोड़ देता है। यद्यपि कविता के अंत में वह पुनः पत्नी को स्वीकार कर लेता है। छायावादी काल में प्रेमपरक द्विधा पूरी तरह मिट गई और वह निर्बाध रूप से स्वंच्छंद प्रेम की अभिव्यक्ति करने लगा। प्रसाद जी के 'प्रेम पथिक' (1913 ई) में स्वच्छ प्रेम की पहली झलक मिलती है। चमेली क्रीतदासी की तरह अपने पति का वरण तो कर लेती है किंतु आजीवन अपने बाल-सखा के प्रेम को मन से निकाल नहीं पाती है। 'ग्रंथि' में जो टूटे हुए हृदय का जो रुदन व्यक्त हुआ है, उससे स्वच्छंद प्रेम की मार्मिकता का पता चलता है—

''शैवलिनी! जाओ तुम मिलो सिंधु से, अनिल! आलिंगन करो तुम गगन को।
चंद्रिके! चूमों तरंगों के अधर, पवन गाओ, उडुगण वीणा बजा।''

निराला की 'प्रेयसी' प्रसाद और पंत की नायिका की तुलना में अधिक साहसी सिद्ध होती है और एक बार तो वह 'कुल-मान-ग्रंथि में बँधकर चली गई' किंतु दूसरी बार अपने पूर्व प्रेमी का आह्वान् सुनकर मुक्त हो साथ चल देती है—

''दोनों हम भिन्न वर्ण/ भिन्न जाति भिन्न रूप/ भिन्न धर्म भाव, पर/ केवल अपनाव से, प्राणों से एक थे।''

एक सिरे से यह कार्य भले ही लोक-निंदा के अंतर्गत आएगा, दूसरे सिरे से प्रेमी-युगल का यह कार्य क्रांतिकारी ही माना जाएगा। विशेष कर लड़की का अपने पूर्व प्रेमी के साथ चल देना इस क़ानूनी सच्चाई की ओर संकेत करता है कि उसके जीवन से जुड़े हर निर्णय पर सिर्फ़ और सिर्फ़ उसका हक है।

छायावादी कविताओं में नारी के पत्नी रूप का सर्वथा अभाव है। उनके लिए पत्नी सदैव भावी ही रही। यही कारण है कि छायावादी कविताओं का नारी-सौंदर्य अधिकांश स्थलों पर अशरीरी और हवाई रहा। प्रसाद की कविताओं में प्रेम की तृप्ति यदा-कदा मिलती है किंतु स्वस्थ माँसलता और तृप्ति के कवि निराला ही रहे। उदाहरण के लिए निराला की 'प्रिय यामिनी' शीर्षक कविता देखी जा सकती है जहाँ नारी वासना से पूरी तरह मुक्त होकर मुक्ता ही तरह चमकती हुई दिखलाई गई है—

''प्रिय यामिनी जागी।
हेर उर के पट, फेर मुख के बाल
लख चतुर्दिक चली मंद मराल।
गेह में प्रिय स्नेह की जयमाल
वासना की मुक्ति,
मुक्ता त्याग में तागी।''

महाप्राण निराला की 'सरोज-स्मृति' कविता में प्रेम के जिस वत्सल भाव की व्यंजना हुई है, वह छायावाद ही नहीं, संपूर्ण कार्य के इतिहास में अनूठा है। निराला ने अपनी पुत्री सरोज के वय:संधि रूप का जो चित्रण किया है, निश्चित रूप से वह अद्वितीय बन पड़ा है—

''धीरे-धीरे फिर बढ़ा चरण,
बाल्य की केलियों का प्रांगण
कर पार, कुंज-तारुण्य सुघर
आई, लावण्य-भार थर-थर
काँपा कोमलता पर सस्वर
ज्यों मालकोश नव वीणा पर।''

छायावादी कवियों में पंत जी की नारी-सृष्टि सबसे अधिक छुईमुई सी प्रतीत होती है। उनकी कविताओं में नारी कहीं 'रति-श्रांता' और 'ब्रज-वनिता' है तो कहीं पानी भरती हुई अल्हड़ नवयौवना के 'केयरलेस ब्यूटी' का उदाहरण बन गई है। तथापि वे एक सीमा से आगे कहीं नहीं गए हैं। सुमित्रानंदन पंत जी ने नारी के सभी सामाजिक रूपों को न अपनाते हुए भी एक ही क्षेत्र में नारी को जो महिमा प्रदान की है, वह स्तुत्य है— ''अकेली सुंदरता कल्याणि/ सकल ऐश्वयों की संधान/देवि! माँ! सहचरि! प्राण!'' जैसी काव्य-पंक्तियाँ इस बात की ओर संकेत करती हैं कि नारी के प्रति उनके मन में अत्यंत आदर और सम्मान का भाव था।

महादेवी जी के संपूर्ण काव्य में नारी अपनी पूरी इयत्ता के साथ मौजूद है। रहस्य-भावना से अनुप्राणित होने के कारण इन्होंने स्वयं को एक अज्ञात सत्ता की प्रेयसी के रूप में रखते हुए प्रणय-निवेदन किया है। उनके प्रेम में एक प्रकार की व्रीड़ा है, एक प्रकार का संकोच है। 'वे नभ की दीपावलियों' से पलभर के लिए लिए बुझ जाने के लिए आग्रह भी करती हैं, किंतु अपने प्रियतम से अमरत्व का लोक त्यागकर मिटने का अधिकार माँगने वाली महादेवी जी प्रेम में बराबर का हक जताती हैं। वे कहती हैं—

''पर शेष नहीं होगी, मेरे प्राणों की व्रीड़ा
तुमको पीड़ में ढूँढा, तुझमें ढूँढूँगी पीड़ा।''

छायावादी कवियों में प्रसाद जी की नारी-चेतना में सर्वाधिक विविधता एवं गहराई है। उनकी नारी-चेतना को समझने के लिए उनकी कविताओं के साथ-साथ उनके नाटकों के नारी-पात्रों के अंतर्तम में झाँकना होगा। उनके उनके गाए गए गीतों को ध्यान से सुनकर उनके मनोविज्ञान को समझना होगा। उनके नाटकों में रुमानी प्रेम में डूबी नायिकाओं की अधिकता भले ही है किंतु कुछ नायिकाएँ स्वाधीनता का ध्वजा पताका लिए आगे-आगे भी दिखती हैं। 'चंद्रगुप्त' की अलका 'हिमाद्रि तुंग श्रृंग से, प्रबुद्ध शुद्ध भारती' जैसे गीत के माध्यम से समग्र भारत को एकता के सूत्र में बाँधते हुए उसके

वीर सपूतों को विदेशी आक्रांताओं से लोहा लेने के लिए प्रेरित करती है। विदेशी होकर भी कार्नेलिया 'अरुण यह मधुमय देश हमारा' जैसे गीत में भारतभूमि के प्रति अगाध प्रेम एवं निष्ठा प्रकट करती हैं। प्रसाद जी का नारी-दर्शन अपनी समग्रता में 'कामायनी' में पल्लवित पुष्पित हुआ है, जहाँ वे कहते हैं—

''नारी! तुम केवल श्रद्धा हो
विश्वास रजत नग पग तल में,
पीयूष स्त्रोत सी बहा करो
जीवन के सुंदर समतल में।''

प्रसाद जी की नारी जीवन-संगिनी बनकर पारिवारिक जीवन के हर क्षेत्र में सहयोगिनी बनती है वहीं आध्यात्मिक उन्नयन के कार्य करती हैं। प्रसाद जी के मनु श्रद्धा की प्रेरणा एवं सहयोग से ही मानसरोवर की यात्रा कर पाते हैं। श्रद्धा में अपने परिवार के प्रति ही नहीं, अन्य जीव-जंतुओं के प्रति अगाध करुणा एवं प्रेम की भावना है। वह मनु की बर्बरता को तनिक भी सहन नहीं कर पाती है और मनु को ऐसा करने से मना भी करती है। श्रद्धा में स्वावलंबन की भावना भी है। वह सूत कातती हुई दिखलाई गई है जिसे गाँधी-दर्शन के प्रभाव की छाया के रूप में भी देखा जा सकता है। उसमें आत्म-निर्भरता की भावना है। दूसरी ओर इड़ा है जो कि बौद्धिक उन्नयन के द्वारा मनु को भौतिक समृद्धि एवं सत्ता-सुख की लिप्सा की पूर्ति का माध्यम बनती है। यहाँ अतिशय अहंकार और अधिकार भावना से ग्रसित मनु जन-आकांक्षाओं का अनादर करने की भूल में जनता के हाथों पत्थर भी खाते हैं। मनु की बात छोड़कर हम यदि इड़ा पर विचार करें तो यह तो स्पष्ट हो जाता है कि नारी पुरुष से रंचमात्र भी कमतर नहीं है। इड़ा सारस्वत प्रदेश की रानी है। वह अपनी योग्यता के बल पर इतनी जनप्रिय भी है कि जनता उसका तनिक भी तिरस्कार सहन नहीं करती है और मनु को मारकर घायल कर देती है। इतना कुछ होते हुए भी प्रसाद जी की अधिष्ठात्री सारस्वत प्रदेश की रानी इड़ा न होकर मनु के जीवन में पीयूष-स्त्रोता सी बहने वाली संपूर्ण समर्पिता श्रद्धा ही है। श्रद्धा का यह रूप उत्तर-आधुनिकाओं को अतिशय परंपरा-मोह से प्रेरित जान पड़ सकता है। वे यह भी तर्क दे सकती हैं कि परित्याग करने वाले मनु का एक बार पुनः वरण नारी-स्वाभिमान के ख़िलाफ़ जाता है।

छायावादी कवियों की नारी विधाता की सृष्टि से अधिक कवि-सृष्टि है, वह आधी मानवी और आधी कल्पना है—इस तरह के आरोप एकांगी प्रतीत होते हैं। निराला की 'अलका', 'अप्सरा' या 'निरूपमा' हो या स्वयं उनकी बेटी सरोज हो, विलाप करती विधवा या पत्थर तोड़ती मजदूरिन हो— ये सभी वायवीय चरित्र नहीं हैं, उनका ठोस ज़मीनी आधार है। ये छायावादी कवियों की प्रगतिशली नारी-चेतना की उपज हैं। प्रसाद जी की ध्रुवस्वामिनी ने विवाह के पुराने संबंध को नकारते हुए राज-पुरोहित एवं अन्य

सभसदों के सामने पुनर्विवाह की माँग रखते हुए अपने अधिकारों के प्रति सजगता का परिचय दिया है। छायावादी कवियों ने अद्‌भुत कल्पना शक्ति के द्वारा नारी का जो भव्य रूप खड़ा किया है उसके सामने पुराने कवियो की रूढ़ उपमाओ से अलंकृत नारी तुच्छ हैं। प्रसाद की श्रद्धा, पंत की अप्सरा और निराला की रत्नावली के सामने पद्मावती, राधा, सीता एवं बिहारी तक की नायिकाएँ फीकी प्रतीत होती हैं, यह उनके सृजन का एक पक्ष है लेकिन दूसरा पक्ष जो कि नारी को जीवन के हर क्षेत्र में नेतृत्व प्रदान करने की वकालत करता है, वह भी कम प्रबल नहीं हैं। आज देश में भटके हुए स्त्री-विमर्श के लिए यह ज़रूरी है कि स्त्री शक्ति को सशक्त और सबल बनाने के लिए चीज़ों को भारतीय परिप्रेक्ष्य में देखा जाय। यह ज़रूरी है कि लिंग-भेद की कुत्सित भावना से ऊपर उठते हुए उन्हें समान मज़दूरी, समान प्रोन्नति के अवसर प्रदान किए जाएँ। कार्य स्थलों पर उनके सम्मान की सुरक्षा की पूरी गारंटी दी जाए, और यह सब कुछ सिर्फ़ चंद क़ानूनी बदलाव से संभव नहीं है। यह बदलाव मानसिकता में परिवर्तन से संभव है और मानसिकता में बदलाव के लिए यह ज़रूरी है कि आज की पीढ़ी को छायावाद के उन स्वर्णिम पन्नों से जोड़ें जहाँ पहली बार नारी को जननि, सखि, प्यारी कहते हुए उसे हर प्रकार के जड़ बंधनों, हर प्रकार की वर्जनाओं से मुक्त रखने का आह्वान किया गया।

✤

छायावाद : कल्पना तत्त्व

कविता में तीन तत्त्वों का समावेश अनिवार्य माना गया है— राग तत्त्व, बुद्धि तत्त्व और कल्पना तत्त्व। यह भी सही है कि किसी भी कविता में इन तीनों में से किस तत्त्व की प्रधानता होगी या फिर उन तीनों का योग क्या होगा— यह सब कुछ अनिश्चित सा है। वस्तुत: यह बहुत कुछ कविता के वस्तु और उससे भी अधिक कवि के स्वभाव पर निर्भर करता है। कविता में जब-जब शास्त्रवाद का प्राधान्य बढ़ता है तब-तब कविता में कल्पना तत्त्व का महत्त्व कम होता जाता है। वहाँ कवि की कल्पना शक्ति कविता के ऊपरी कलेवर यथा— पद-विन्यास के लालित्य एवं अलंकारों के चारुत्व तक सिमटकर रह जाती है। इसके विपरीत स्वच्छंदतावाद नूतन एवं मनोरम कल्पनाओं के लिए कवियों के लिए कल्पना के खुले आकाश सौंप देता है। अपनी मनोरम कल्पनाओं के मामले में छायावाद समग्र हिंदी साहित्य में विशिष्ट रहा है, इसमें दो राय नहीं है। छायावादी कविताओं में कल्पना के सतरंगी स्वरूप को समझने के पूर्व कल्पना के विषय में विचार कर लेना अपेक्षित होगा— ''जिज्ञासा की तीव्रता से उत्पन्न वह मानसिक शक्ति कल्पना कहलाती है जिसके द्वारा मन किसी गोचर या अगोचर वस्तु या भाव का साक्षत्कार करवा पाता है।'' कल्पना-शक्ति के द्वारा मन अगम वस्तु तक पहुँच जाता है, दुर्लभ वस्तु को भी प्राप्त कर लेता है, अज्ञात् और अज्ञेय वस्तुओं को भी जान लेता है तथा अदृष्ट वस्तुओं का भी स्वरूप निर्धारण करने में समर्थ हो पाता है।

हिंदी के प्रसिद्ध आलोचक डॉ. नामवर सिंह ने ठीक ही कहा है— ''हर चीज़ के प्रति कुतूहल और जिज्ञासा छायावाद का मंगलाचरण है।'' पंत की 'वीणा', 'ग्रंथि' और 'पल्लव' कालीन रचनाओं पर दृष्टिपात करें तो यह बात और स्पष्ट हो जाएगी। कमोबेश सभी छायावादी कविताओं पर यह बात लागू होती है। विस्मय-भावना से अभिभूत होकर छायावादी कवियों ने प्रकृति के सतरंगी रूप को अपनी कल्पना के आँखों से निहारते हुए उसे और भी सुंदर बना दिया। स्वच्छंद जिज्ञासा की बदौलत छायावादी कवियों ने प्रकृति और नारी-सौंदर्य के अनेक रहस्यों का उद्घाटन किया। इस कार्य को उन्होने इतने मनोयोग से किया कि 'विह्वलता' और 'उल्लास' उनकी कविताओं के स्थायी भाव बन गए। आज सरकारी खर्चो पर जगह-जगह पर प्रकृति-पर्व अथवा प्रकृति-पखवाड़ा आयोजित किए जाते हैं किंतु छायावादी कवियों के लिए साल के तीन सौ पैंसठ दिन प्रकृति-पर्व के रंगोल्लास से भरपूर दिखते हैं।

छायावाद को व्यक्तिवादी चेतना का काव्य भी कहा जाता है। कविता जितनी कवि-हृदय के क़रीब रहती है उसमें उतनी ही कल्पनाशीलता की गुंजाइश बनती है।

इसके उल्टे शास्त्रीयता कविता को 'टाइप्ड' बना देती है। विस्तृत और मुखरित कल्पना के कारण ही छायावादी कवियों की कविताओं में अकुंठ प्रेम की मुखर अभिव्यक्ति हो पाई है। यह भी सही है कि छायावादी कविताओं में वेदना की अतिशयता रही। महादेवी जी का तो समग्र काव्य ही वेदना-भाव से अनुप्राणित है। इसके बावजूद भी छायावादी कविताएँ कभी नैराश्य का संदेश नहीं देती हैं। इसके पीछे का कारण उस वेदना में निहित कर्मवाद का दर्शन है। महादेवी जी के करुणावाद के आदर्श महात्मा बुद्ध हैं जिन्होंने 'स्व' की वेदना से नहीं, अपितु जग की वेदना से मर्माहत होकर घर-द्वार छोड़ा था और वेदना से मुक्ति के लिए मार्ग बतलाए थे। दूसरी ओर वेदांत दर्शन से प्रभावित निराला ब्रह्म को सत्य तो मानते हैं किंतु वे जगत् के मिथ्यात्व में विश्वास नहीं करते थे। उनके लिए पल-पल अपना रूप बदलने वाली प्रकृति चिर नवीना और अक्षत-यौवना है। प्रसाद जी का भी मानना है कि प्रकृति अपने यौवन का शृंगार कभी बासी फूलों से नहीं करती है—

''प्रकृति के यौवन का शृंगार
करेंगे कभी न बासी फूल,
मिलेंगे जाकर अति शीघ्र
आह! उत्सुक हैं उनकी धूल।''

यहाँ स्पष्ट कर देना अपेक्षित होगा कि छायावादी कवियों ने जीवन, जगत् और प्रकृति के रहस्यों को समझने का माध्यम विचारो को न बनाते हुए संवेदनशीलता को बनाया। उनकी संवेदनशीलता और भावुकता को जब कल्पना के कोमल पंख मिले तो उन्होंने कल्पना की ऊँची उड़ानें भरीं। इस ऊँची उड़ान के लिए छायवादी कवियों ने वीणा-वादिनी से प्रार्थना करते हुए यह वरदान माँगा है—

''नव-गति नव-लय ताल छंद नव
नवल-कंठ नव-जलद मंद्र रव,
नव नभ के नव विहग वृंद को
नव-पर नव-स्वर दें।''

यदि कल्पना तत्त्व के परिप्रेक्ष्य में हम पूरी हिंदी कविता की परंपरा पर दृष्टिपात करें तो पाते हैं कि अपने आश्रयदाताओं की वीरता, शौर्य और पराक्रम के गुणगान के क्रम में राज्याश्रय प्राप्त कवियों के पास मौलिक कल्पनाओं के लिए कम ही अवसर था। उनकी वर्णनात्मक कविताएँ एक ख़ास साँचे में ढली होती थीं जिनमें राजा को युद्धवीर, दानवीर, धर्मवीर सिद्ध करने में अपनी निपुणता दिखलाई जाती है। कभी-कभी अतिशय राजभक्ति के आवेग में वे अपने आश्रयदाता को उन राजाओं पर भी विजयी दिखला देते थे जो उनसे सौ दो सौ वर्ष पहले या बाद में हुए। निश्चित रूप से इस प्रकार की कल्पना विकृत कल्पना की श्रेणी में ही आएगी। भक्तिकालीन कवियों

में गलद्श्रु भावुकता तो है किंतु भावुकता के आवेगात्मक क्षणों के भी मर्यादा का निर्वाह है। रीतिवादी कविताओं में शास्त्रवाद का प्राधान्य था। कविता की रचना और उसका मूल्यांकन दोनों लक्षण-ग्रंथों के आधार पर होता था। अत: वहाँ लीक से हटकर कुछ नवीन कल्पना के लिए कम ही गुंजाइश थी। द्विवेदीयुगीन कवि भी अपनी अभिव्यक्ति के प्रति बड़े सजग थे किंतु छायावादी कविताओं में जिस स्तर पर कल्पना के वैशिष्ट्य के दर्शन होते हैं, अन्यत्र दुर्लभ है।

छायावादी कवियों को कल्पना इतनी अधिक प्रिय थी कि उन्होंने सबसे अधिक सुंदर, उदात्त, भव्य और महान् वस्तुओं की उपमा कल्पना से दी है। प्रसाद हिमालय को 'विश्व-कल्पना' कहते हैं, पंत बादल को 'त्रिभुवन की कल्पना महान' कहते हैं। 'पल्लव' को 'कल्पना के ये विह्वल बाल' कहकर संबोधित करते हैं। छाया को वे 'कवियों की गूढ़ कल्पना-सी कहते हैं। निराला तो कविता मात्र को 'कल्पना के कानन की रानी' मानते हैं। छायावाद में जो 'हृदय सत्ता का सुंदर सत्य व्यक्त हुआ है और प्रकृति तथा नारी-सौंदर्य की जो सूक्ष्म रेखाएँ चित्रित हुई हैं, उसका श्रेय स्वच्छंद कल्पना को जाता है। द्विवेदी युग के कवियों के लिए जो जगत घटनाओं और तथ्यों का समुदाय था, उसमें छायावादी कवियों ने कल्पना की अंतर्दृष्टि से भावात्मक सत्य का अनुभव किया।

जिस कल्पना शक्ति के बल पर युवा छायावादी कवि विश्व-विजेता बनने चले थे, वही कल्पना एक सीमा पर उनके लिए अभिशाप बन गई। एक समय था कि छायावादी कवियों ने चराचर जगत को उसके पूरे वैविध्य के साथ समेटने की शाब्दिक कला हासिल कर ली थी। मानव मन के अंतर्तम के सूक्ष्म से सूक्ष्म, कोमल से कोमल भावों को कविता के कलेवर में ढालकर प्रस्तुत कर देने की कला छायावादी कवियों को हासिल हो गई थी। इसका नतीजा यह हुआ कि कल्पना के रथ पर चढ़कर कवि वस्तु-स्थिति से बहुत आगे निकल गया। एक समय आया कि वास्तविकता पीछे खींचने लगी और पंत जी जैसे कल्पनाशील कवि को कहना पड़ा—

> *''ताक रहे हो गगन*
> *देखो भू को, जीव-प्रसू को।*

इस अतिशय वायवीयता और बदलते हुए सामाजिक यथार्थ के कारण ही छायावाद की विदाई हुई और प्रगतिवाद का आगमन हुआ। इतना कुछ होते हुए भी छायावाद के आरंभिक दौर में जिस कल्पना के दर्शन होते हैं, वह अप्रस्तुत विधायिनी सामान्य कल्पना नहीं है। यह कल्पना केवल अलंकारो और प्रतीको की योजना करने वाली सामान्य प्रवृत्ति नहीं है, वह एक सत्यान्वेषी अंतर्दृष्टि है जिसके कारण छायावाद अपना निजी स्वरूप गहण कर सका। छायावादी कवियों की उदात्त कल्पना सौ वर्ष के उपरांत भी विश्व-समुदाय के कवियों के लिए वरेण्य हो सकती है।

✤

छायावाद : प्रगीत तत्त्व

हिंदी कविता आरंभ से ही अपने प्रबंध एवं मुक्तक दोनों काव्य रूपों में समृद्ध रही है। एक ओर आदिकाल में रासो काव्य की समृद्ध परंपरा मिलती है तो दूसरी ओर विद्यापति और उनके बाद कबीर, सूर और मीरा से लेकर बिहारी तक में मुक्तक काव्य की परंपरा भी भाव-संपन्नता एवं शिल्प-सौंदर्य की दृष्टि से कम संपन्न नहीं रही है। इस दृष्टि से छायावादी काव्य पूर्णतया चित्रात्मक और गीतात्मक रहा है। भाव के स्तर पर मुक्तक कविता के दो भेद किए गए हैं—गीत और प्रगीत। सबसे पहले गीत और प्रगीत में अंतर को समझना अपेक्षित होगा। प्रसाद जी की प्रसिद्ध कविता 'बीती विभावरी जाग री' 'गीति' अथवा गीत है तो निराला की 'जागो फिर एक बार' प्रगीत का उदाहरण है। आकार में लघुता, भावावेग की तीव्रता और संगीतात्मकता के गुण गीति में मौजूद होते हैं जबकि अपेक्षाकृत आकार में लंबे और छिप्र आवेग के साथ आगे बढ़ने वाले प्रगीत मुक्तछंदात्मक होते हैं तथा विशिष्ट प्रभाव छोड़ने में सक्षम होते हैं। प्रगीतों में संक्षिप्त कथानक एवं नाटकीयता का विधान भी हो सकता है।

आधुनिक हिंदी के संदर्भ में 'प्रगीत' अंग्रेज़ी के लिरिक का समानार्थी तो है ही, यह अपने स्वरूप-विधान के स्तर पर भी उससे प्रभावित रहा है। प्राचीन यूनान में तंत्री के साथ गाए जाने वाला एकल या सामूहिक गीत 'लिरिक' कहलाता था। प्रगीत में भावों की प्रधानता होती है तथा सामान्य रूप से आकार में लघुता होती है। महाकवि निराला ने प्रगीत के स्वरूप को लेकर कई अभिनव प्रयोग किए। निराला नें 'शिवाजी का पत्र', 'राम की शक्ति पूजा' एवं 'चित्रकूट प्रसंग' जैसी कविताओं में कथा—तत्त्व एवं नाटकीयता का समावेश करते हुए लंबी कविता जैसा नया रूप-विधान तैयार किया। यहाँ यह स्पष्ट कर देना अपेक्षित होगा कि मध्यकालीन दौर में रची जाने वाली मुक्तक कविताओं और छायावादी प्रगीत के शिल्प-विधान में कुछ बुनियादी अंतर है। आचार्य रामचंद्र शुक्ल के शब्दों में "वस्तुतः चार-चार, छः-छः या आठ-आठ चरणों के मध्यकालीन मुक्तकों की तुलना में अनिश्चित चरणों वाली छायावादी मुक्तक कविताओं को प्रगीत कहा गया।" 'लिरिक' के लिए प्रगीत शब्द चलाने वाले आचार्य रामचंद्र शुक्ल ने संपूर्ण छायावादी कविताओं के लिए प्रगीत मुक्तक शब्द का प्रयोग इसलिए किया, क्योंकि उन्हें छायावादी प्रगीत भाव और रूप की दृष्टि से मध्यकालीन मुक्तकों से दृष्टिगोचर हुए।

आचार्य हज़ारीप्रसाद द्विवेदी मध्यकालीन मुक्तकों और आधुनिक प्रगीतों में अंतर स्पष्ट करते हुए लिखते हैं— "प्राचीन मुक्तकों में कवि की कल्पना कुछ ऐसे शास्त्ररूढ़

व्यापारों की योजना करती थी जिनसे किसी रस या भाव की व्यंजना मुखर हो। आधुनिक प्रगीत मुक्तक कवि के भावावेग के महत् क्षणों की रचना होती है। गीत मुख्यतः दो प्रकार के होते हैं—प्रेमगीत एवं शोकगीत। गीत के प्रमुख चार तत्त्व होते हैं—अवसर, रस, गति और राग। गीत रचना मे मात्रां लय, राग और काल का विशेष ध्यान रखा जाता है। हर राग का एक निश्चित समय और संदर्भ होता है। पंडित सीताराम चतुर्वेदी ने नियमित तुक वाली चौदह चरणों की गीतिका को प्रगीत कहा है। छायावादी कवियों ने चरणों की संख्या का अनुशासन भंग कर दिया और कई लंबे प्रगीत लिख डाले। ख़ास बात यह हो गई कि इनमें से कुछ प्रगीत इतने विशिष्ट बन गए कि वे उस कवि की हस्ताक्षर कविता बन गए। छायावाद के लगभग सभी प्रगीत मुक्तकों में भावावेग की तीव्रता एवं ख़ास किस्म का लयात्मक प्रवाह तथा प्रभविष्णुता आद्योपांत बनी दिखलाई पड़ती है। उदाहरण के लिए 'जागो फिर एक बार' की ये पंक्तियाँ भूषण की कविताओं के साथ पद-मैत्री करती दिखलाई पड़ती हैं—

''जागो फिर एक बार!
समर में अमर कर प्राण,
गान गाए महासिंधु -से
सिंधुनद तीरवासी! -
सैंधव तुरंगों पर
चतुरंग चमू संग,
''सवा-सवा लाख पर
एक को चढ़ाऊँगा,
गोविंद सिंह निज
नाम जब कहाऊँगा।''

इसके अलावे 'चित्रकूट प्रसंग', 'पंचवटी-प्रसंग' आदि कई प्रगीत आकर में लंबे बन पड़े हैं किंतु उनकी लंबाई कविता को बोझिल बनने का कारण नहीं बनी हैं।

छायावादी प्रगीतों में हम पश्चिम के गीतिकाव्य एवं लोकगीतों के लावनी, कजरी, दादरा, विरहा का सुंदर सामंजस्य देखते हैं। इनमें वैयक्तिकता की स्पष्ट छाप होती है। भवावेग की तीव्रता, गेयता, भावों की सुकुमारता इसकी निजी विशेषताएँ हैं। कहीं कहीं इनके भावों में दार्शनिकता एवं तत्त्व-चिंतन की जटिलता भी आ गई है। 1916 ई. में लिखी गई निराला की 'जूही की कली' के पद-विन्यास पर बांग्ला की कविताओं के गहन् प्रभाव की बात कही जाती है। डॉ. नामवर सिंह इस प्रभाव को एक सिरे से खारिज़ करते हैं। रवींद्रनाथ के प्रति गहरी श्रद्धा रखने वाले निराला उनके प्रति स्वस्थ स्पर्द्धा का भाव भी रखते थे। वे हिंदी के जातीय-संस्कार के अनुकूल हिंदी में वह सब कुछ चाहते थे जो कि बांग्ला साहित्य ही नहीं विश्व-साहित्य में अपने दिव्य रूप में मौजूद

था। उन दिनों बांग्ला कविताओं में प्रगीत-लेखन की परंपरा ज़ोरों पर थी। हिंदी में छायावादी कवियों ने भी प्रगीतों की परंपरा को आगे बढ़ाया। यहाँ बेहतर बात यह हुई कि छायावादी कविताओं के प्रगीत छंद-योजना से लेकर तत्त्व-चिंतन तक के स्तर पर विशुद्ध भारतीय बन पड़े हैं। यदि यह कहा जाय कि छायावादी प्रगीत संपूर्ण छायावादी कविताओ की पहचान हैं तो यह बात अत्युक्तिपूर्ण नहीं लगेगी।

✤

छायावाद : प्रेम और सौंदर्य

छायावादी कविताओं में प्रणय का जो आवेगपूर्ण और प्रगाढ़ रूप मिलता है, वह अनूठा है। उनकी कविताओं में चित्रित प्रेम और सौंदर्य का स्वरूप भी परंपरा से बिल्कुल भिन्न है। संस्कृत साहित्य से लेकर रीतिकाल के कवियों तक जिन्होंने आचार्यत्व के साथ कवि-कर्म किया था, उनके पास परंपरा से प्राप्त नायिकाओं की विभिन्न परकोटियाँ हुआ करती थी जिसके अंतर्गत ये रूप-वर्णन, नख-शिख वर्णन आदि के माध्यम से अपने सौंदर्य चित्रण की निपुणता प्रदर्शित किया करते थे। शास्त्र और परंपरा से हटने का मतलब काव्य-दोष का कलंक लेना था। यही नहीं, उनके यहाँ स्वकीया और परकीया प्रेम की दो स्पष्ट कोटियाँ थीं। यदि लौकिक श्रृंगार का मामला रहा तो कामिनी, मानिनी या खंडिता नायिकाओं के माध्यम से पूर्वराग, मान, प्रवास और करुण की दशाओं के उत्तेजक चित्रण भर प्रस्तुत किए जाते थे। प्रेम में न तो वह मनोवैज्ञानिक गहराई, निश्छलता या पवित्रता होती थी और और न ही उनका सैंदर्य-चित्रण स्थूल अंग-उपांगों के चित्रण से ऊपर उठ पाता था। संयोग से छायावाद के चारो प्रतिनिधि कवि युवा और प्रेम के भास्वर स्वरूप को समझने वाले थे। कमोबेश उनमें स्वच्छंदतावाद की रूमानियत एवं रवींन्द्रनाथ के सौंदर्य-बोध की भी समझ थी।

छायावादी कवियों को पता था कि सौंदर्य स्नेह से उत्पन्न होता है और फिर बदले में वह सौंदर्य उत्पन्न करता है। स्नेह और सौंदर्य दोनों की उत्पत्ति द्वंद्वात्मक प्रक्रिया से होती है। छायावादी कवियों में महादेवी ने स्त्री होकर भी अपने हृदय की स्वच्छंद प्रेम-भावना की सहज अभिव्यक्ति की जिसके कारण उनकी आलोचना भी हुई। शायद यही कारण रहा होगा कि उन्हें रहस्यात्मकता के आवरण में ही सब कुछ कहना पड़ा। जहाँ तक छायावाद के अग्रज़ कवि जयशंकर प्रसाद का प्रश्न था तो उनकी कविताओं में प्रेम और सौंदर्य का स्वरूप संदर्भों के अनुसार बदलता रहा है। जैसे वे 'कामायनी' में देव-संस्कृति की वासना-लोलुप संस्कृति के चित्रण का संदर्भ हो तो वे 'कण-कण क्वणित रणित नूपूर थे, हिलते थे छाती पर हार' लिखते हैं, किंतु जैसे ही उनकी कविताओं में कोई मामूली सा सामान्य प्रेम-पथिक आता है तो उसे यह सीख देते हुए लिखते हैं—

''इस पथ का उद्देश्य नहीं है, श्रांत भवन में टिक रहना
किंतु पहुँचना उस सीमा तक, जिसके आगे राह नहीं।''

विविधता की दृष्टि से छायावादी कवियों में प्रसाद जी ने ही नहीं अपितु सभी छायावादी कवियों ने मध्ययुगीन ओछी रति-भावना से ऊपर उठकर प्रेम को एक उदात्त भावभूमि पर प्रतिष्ठित किया। छायावादी कविताओं में प्रेम के विरह पक्ष को और

भी उदात्त बनाया गया है। प्रसाद जी प्रेम की कविताओ में वेदना की अतिशयता देखी गई है। आलोचकों ने उनके 'आँसू' को विरह काव्य की संज्ञा दी है। वे स्वयं यह स्वीकारते हैं—

''जो घनीभूत पीड़ा थी, मस्तक में स्मृति सी छाई,
दुर्दिन में आँसू बनकर, वह आज बरसने आई।''

पंत जी ने तो कविता का मूल उत्स ही वेदना से माना है। आदिकवि वाल्मीकि का स्मरण करते हुए वे कहते हैं—

''वियोगी होगा पहला कवि, आह से उपजा होगा गान
उमड़ कर आँखों से चुपचाप, बही होगी कविता अनजान।''

प्रेम की पीर के प्रमत्त गायक जयशंकर प्रसाद ने अपने संपूर्ण जीवन-दर्शन की प्रतिष्ठा ही 'काम' की आधार-शिला पर की है। प्रसाद के मनु को कामगोत्रजा कामायनी आनंद लोक में ले ही जाती है, स्वयं काम भी समय समय पर आत्मा की आवाज़ बनकर जीवन संदेश दे जाया करता है। प्रसाद का काम एक ओर मनु में जीवन की लालसा उत्पन्न करता है, तो दूसरी ओर कर्म करने की प्रेरणा भी देता है। यहाँ प्रसंगवशात् आस्ट्रिया के मनोविश्लेषण शास्त्री फ्रायड का जिक्र करना ज़रूरी हो जाता है। प्रसाद जी के एक दशक के बाद ही हिंदी कविता में फ्रायड का प्रभाव ख़ूब दिखता है। फ्रायड ने 'लिविडो' शब्द दिया और कहा कि स्त्री-पुरुष के दैहिक आकर्षण से उत्पन्न प्रेम ही पुरुष को जीवन के भौतिक संसाधन जुटाने के लिए प्रेरित करता है। ऊपरी तौर पर बात एक ही लगती है किंतु गहराई में जाएँ तो स्पष्ट हो जाएगा कि फ्रायड का 'लिविडो' भारतीय प्रेम की तरह उदात्त और भास्वर नहीं है। स्वयं प्रसाद जी ने काम को वासना की सीमा से निकालकर व्यापक जिजीविषा अथवा इच्छा के रूप में प्रतिष्ठित किया है। यह कामजनित लालसा ही है जो कि पुरुष को नाना भाँति के साँसारिक कर्मों के प्रति प्रेरित करती है और जग-व्यापार आगे बढ़ता है।

निराला के प्रेम-वर्णन में आरंभ से ही कुछ अधिक ही प्रगल्भता रही है। उनका सौंदर्य चित्रण निरावृत्त और कुंठा मुक्त रहा है। उनका नायक 'जूही की कली' कविता में निपट निठुराई करते हुए गोरे कापोल लोल मसलकर अपने इरादे ज़ाहिर कर देता है। निराला की नायिकाएँ भी 'नैनों के डोरे लाल गुलाल प्रिय संग खेली होली' वाली हैं। वे 'गेह में प्रिय स्नेह की जयमाल' बनकर वासनामुक्त होकर मुक्ता की तरह चमकीली हो जाती हैं।

स्त्री होने के नाते महादेवी जी के प्रेम-वर्णन में सर्वत्र एक मार्यादा का निर्वाह हुआ है। उनका प्रेम उनके अज्ञात प्रियतम के प्रति निवेदित है जो कि निश्चित रूप से एक परमार्थिक सत्ता है। वे मर्यादा के तटबंधों को कहीं नहीं तोड़ती हैं। यही नहीं, वे अभिसार के समय नभ के तारों से आग्रह करती हैं कि वे पल भर के लिए बुझ जाएँ—

"हे नभ की दीपावलियों, तुम पलभर को बुझ जाना
मेरे प्रियतम को भाता है, तम के पर्दे में आना।"

कुछ इसी प्रकार का आग्रह हिंदी सिनेमा के महान अभिनेता राजकपूर की 'आवारा' फ़िल्म की नायिका चंदा से करती है कि दम भर के लिए वह मुँह फेर ले ताकि वह अपने प्रियतम से बातें कर ले। ज्ञात हो कि इस गीत के रचयिता महान गीतकार शैलेंद्र हैं। महादेवी जी का सौंदर्य-चित्रण बिल्कुल सुष्ठु, मर्यादित और भारतीय सौंदर्य-बोध की सीमा में है। वे लिखती हैं—

"रूपसि! तेरे घन केश पाश।'

अर्थात् महादेवी जी की रूपसि ने अपने घने केशों का एक सुंदर सा बँधा हुआ जुड़ा बना लिया है। वहाँ मर्यादा का बंधन है। निराला की नायिका खुले बालों वाली है—

"खुले केश अशेष शोभा भर रहे
पृष्ठ, ग्रीवा बाहु उर पर तिर रहे,
ज्यों बादलों में घिर अपर दिनकर रहे
ज्योति की तन्वी तड़ित द्युति ने क्षमा माँगी।"

प्रसाद जी में दोनों स्थितियाँ मिलती है। एक ओर उनकी श्रद्धा है जिसके बाल कंधों के आसपास झूल रहे हैं। ये बाल कमर तक नहीं हैं, कंधों तक ही हैं। दूसरी ओर इड़ा के रत्नजटित जूड़े वाले बालों के लिए वे लिखते हैं—

"बाँधा है विधु को किसने, इन काली जंजीरों से
मणि वाले फणियों का मुख, भरा हुआ क्यों हीरों से?"

छायावादी कवियों में प्रेम के मामले में महादेवी जी इसलिए भी विशिष्ट हैं कि उनके लिए प्रेम साधन और साध्य दोनों है। तभी तो वे कहती हैं— "प्रिय से कम मादक पीर नहीं।" अपने जीवन को विरह के जलजात से रूपायित करती हुई महादेवी जी कहती हैं कि हे प्रियतम! प्रातःकाल की बेला में मधुर मुस्कान से भरे तुम्हारे मुखमंडल के दर्शन हो जाए तो यह जीवनरूपी लीलाकमल खिल जाए—

"जो तुम्हारा हो सके लीलाकमल यह आज।
खिल उठे निरुपम तुम्हारे, देख स्मित का प्रात।"

कहना नहीं होगा कि छायावादी कवियों ने ही हिंदी कविता में पहली बार स्त्री पुरुष के बीच प्रणय संबंध के क्षेत्र में परस्पर सहकारिता और स्वच्छंदता का सूत्रपात किया। यही नहीं, इन्होंने अशरीरी और अतींद्रिय प्रेम को अधिक से अधिक बढ़ावा दिया। प्रेयसी का साहचर्य मात्र गंगा की तरह पवित्र हो सकता है और उसकी वाणी मे त्रिवेणी की लहरों का गान हो सकता है, ऐसी पंक्तियाँ तो निश्छल, निष्कलुष हृदय वाले पंत

जी ही लिख सकते हैं—

"तुम्हारे छूने में था प्राण, संग में पावन गंगा स्नान।
तुम्हारी वाणी में कल्याणी, त्रिवेणी की लहरों का गान।"

प्रेमी युगल के प्रथम मिलन के चित्रण के मामले में भी छायावादी अपने पूर्ववर्ती कवियों पर भारी पड़े हैं। श्रद्धा मनु को 'तरंगों से फेंकी मणि एक' के रूप में देखती है तो श्रद्धा के सौंदर्य में मनु को खिले हुए बिजली के फूल नज़र आते हैं। तुलसी राम और सिया के प्रथम मिलन को 'लोचन मग रामहिं उर लानी/ दीन्हें पलक कपाट सयानी।' के रूप में चित्रित करके बात ख़त्म करते हैं तो निराला इस प्रथम मिलन में एक पूरी मनोवैज्ञानिक यात्रा तय करवाते हैं—

"याद आया उपवन
विदेह का—प्रथम स्नेह का लतांतराल मिलन
नयनों का—नयनों से गोपन—प्रिय संभाषण-
पलकों का नव पलकों पर प्रथमोत्थान पतन-
काँपते हुए किसलय,-झरते पराग समुदय-
गाते खग नव जीवन परिचय,—तरु मलय वलय-
ज्येति: प्रपात स्वर्गीय,—ज्ञात छवि प्रथम स्वीय
जानकी नयन कमनीय—प्रथम कंपन तुरीय।"

पंत जी के प्रणय-चित्रण में न तो प्रसाद की तरह मधुचर्या है और न ही निराला की प्रगंल्भता है। उसमें एक विशेष प्रकार की किशोर सुलभ भावुकता एवं निश्छलता है। वैसे भी उनका संपूर्ण प्रेम उनकी चिर सहचरी प्रकृति के प्रति निवेदित है जिसे वे देवि!, माँ, सहचरी, प्राण, सब कुछ मानते हैं। पंत जी ही नहीं, छायावाद के सभी कवियों में प्रेम अधिकांश स्थलों पर निश्छल, वायवीय, पवित्र और अशरीरी ही रहा है। उनके प्रेम को 'प्लेटोनिक लव' का ही दर्जा दिया जाना चाहिए जहाँ शरीर बिल्कुल गौण होता है। आज की पीढ़ी में जबकि प्रेम हिंसक हो उठा है, उसमें प्रतिदान की अपेक्षा अधिकार भावना की उग्रता अधिक प्रबल हो उठी है, यह प्रबलता समाज में यदा-कदा 'एसिड एटेक' जैसे जघन्य अपराधों के रूप में उभरकर सामने आ रहा है, छायावाद की प्रेम कविताएँ इस दिक्भ्रमित पीढ़ी के लिए प्रेम के भास्वर, दिव्य और उदात्त स्वरूप को समझने में सहायक हो सकती है।

✤

छायावाद : राष्ट्रीयता

छायावादी कविताओं का राष्ट्रीय-आंदोलन से गहरा सरोकार रहा किंतु ये कविताएँ राजनीतिक और सामाजिक घटनाओं का अविकल अनुवाद नहीं हैं। इसके पीछे छायावादी काव्य का निजी दर्शन एवं उनकी अन्योक्ति-विधान वाली शैली उत्तरदायी है। यह ठीक है कि छायावादी कवियों का स्वर निराला की सांस्कृतिक पुनर्जगारण वाली कविताओं को छोड़कर माखनलाल चतुर्वेदी, सुभद्रा कुमारी चौहान या रामधारी सिंह 'दिनकर' की तुलना में कम 'लाउड' रहा है किंतु प्रभाव की दृष्टि से ये कविताएँ कहीं भी कमतर साबित नहीं हुई हैं। प्रसाद जी अपनी कविता 'बीती विभावरी जाग री' में नव-जागरण की फूटती हुई किरणों को पहचानते हैं तो पंत जी इस 'प्रथम रश्मि' का स्वगत कोयल की कूक से करते हैं। कहा जा सकता है कि छायावादी काव्य की राष्ट्रीयता अधिकांश स्थलों पर प्रकृति के माध्यम से व्यक्त हुई है। प्रसाद जी ने इसके लिए नाटकीय गीतों एवं नाटकीय चरित्रों के संवाद का सहारा लिया है।

छायावादी कवियों की संवेदनशीलता एवं भावुकता की बात को बार-बार दुहराया जाता है, लेकिन साथ ही साथ यह भी सत्य है ये अत्यंत प्रबुद्ध भी थे। सच्चाई यह है कि विविध राजनीतिक, आर्थिक, सामाजिक घटनाएँ मानव मन पर जो सम्मिलित प्रभाव डालती हैं— छायावादी कविताएँ उसकी भावात्मक प्रतिक्रिया हैं। छायावादी कवि न तो राष्ट्रीय-आंदोलन के दौरान घटित होने वाली घटनाओं की इतिवृत्तात्मक प्रस्तुति में विश्वास करते थे और न ही इनमें 'उठो पार्थ गांडीव सँभालो' वाली उपदेशात्मकता के स्वर ही मुखरित हुए हैं। हिंदी के सुप्रसिद्ध आलोचक डॉ. नामवर सिंह का मानना है कि "छायावादी कविताओं में समकालीन सामाजिक, राजनीतिक परिस्थितियों की अभिव्यक्ति छाया के रूप में ही चित्रित हुई हैं, इसीलिए भी छायावाद नाम सार्थक है।" वे आगे कहते है कि "जहाँ सामाजिक जीवन की अभिव्यक्ति भाव सत्ता के जितने गहरे स्तर पर होती है, वहाँ आलोचकों के लिए इन सूत्रों की तलाश करना उतना कठिन काम हो जाता है।" छायावादी कविताओं के साथ यह बात पूरी तरह लागू होती है। इन सूत्रों की तलाश बहुत मुश्किल नहीं है। राष्ट्रीय आंदोलन की लड़ाई में प्रसाद जी नारियों की सहभागिता ही नहीं दिखाते, अपितु जोशपूर्ण नेतृत्व भी प्रदान करते हैं। तभी तो 'चंद्रगुप्त' नाटक की अलका सबसे आगे राष्ट्र ध्वज लिए ये प्रयाण-गीत गाती हुई चलती है—

"हिमाद्रि तुंग श्रृंग से प्रबुद्ध शुद्ध भारती
स्वयंप्रभा समुज्ज्वला स्वतंत्रता पुकारती,

अमर्त्य वीर-पुत्र हो दृढ़ प्रतिज्ञ सोच लो
प्रशस्त पुण्य पंथ है, बढ़े चलो, बढ़े चलो।''

हर पराधीन देश में राष्ट्रीयता की भावना का उदय पुनरुत्थान की भावना से ही होता है। प्रसाद जी ने भी 'पेशोला की प्रतिध्वनि', 'शेरसिंह का शस्त्र समर्पण', 'शिवाजी' का पत्र' जैसी उद्‌बोधनपरक कविताओं के माध्यम से पुनरुत्थानवादी भावनाओं को संप्रेषित करने का काम किया है। कविताओ से हटकर यदि हम उनके नाटकों की बात करें तो राष्ट्रीयता का यह स्वर और भी मुखरित होकर उभरा है। इस मामले में 'स्कंदगुप्त' के गीत की यें पंक्तियाँ बेजोड़ बन पड़ी हैं—

''हिमालय के आँगन में उसे प्रथम किरणों का दे उपहार,
उषा ने उठ अभिनंदन किया और पहनाया हीरक हार।''

नाटककार ने स्पष्टतः यह घोषणा की है कि हम आर्यगण कहीं बाहर से नहीं आए थे, हम मूलतः भारतवासी हैं और हमनें ही अपनी आर्य-संस्कृति अर्थात् श्रेष्ठ संस्कृति से विश्व-संस्कृति को आलोकित किया था। हमने सारे विश्व को पहली बार यह संदेश दिया—

''विजय केवल लोहे की नहीं, धर्म की रही, धरा पर धूम।
भिक्षु होकर रहते सम्राट, दया दिखाते घर-घर घूम।''

छायावादी कवियों ने कहीं भी अतीत में लौटने की बात नहीं कही है, अतीत से प्रेरणा अवश्य ली है। प्रसाद जी ने अपने ऐतिहासिक नाटकों के बारे में स्पष्टतः लिखा है कि हमें इतिहास के गड़े मुर्दे उखाड़ने की जरूत नहीं हैं, हमें भारत के उस गौरमय अतीत को प्रस्तुत करना है जो हमारे लिए वर्तमान की लड़ाई में प्रेरणा देने का काम करे। महाप्राण निराला ने 'तुलसीदास' और 'जागो फिर एक बार' जैसी कविताओं में अपने गौरवमय अतीत के बल पर ही पराधीन भारतीयों के भीतर जोश भरने का काम किया है। निराला कहते है—

''जागो फिर एक बार
सिहंनी की गोद से
छिनता है रे शिशु कौन?
वह तो मेषमाता
रहती है निर्निमेष
स्मरण करो बार-बार
जागो फिर एक बार।''

छायावादी कविताओं मे विश्व मानवतावाद की विराट् भावना ने देश प्रेम की प्राचीन और संकीर्ण दीवारें गिरा दी है। विशेष कर प्रसाद जी ने भारतीयता को गुण

विशेष के रूप के रूप में स्वीकारते हुए इसे विश्वव्यापी बनाने की अपील की है। यही कारण है कि यूनान की कार्नेलिया को भारत की प्राकृतिक सुषमा और सांस्कृतिक गरिमा से प्रेम हो जाता है—

''अरुण यह मधुमय देश हमारा
जहाँ पहुँच अनजान क्षितिज को मिलता एक सहारा।
सरस ताम रस गर्भ विभा पर नाच रही तरु-शिखा मनोहर
छिंटका जीवन हरियाली पर, मंगल कुंकुंम सारा। ।''

छायावादी कवियों ने कभी भी सिर्फ़ राजनीतिक स्वतंत्रता की बात नहीं की। उन्होंने सदा समष्टि में स्वतंत्रता की बात कही, अर्थात् सर्वांगीण स्वतंत्रता ही उसे काम्य है। छायावाद की स्वातंत्र्य-चेतना को समझने के लिए 'वर दे वीणवादिनी' कविता का अध्ययन बेहद ज़रूरी है। कवि माँ सरस्वती से सिर्फ़ राजनतिक दासता के बंधन काटने की बात नहीं करता है अपितु अज्ञानता के अंधकार से मुक्त करवाते हुए जीवन और मृत्यु के भय से पूरी तरह मुक्त करना चाहता है—

''वर दे वीणावदिनी वर दे
प्रिय स्वतंत्र रव अमृत मंत्र नव
भारत में भर दे।

निराला की स्वतंत्रता की लड़ाई सिर्फ़ किताबी नहीं है। ये सिर्फ़ लेखों या कविताओं के माध्यम ने आज़ादी की जड़ाई नहीं लड़ रहे थे। निराला ने भारत में किसान-आंदोलन शुरू होने से पहले 1923 ई. में 'जीर्ण बाहु है शीर्ण शरीर' लिखकर किसानों की पीड़ा और शोषण के विरुद्ध आवाज़ उठाई थी। निराला ने 'तोड़ती पत्थर' मे मजदूरिन का चित्रण करते हुए सभी प्रकार की आंदोलनधर्मी कविताओं के बीज हिंदी की धरती पर छींट दिए थे। ये सारी कविताएँ नागार्जुन जैसे आंदोलनधर्मी कवियों के लिए प्रेरणा का अक्षय स्त्रोत बनीं। छायावादी कविताओं में राष्ट्रीयता से भरी ओत-प्रोत कविताओं में स्थायी तत्त्व के रूप मे सांस्कृतिक पुनर्जागरण एवं उदग्र सामाजिक चेतना के तत्त्व मौजूद हैं। छायावादी कवियों की राष्ट्रीयता वाली कविताओं में भारत की चौहद्दी, नदियों और पर्वर्तों का गुणगान मात्र नहीं है। इस दृष्टि से निराला की प्रसिद्ध कविता 'भारति जय विजय करें' की पंक्तियाँ देखने योग्य है—

''भारति! जय-विजय करें
कनक, कमल, शस्य कमल धरे।'

यहाँ भारत माँ की जो तस्वीर उकेरी गई है उसमें चतुर्भजी भारत माँ ने एक हाथ में स्वर्ण-कलश, एक हाथ में धान की बाली और एक हाथ में कमल पुष्प धारण किया हुआ है। यहाँ स्वर्ण कलश खनिज़-संपदा का, धान की बाली कृषि की संपन्नता का

और कमल पुष्प प्राकृतिक सुषमा एवं सास्कृतिक संपन्नता के प्रतीक के रूप में उभरे हैं। राष्ट्रपेम से ओत-प्रोत इस तरह की भाव संपन्न एकाधिक दर्जन कविताएँ छायावादी काव्य में मिल जाएँगी। छायावाद की राष्ट्रीय-चेतना अत्यंत उदग्र भास्वर और एवं राष्ट्र तथा उसकी संस्कृति के प्रति गौरवमयी स्थायी प्रभाव छोड़ने वाली हैं।

✤

छायावाद : शब्द-योजना

कविता-लेखन के क्षेत्र में शब्द-संयोजन का आरंभ से विशेष महत्त्व रहा है। नवीं शताब्दी में आचार्य वामन ने 'विशिष्ट प्रकार की पद-रचना विधान' को ही कवि-कर्म की संज्ञा दी है। यहाँ यह भी समझ लेना चाहिए कि विशिष्ट प्रकार की पद-रचना उक्ति की विचित्रता, शब्द चमत्कार या पाण्डित्य प्रदर्शन नहीं है। अंग्रेज़ी के स्वच्छंदतावादी कवि कॉलरिज ने कविता को—Poetry is the combination of best words in best order. कहा तो उनका अभिप्राय भी पद-व्यापार की निपुणता से ही था। कविता में जब शास्त्रवाद का प्राधन्य होता है तो कवियों की उस पीढ़ी को कविता का एक बना बनाया ढाँचा उपलब्ध हो जाता है। आंतिरक स्तर पर प्रबंध-रचना करते हुए या मुक्तक कविताएँ लिखते हुए कुछ शिल्प-गत प्रयोग ज़रूर चलते हैं किंतु कविताओं का मूल कलेवर वही रहता है जो सौ-पचास साल पहले हुआ करता था। दूसरी ओर कविता जब अपने विकास के उस दौर से गुज़रती है जब शास्त्रवाद का स्थान स्वच्छंदतावाद ले लेता है तो इस दौर की कविताओं के स्वरूप में सहसा युगांतकारी परिवर्तन देखने को मिलता है। छायावादी कविताएँ भी उसी दौर की उपज थीं।

छायावादी कवियों के साथ विशेष बात यह हुई कि खड़ीबोली हिंदी के रूप में लगभग एक सद्य:जाता भाषा उनके हाथ लगी थी। फलतः स्वाभावतः नवीनता के आग्रही छायावाद के युवा कवियों ने गीत, प्रगीत, लंबी कविताएँ एवं प्रबंध-कौशल सभी क्षेत्रों में अपने हाथ आजमाए। यह बात अलग है कि छायावाद का स्वरूप मूलतः गीतात्मक रहा है। भावावेग की आकुल व्यंजना छायावादी कवियों के सृजन का मुख्य अभिप्रेत रहा है। चित्रात्मकता, लाक्षणिकता, प्रतीकात्मकता, मूर्त-प्रत्यक्षीकरण एवं कोमल-कांत पद-विन्यास छायावाद के शिल्प-सौंदर्य के विशेष आकर्षण रहे हैं। सादृश्यमूलक अंलकारों के प्रति उनमें विशेष रुझान दिखती है। इस युग के कवियों ने विशेषण-विपर्यय, मानवीकरण एवं ध्वन्यर्थ-व्यंजना जैसे अंग्रेज़ी अलंकारों के प्रयोग के प्रति विशेष रुचि दिखाई है। यदि एक-एक कर सभी छायावादी कवियों पर विचार करें तो महादेवी जी का संपूर्ण काव्य गीतिकाव्य की श्रेणी में रखने योग्य हैं। निराला के प्रगीत और कुछ लंबी कविताओं को छोड़ दें तो भी 'गीतिका' 'अणिमा', 'अर्चना' 'आराधना' और 'गीतकुंज' के गीत संख्या की दृष्टि से निराला की संपूर्ण काव्य-साधना का अधिकांश ही साबित होंगे। यही बात प्रसाद जी पर लागू होती है। यदि प्रसाद जी के 'लहर' और उनके नाटकों के गीतों पर ही दृष्टिपात करें तो गुणवत्ता और परिमाण की दृष्टि से कहीं से भी कमतर साबित नहीं होते। यही नहीं, प्रसाद जी के इकलौते प्रबंधकाव्य 'कामायनी'

के रूप-विन्यास की तह में जाते हैं तो वहाँ भी हमें कथा—तत्त्व का विस्तार कम ही दिखता है। छोटे-छोटे गीतों की शृंखलाएँ ही मानों कथानक को गति प्रदान करती हुई दिखती है और गीति-तत्त्व ही अधिक मिलते हैं।

छायावादी कवयों की शब्द-योजना को समझने के लिए इसके रूप-विन्यास अथवा 'फर्मेट' को समझना होगा। अंग्रेज़ी में जिसे 'फार्म' कहते है उसका सटीक अर्थ संगति है। अर्थात् भावों के साथ सहज संगति के साथ ही कविता का 'फार्म' निर्मित होता है। कहा जा सकता है कि कविता का रूप ही कविता का 'फार्म' है और यह कविता में निहित भावों के साथ संगति बैठते ही स्वतः निर्मित होता चला जाता है। कविता का रूप-विन्यास आंतरिक सौंदर्य का परिणाम होता है। आचार्यों ने रूप-विन्यास की इस आंतरिक संगति को ही सौंदर्य कहा है जिसका मूलाधार विशिष्ट पद-रचना है। इस सौंदर्य को 'लावण्य' भी कहा गया है। आधुनिक आलोचक 'फार्म' और 'फार्मेट' के लिए बनावट और बुनावट शब्द का प्रयोग करते हैं।

छायावाद का अधिकांश अंतर्जगत् से संबंधित था। महादेवी जी ने स्वयं यह स्वीकारा है कि सृष्टि के बाह्याकार पर इतना कुछ लिखा जा चुका था कि मनुष्य का अंतर्तम अभिव्यक्ति के लिए रो उठा। छायावादी कविताओं में प्रतीकों के बाहुल्य अंतर्जगत् के चित्रण के प्रति विशेष रुझान के कारण ही इनमें प्रतीकों की भरमार सी दिखती है। चूँकि संपूर्ण छायावाद प्रकृति के विराट् पृष्ठभूमि पर पल्लवित पुष्पित हुआ है, फलतः इनके प्रतीक भी प्रकृति से ही गृहीत हैं। भाव और रूप की पूर्ण संगति के बाद कभी कभी काव्य की रूप विधि अपनी सार्थकता प्रमाणित कर चुकने के बाद जब 'रूप' अथवा 'फॉर्म' किसी अतिरिक्त भाव की व्यंजना करता है तब रचनात्मकता के स्तर पर इस प्रक्रिया को प्रतीकात्मकता कहा जाता है। कहा जाना चाहिए कि "शब्द जब अपनी सार्थकता प्रमाणित कर चुकने के बाद किसी अतिरिक्त भाव की व्यंजना करते हैं तो प्रतीक की भूमिका में आ जाते हैं।" 'झंझा' जब आँधी-पानी के साथ साथ किसी हृदय की व्यथा और क्षोभ की ओर संकेत करती है तो अपनी सार्थकता के अतिरिक्त कार्य करती है। काव्य-जगत् में रूप-विन्यास का यह अतिरिक्त कार्य काव्य का 'लावण्य' कहलाता है।

द्विवेदी युग की कविता का रूप-विन्यास आर्य समाजी सौंदर्य-भावना से प्रेरित था। उसके वेश-विन्यास में एक ख़ास प्रकार की सादगी थी। आचार्य रामचंद्र शुक्ल के शब्दों में "छायावाद जिस आकांक्षा का परिणाम था, उसका लक्ष्य केवल अभिव्यंजना की रोचक प्रणाली का परिणाम थी।" वस्तुतः छायावादी कवियों ने कविता के रूप-विन्यास में भावों को प्रमुखता दी। पंत जी 'पल्लव' की भूमिका में अलंकरण के विषय में कहते हैं— 'भाषा की पुष्टि के लिए, राग की परिपूर्णता के लिए, अलंकार आवश्यक उपादान हैं।' दूसरी ओर पंत जी आगे चलकर यह भी कहते हैं—

''तुम वहन् कर सको जन-मन में मेरे विचार
ऐ वाणी! तुम्हे चाहिए क्या अलंकार?''

छायावादी कवि अपनी अप्रस्तुत-योजना के कारण संपूर्ण हिंदी काव्य में भिन्न और विशिष्ट हैं। इन्होंने अपनी अप्रस्तुत-योजना में आकार-साम्य के स्थान पर प्रभाव-साम्य को अधिक महत्त्व दिया है। उदाहरण स्वरूप 'छाया' को मानवी काया का रूप देते हुए कवि कहता है—

''कौन कौन तुम परिहत वसना
म्लान मना भू पतिता-सी।
वातहता विच्छिन्न लता-सी,
रति-श्रांता ब्रज-वनिता -सी।''

विराट प्रकृति के साथ तदाकार होने के लिए छायावादी कवियों ने विराट् बिंबों की रचना की। वह प्रकृति के विराट् सौंदर्य पर अभिभूत था, इसलिए कवियों ने समुद्र, अनंत व्योम आदि को अपनी कविताओं में ख़ूब उतारा है। छायावादी कवियों का मानना था कि साम्य का विधान जितने ही विराट् आधार पर प्रतिष्ठित होगा, हृदय में उतनी ही विराट् भावना का अभ्युदय होगा। यही कारण है कि प्रसाद जी 'कामायनी' में प्रकृति के प्रलंयकारी स्वरूप को उकेरते हुए दिखते हैं—

''उधर गरजती सिंधु लहरियाँ
कुटिल काल के जालों-सी,
चली आ रही फेन उगलती
फन फैलाए व्यालों-सी।''

दूसरी ओर महाप्राण निराला 'राम की शक्तिपूजा' में राम के श्रांत-क्लांत रूप का चित्रण इन विराट् बिंबों के सहारे करते हैं—

''दृढ़ जटा मुकुट को विपर्यस्त प्रतिलट से खुल
फैला पृष्ठ पर, वक्ष पर बाहुओं पर विपुल।''

छायावादी कवियों ने ब्रजभाषा और अवधी के तद्‌भववाची शब्दों के स्थान पर संस्कृत के भारी भरकम शब्दों का ख़ूब प्रयोग किया है। इसका मतलब यह नहीं समझना चाहिए कि द्विवेदीयुगीन कवि इनसे कम थे। उदाहरण के लिए महावीरप्रसाद द्विवेदी की 'हे कविते' की ये पंक्तियाँ देखी जा सकती हैं जो कि 1900 ई. के आसपास लिखी गई हैं—

विचित्र वर्णाभरणे कहाँ गई?
अलौकिकानंद विधायिनी महा
कवींद्र-कांते, कविते, अहो कहाँ?

छायावादी कवियों के शब्द-चयन का मुख्य आधार श्रुति-माधुर्य था। शब्द संगति बिठाने में इन कवियों ने स्वर अथवा व्यंजन संबंधी अनुप्रास का सहारा लिया है। उदाहरण के लिए निराला की प्रसिद्ध कविता 'वर दे वीणा वादिनी वर दे' कविता की ये पंक्तियाँ देखी जा सकती हैं—

'नव गति नव लय ताल छंद नव
नवल कंठ नव जलद मंद्र रव,
नव नभ के नव विहग वृंद को
नव पर नव स्वर दे।'

उपरोक्त पंक्तियों में 'नव' विशेषण का बारंबार प्रयोग हुआ है। मज़ेदार बात यह है कि यह 'नव' विशेषण अपने हर विशेष्य को विशेषीकृत करने में पूरी तरह सक्षम है। ऐस लगता है कि यदि 'नव' विशषण को हटाकर कोई दूसरा विशेषण लगा दिया जाय तो वह बात नहीं बन पाएगी। इस प्रकार का अद्‌भुत संयोजन किसी भी भाषा के साहित्य में विरले ही देखने को मिलता है। उदाहरण के लिए महाकवि तुलसीदास ने अपने इष्टदेव श्रीराम के विषय में कुछ इस प्रकार 'कंज' विशेषण का प्रयोग किया है—

''श्री रामचंद कृपालु भजु मन
हरण भव भय दारुणम्
नव कंज लोचन कर मुख
कर कंज पद कंजारुणम्।''

श्रुति-माधुर्य के आधार पर शंब्द संगति बिठाने में पंत जी का जवाब नहीं है। इस लहज़े से उन्हें छायावाद का सर्वाधिक निष्णात् शब्द-शिल्पी कहा जा सकता है। पंत जी की अधिकांश कविताओं में प्रयुक्त शब्द दो-तीन या अधिक से अधिक चार वर्णों वाले होते हैं। वे निराला की तरह संश्लिष्ट सामासिक पदावलियाँ रचने में कम ही रुचि दिखाते है। ऐसा प्रतीत होता है कि पंत जी छोटे-छोटे शब्दों के रसों का मानसिक रसास्वादन करते हैं, तब जाकर उनका प्रयोग करते हैं। पंत जी की कविताओं में चटकती हुई कलियों एवं गुंजार करते हुए भौंरों का श्रुति-माधुर्य कई स्थलों पर स्पष्ट सुनाई पड़ता है। पंत जी की एक प्रसिद्ध कविता 'नौका-विहार' है। इस कविता में छोटी सी नौका को 'हंसिनी' के रूप में रूपायित करते हुए उसके तिरने की ध्वनि का जो अद्‌भुत ध्वनि-संयोजन कवि ने किया है, वह देखते ही बनता है—

मृदु मंद-मंद, मंथर-मंथर
लघु तरिणी हंसिनी-सी सुंदर
तिर रही खोल पालों के पर।''

मूर्त के लिए अमूर्त एवं अमूर्त के लिए मूर्त का विधान छायावादी कविताओं के आकर्षण का मुख्य केंद्र बिंदु रहा है। इसके लिए छायावादी कवियों ने प्राकृतिक सौदर्य

पर नारी-सौंदर्य का आरोप करते हुए जहाँ उसमें रसनीय माँसलता पैदा की है वहीं नारी-सौंदर्य पर प्राकृतिक-सौंदर्य का आरोप करते हुए उसे स्थूल माँसलता से बचाया है। मज़ेदार बात यह रही है कि प्राकृतिक सौंदर्य और नारी-सौंदर्य के बीच का यह गठबंधन कहीं नहीं टूटा है, यहाँ तक कि प्रसाद जी के नाटकों में भी आद्योपांत बना रहा है। तभी तो प्रसाद जी की नायिका जो कि 'कनक किरण के अंतराल में' लुक-छिपकर चलती है। वह रूपगर्विता मुग्धा नायिका अपनी 'सरिता सी तरल हँसी' स्वयं पीती हुई प्रतीत होती है। उनके यहाँ रात्रि पगली-सी अल्हड़ नायिका है, जो अपना आँचल भी नहीं सँभाल पा रही है। निराला की कविताओं में पवन जैसा नायक अपनी प्रेयसी जूही की कली के साथ निपट निठुराई करते हुए गोरे कपोल मसल देने की धृष्टता कर बैठता है। पंत जी छाया का मानवी काया का रूप देते हुए कहते हैं—

''हाँ प्रिय आओ बाँह खोलकर
मिलकर गले जुड़ा ले प्राण,
फिर तुम तम में, मैं प्रियतम में
हो जावें द्रुत अंतर्ध्यान।''

अब अंत में छायावादी कवियों के शब्द-भंडार पर चर्चा करना अपेक्षित होगा। वैसे तो छायावादी कवियों को संस्कृत के तत्समवाची श्ब्द अधिक प्रिय रहे हैं तथापि इन कवियों ने यत्र तत्र स्थानीय शब्दों का प्रयोग भी बड़े काव्यात्मक लहजे में किया है। यहाँ इनका शब्द-संगीत अत्यंत कर्णप्रिय बन पड़ा है। महादेवी जी कहती हैं— 'मुखर पिक हौले हौले बोल।' यह पद-मैत्री इस बात की पुष्टि करती है कि छायावादी कविता अतिशय नागरता के बावजूद लोक-तत्त्व से युक्त थी। निराला जब यह लिखते हैं— ''बाँधों न नाव इस ठाँव बंधु, देखेगा सारा गाँव बंधु'' तो 'नाव', 'ठाँव' और 'गाँव' जैसे ग्रामगंधी शब्द मन में अलग सी मिठास भर देते हैं।

भाषा, भाव, छंद, अलंकार प्रतीक-विधान आदि सभी दृष्टि से छायावादी कवियों ने पश्चिम की कल्पनाशीलता को अपनाया। शब्दों के प्रति पूर्ण सजगता, भाषा के नाद-सौंदर्य के प्रति विशेष रुचि, चित्रोपम विशेषणों का प्रयोग, प्रचीन शब्दों का जीर्णोद्धार, अंग्रेज़ी आदि के रागोत्प्रेरक शब्दों या वाक्य खंडो का रूपांतरित प्रयोग इनकी काव्य शैली की ख़ास विशेषताएँ रही हैं। यथा— ब्रोकेन हार्ट का भग्न हृदय, ड्रीमलैंड का स्वप्नलोक आदि। शैली की दृष्टि से छायावाद मूलतः मुक्तक प्रधान है किंतु 'प्रेम-पथिक' और 'ग्रंथि' जैसी रचनाओं में प्रबंधात्मकता के दर्शन होते हैं। नवीन अभिव्यंजना पद्धति, नए भाव व्यंजक शब्दों, मुक्तछंद का प्रयोग, संगीत का संतुलित समावेश इनकी निजी विशेषताएँ हैं। 'कामायनी' की अलग प्रकार की प्रबंध कल्पना एवं लंबी कविताओं का शिल्प-विधान छायावादी शिल्प के निजी शिल्प वैशिष्ट्य को दर्शाते हैं। कविता के पाँच रूप हैं— कथात्मक, विचारात्मक, भावात्मक, वर्णनात्मक एवं चित्रात्मक। छायावाद में इन सभी के उदाहरण मिलते हैं। अंग्रेज़ी पदों का अनुवाद सबसे अधिक पंत ने और सबसे

कम प्रसाद ने किया है। अर्थ-छायाएँ पकड़ने में भी छायावादी सबसे आगे दिखते हैं। यथा—लहर, तरंग, वीचि, ऊर्मि, हिल्लोल आदि। इसी प्रकार 'भ्रू' से क्रोध की वक्रता, भृकुटि से कटाक्ष की चंचलता, भौंहों से स्वाभाविक प्रसन्नता का अनुभव होता है।

छायावादी कवियों ने मोहक स्मृति-चित्र जगाने के लिए भी शब्द योजना की है। प्रसाद जी की 'बीती विभावरी जाग री' कविता की नायिका आँखों में विहाग राग भरकर सोयी हुई है। सपनों में ही सही, वह अपनी मधुरिम स्मृतियों में खोयी हुई है। निराला की 'जूही की कली' कविता तो मोहक स्मृति-चित्रों की एक गतिशील चित्र-शृंखला ही प्रतीत होती है। उनकी दूसरी कविता 'राम की शक्तिपूजा' कविता में राम को सहसा जनक की पुष्पवाटिका वाली सीता का स्मरण हो आता है—

"याद आया—

उपवन विदेह का, प्रथम स्नेह का लतांतराल मिलन
नयनों का नयनों से गोपन, प्रिय संभाषण
पलकों का नव पलकों पर प्रथमोत्थान पतन।"

छायावादी कविताओं में शब्दों की पुनरावृत्ति भी ख़ूब मिलती है। महादेवी जी की एक कविता 'विरह का जलजात जीवन' में ग्यारह बार 'जलजात' पद का प्रयोग हुआ है। निराला 'वर दे वीणावादिनी वर दे' कविता में नौ बार से अधिक 'नव' शब्द का प्रयोग करते हैं। इसी प्रकार कुछ कवियों के लिए कुछ शब्द इतने प्रिय बन गए हैं कि वे उनके लिए तकियाकलाम बन गए हैं। उदाहरण के लिए प्रसाद जी के तकियाकलाम शब्द हैं—मधु, माधव, माधवी आदि। पंत—स्वप्निल, मृदुल, उर्मिल आदि शब्दों को बार-बार प्रयोग में लाकर भी नहीं अघाते हैं। महादेवी जी का समग्र काव्य दीप, बाती, तूलि, अश्रु, जलजात, रजनी आदि शब्दों से आच्छादित हैं। पंत के शब्द अरूप और वायवी अधिक हैं क्योंकि वे कल्पना प्रधान थे। प्रसाद के शब्द मधु की तरह प्रगाढ़ थे क्योंकि वे गहन् अनुभूतियों वाले कवि थे। निराला के शब्दों में सबसे अधिक विविधता है। महादेवी के शब्दों में अधिक अलंकृति का आभास मिलता है। पंत के शब्द यदि कुसुम हैं तो महादेवी के शब्द माणिक्य हैं। उनके शब्द अधिक तराशे हुए हैं।

छायावादी कवियों ने एक ओर विराट् उपमाओं की योजना की तो दूसरी ओर लघु-लघु अमूर्त उपमाओं का विधान किया है। लघु-लघु अमूर्त उपमाओं के विधान में पंत जी बेजोड़ हैं। यहाँ वे बिल्कुल कालिदास के क़रीब दिखते हैं जो कि अपने उपमा विधान के लिए विश्व-विख्यात हुए। पंत जी भी उपमा विधान में बेजोड़ हैं। उनकी निम्न पंक्तियाँ दर्शनीय हैं—

"गूढ़ कल्पना-सी कवियों की
अज्ञाता के विस्मय-सी,
ऋषियों के गंभीर हृदय-सी
बच्चों के तुतले भय सी।"

हर युग की कविता में कुछ न कुछ उपमान रूढ़ होकर प्रतीक बन जाते हैं। छायावादी कवियों ने नूतन उपमानों के ख़ूब प्रयोग किए और इतने बार किए हैं कि वे उपमान प्रभावशाली प्रतीकों में परिणत हो गए हैं। उदाहरण के लिए पंत जी की निम्न पंक्तियाँ देखी जा सकती हैं—

''सुख-दुख के मधुर मिलन से
यह जीवन हो परिपूरन,
कभी घन में ओझल हो शशि
कभी शशि में ओझल हो घन।''

यहाँ 'शशि' और 'घन' सांकेतिक अर्थ देते हुए सुख और दुख का प्रतीक बन गए हैं। कहा जा सकता है कि यहाँ प्रतीकों का लाक्षणिक प्रयोग हुआ है। छायावादी कवियों ने कभी-कभी व्यंजनागर्भी प्रतीकों का प्रयोग भी किया है। उन्होंने यह मान लिया है कि संपूर्ण चर अचर प्रकृति या दृश्य जगत् ही एक प्रतीक है— ''हे नभ की दीपावलियों/ तुम पल भर को बुझ जाना। मेरे प्रियतम को भाता है/ तम के परदे में आना।'' दूसरी ओर प्रसाद जी की विश्वप्रिया अपने आँचल में दीप छिपाए आती है— 'शशिमुख पर घूँघट डाले/ आँचल में दीप छिपाए। जीवन की गोधूलि में, कौतुहल से तुम आए।' प्रसाद जी के प्रतीक प्राय: रूढ़ हैं और बार बार प्रयुक्त हुए हैं। शुक्ल जी ने तो उन्हें साम्प्रदायिक प्रतीक भी कह दिया।

अंततः यह कहना अपेक्षित होगा कि संस्कृत के गुंजायमान शब्दों का प्रयोग कर के भी द्विवेदीयुगीन कवि भाषा में वह मोहकता नहीं ला सके जो छायावाद के कवियों ने दो से तीन वर्णो वाले शब्दों से ला दिए हैं— 'खुले पलक, फैली सुवर्ण छवि/ जागी सुरभि डोले मधु बाल, स्पंदन कंपन औ नव जीवन/ सीखा जग ने अपनाना।' भाषा शब्दों की संख्या से धनी नहीं होती, अपितु उसकी उनकी भाव-व्यंजकता से धनी होती है। द्विवेदी युग की कविता की तुलना में छायावाद की समृद्धि का रहस्य यही है। वैसे तो संस्कृत शब्दों को पुनर्जीवित करने का प्रयास महावीरप्रसाद द्विवेदी और हरिऔध ने ही आरंभ किया था, किंतु छायावादी कवियों ने इस मामले में इनकी तुलना में रवींद्रनाथ से अधिक प्रेरणा ली। विशेष कर 'जूही की कली' की पद-मैत्री पर इसके गहरे प्रभाव की बात ठहरायी गई। सत्य यह है कि इन्होंने हिंदी के जातीय संस्कार के अनुरूप ही इनका प्रयोग किया। नामवर जी प्रभाव की बात को एक सिरे से इंकार करते हैं और यह कहते हैं कि ''गुरुदेव की प्रति निराला में आरंभ से ही स्वस्थ स्पर्धा की भावना थी।'' कुल मिलाकर यदि छायावाद के समस्त शब्दों की सूची बनाएँ तो पता चलेगा कि असीम, अनंत, स्वप्निल, तंद्रिल, उर्मिल, नीरव, नि:श्वास, उच्छवास, स्पंदन, कंपन, सिहरन, उन्मुख, गुंजन, क़लमल, टलमल, छलछल आदि शब्दों की पुनरावृत्ति हुई किंतु यह पुनरुक्ति पुनरुक्ति-दोष न बनकर पुनरुक्तिप्रकाश के रूप में ही आभासित हुई है।

✤

छायावाद : एक मौलिक जीवन-दर्शन

छायावाद का जन्म एक विशेष सामाजिक एवं साहित्यिक परिस्थितयों में हुआ और पुनः एक विशेष प्रकार की सामाजिक एवं राजनीतिक परिस्थितियाँ उत्पन्न होने के कारण इसका पर्यवसान भी हो गया। कहा जा कता है कि छायावाद के अभ्युदय और अवसान दोनों के लिए यहाँ की ज़मीनी परिस्थितियाँ उत्तरदायी थीं। हिंदी कविता के इतिहास में छायावाद अपने साथ एक मौलिक जीवन–दर्शन लेकर अवतरित हुआ था। इसके जीवन–दर्शन की जड़ें औपनिषदिक चिंतन एवं विवेकानंद के वेदांत दर्शन तक गहरे रूप से जुड़ी हुई हैं। छायावादी को एक सुदृढ़ दार्शनिक पृष्ठभूमि प्रदान करने का श्रेय इसके अग्रज कवि जयशंकर प्रसाद को जाता है जिन्होंने महात्मा बुद्ध के करुणावाद से लेकर कश्मीर के प्रत्यभिज्ञा दर्शन को अपनी 'कामायनी' में समेटने का काम किया। 'कामायनी' की नायिका श्रद्धा यदि मनु को यह सीख देती है कि 'औरों को हँसते हुए देखकर स्वयं हँसों और सुख पाओ' तो यह भगवान् महावीर के 'जीयो और जीने दो' के संदेश का ही प्रभाव है। दूसरी जगह श्रद्धा यदि तकली पर सूत कातती हुई दिखलाई पड़ती है तो यह गाँधी के स्वदेशी आंदोलन और स्वावलंबन का प्रभाव था। निराला यदि 'दलित भारत की विधवा है' जैसी पंक्तियाँ लिखते हैं तो इसे राजा राममोहन राय और ईश्वरचंद्र विद्यासागर जैसे महापुरुषों के द्वारा चलाए जा रहे समाज–सुधार आंदोलन के प्रभाव के रूप में देखा जाना चहिए। इसी प्रकार निराला की कविताओं में बार–बार 'स्वतंत्रता' शब्द की पुनरावृत्ति देखी जाती है, तो इसे तिलक के 'स्वाधीनता हमारा जन्मसिद्धि अधिकार है' जैसे सूत्र–वाक्य का ही प्रभाव माना जाना चाहिए। इन सच्चाइयों के बावजूद यह भी सच है कि छायावाद को अपने जन्म के साथ ही कई प्रकार के अंतर्विरोधों का सामना करना पड़ा।

आचार्य रामचंद्र शुक्ल की धारणा थी कि हिंदी में रामनरेश त्रिपाठी, मुकुटधर पाण्डेय आदि जिस काव्य–धारा का प्रवर्तन कर रहे थे, वह रवींद्रनाथ की कविताओं और कुछ अन्य विदेशी वादों के प्रभाव से विपथगामी होकर छायावाद हो गया। अंतर्विरोधी विचार देने वाले शुक्ल जी कहते है कि "इस तृतीय उत्थान में जो परिवर्तन हुआ और छायावाद कहलाया, वह इसी द्वितीय उत्थान की प्रतिक्रिया का परिणाम था।" कहना नहीं होगा कि शुक्ल जी छायावाद के उद्भव और विकास को द्विवेदीयुगीन काव्य–प्रवृत्तियों यथा इतिवृत्तात्मकता, उपदेशात्मकता, गद्यात्मकता, कोरी नैतिकता आदि की प्रतिक्रिया के परिणाम के रूप में देखते हैं।

छायावाद कितनी प्रतिक्रिया में विकसित हुआ या कितना उसका क्रमिक विकास हुआ यह भले ही छान-बीन का विषय हो सकता है किंतु इतना तो मानना ही पड़ेगा कि छायावादी कवियों को बना बनाया रास्ता नहीं मिला था। छायावादी कवियों ने अपने बल पर एक नई राह बनाई, इससे इंकार नहीं किया जा सकता। किंतु इस बदलाव को डॉ. नामवर सिंह दूसरे रूप में देखते हैं। उनके अनुसार— ''द्विवेदीयुगीन कविताओं एवं स्वच्छंदतावादी कविताओं से इतर महज दो तीन वर्षों में इस बदली हुई राह पर इन्होंने जो दूरी तय की और जो विशाल अंतर दिखलाई पड़ता है, वह और भी चौकाने वाला है। वह क्रम नहीं, अपितु प्रक्रम है। इस प्रक्रम को नहीं समझने वाले ही इसे विदेशी समझ बैठे।'' छायावादी कवियों ने रवींद्रनाथ या विदेशी कवियों की कविताओं से प्रेरणा ली भी होगी तब भी उन्हें अपनी आकांक्षाओं का प्रतिबिंब समझकर ही आत्मसात् किया होगा। इस विषय में महादेवी जी ने जो कहा है वह भी ध्यान देने योग्य है— ''सृष्टि के बाह्याकार पर इतना कुछ लिखा जा चुका था कि मनुष्य का अंतर्तम अभिव्यक्ति के लिए रो उठा।'' इस लिहाज़ से छायावाद को विदेशी प्रभाव की परिणति मान बैठना बिल्कुल भ्रामक है, सच तो यह है कि संपूर्ण छायावाद छायावादी कवियों के अंतस् की अभिव्यक्ति है।

दूसरी बात यह कि द्विवेदी युग और उसके पहले के कवियों ने भी वर्ड्सवर्थ और शेली को पढ़ा होंगा, फिर स्वंच्छंदतावाद को भारत आने में साठ-सत्तर साल क्यों लगे? गौर करने वाली बात यह भी है कि सभी छायावादी कवि युवा थे, फिर ये युवा कवि साठ-सत्तर साल वाले पुराने फ़ैशन को क्यों अपनाते? सच्चाई यह है कि छायावादी कवियों ने अपनी मौलिक सृजन-क्षमता के बल पर कविता के रूप-विन्यास को पुरानी संकीर्ण रूढ़ियों से मुक्त करके उसमें नवीन अभिव्यंजना प्रणाली के द्वार खोल दिए। यहाँ ध्यान देने वाली बात है कि इस दौर में कविता का सिर्फ़ ऊपरी कलेवर ही नहीं बदल रहा था, कविता में प्रवृत्तिगत बदलाव उससे भी तेज़ी से हो रहे थे। व्यक्तित्व की स्वाधीनता, विराट् कल्पना, प्रकृति साहचर्य, मानव प्रेम, वैयक्तिक प्रणय, उच्च नैतिक आदर्श, देशभक्ति, राष्ट्रीय-जागरण आदि के प्रसार द्वारा छायावाद ने हिंदी जाति के जीवन के विकास में ऐतिहासिक योगदान दिया। इसके अलावे सामाजिक चेतना वाली कविताएँ ग़रीबी, भूख, शोषण, अत्याचार के खिलाफ़ भाव-व्यंजना कर रही थीं, यह सब कुछ ब्रितानी हुकूमत के दमन-चक्र के ख़िलाफ़ छायावादी कवियों की निजी अभिव्यक्ति थी, इसमें किसी विदेशी विचारधारा के प्रभाव के सूत्र ढूँढ़ना बेमानी ही सिद्ध होगा।

वस्तुतः हिंदी के विद्वानों के द्वारा अब तक छायावाद की एक संकुचित व्याख्या की प्रस्तुत की जाती रही थी। इस ओर डॉ. नामवर सिंह ने अपनी पुस्तक 'छायावाद' में संकेत भी किया है। वे लिखते हैं— ''छायावाद से तात्पर्य मात्र एक काव्यधारा से लिया जाना इसकी एक संकुचित व्याख्या होगी। इसके वास्तविक स्वरूप को रेखांकित

करते हुए कहा जा सकता है—छायावाद वस्तुतः एक व्यापक जीवन दृष्टि थी जिसकी अभिव्यक्ति 'आकाशदीप', 'स्वर्ग के खण्डहर' जैसी कहानियों, 'सेवासदन', 'प्रेमाश्रम', 'गबन' जैसे उपन्यासों में देखने को मिलती है।'' यहाँ सहज ही यह सवाल उठ खड़ा होता है कि जबकि छायावाद कविता के एक आंदोलन के रूप में प्रतिष्ठित हो चुका है तो नामवर जी की बात मानते हुए इस नाम के भीतर इतर विधाओं की रचनाओं को समेट लेना कहाँ तक उचित होगा? छायावाद की जीवन-दृष्टि की तलाश में इन सभी विधाओं को एक साथ समेटकर देखना यहाँ तक तो ठीक है, किंतु छायावाद को एक काव्यांदोलन के रूप में ही स्वीकारना अधिक समीचीन होगा। ऐसा न करने से अध्ययन की कई व्यावहारिक समस्याएँ उठ खड़ी होंगी, क्योंकि हर विधा की कुछ अपनी निजता भी होती है। रह गई बात छायावाद के मौलिक जीवन-दर्शन के प्रसार की, तो इसमें दो राय नहीं हैं कि यथार्थवादी रचनाएँ होकर भी निराला के 'अलका', 'अप्सरा', 'निरुपमा' आदि उपन्यासों पर छायावादी कल्पनाशीलता का गहरा रंग है। रेडियो रूपक के रूप में लिखे जाने वाली पंत जी की 'ज्योत्स्ना' छायावाद की कल्पना-सृष्टि ही प्रतीत होती है। ठोस ऐतिहासिक कथावस्तु पर अपने नाटकों की रचना करने वाले प्रसाद जी 'चंद्रगुप्त', 'स्कंदगुप्त', 'ध्रुवस्वामिनी' में कई ऐसे स्त्री-पुरुष पात्रों की सृष्टि करते हैं जिनसे वे अपनी रुमानियत को अभिव्यक्ति प्रदान कर सकें। महादेवी वर्मा के संस्मरण एवं रेखाचित्र के अधिकांश पात्र और जंतु-चरित्र वास्तविक समाज से लिए गए हैं, लेकिन उनको कलात्मक स्वरूप प्रदान करने में उन्होंने छायावादी कल्पनाशीलता का पूरा सहारा लिया है। यही नहीं, महादेवी जी के संस्मरणों एवं रेखाचित्रों से गुज़रते हुए कई बार हमें ऐसा प्रतीत होता है कि हम गद्य न पढ़कर पद्य पढ़ रहे हैं। कहीं-कहीं चित्रमयी और लाक्षणिक भाषा सुख देती है तो कहीं-कहीं उनकी भाषा कविता से भी कठिन हो जाती है और दो-तीन बार के पठन के बाद ही डी-कोड हो पाती है। निराला, पंत, प्रसाद और मुख्यतः महादेवी के आलोचनात्मक निबंधों के साथ भी यह बात लागू होती है। इनके आलोचनात्मक निबंधों की आत्मीयता से पाठक सहज रूप से जुड़ता चला जाता है। इनके आलोचनात्मक निबंधों में भी गज़ब की तरलता के दर्शन होते हैं।

छायावाद के मौलिक दर्शन के प्रभाव से तत्कालीन सभी बड़े आलोचक भी अछूते नहीं दिखते हैं। नगेंद्र जी अपनी आलोचना में आरंभ में मनोविश्लेषण की दृष्टि को लेकर आगे बढ़े किंतु उनकी आलोचनात्मक दृष्टि छायावादी रस से ही खुली। आगे चलकर डॉ. नगेंद्र रसवाद के सबसे बड़े आलोचक साबित हुए। आचार्य नंददुलारे बाजपेयी की सौष्ठववादी आलोचना के विकास में छायावादी कविताओं का कितना योगदान रहा, यह कहने की ज़रूरत नहीं है। आचार्य रामचंद्र शुक्ल अपने आलोचनात्मक निबंध 'कविता क्या है' में कविता की भाषा की चित्रमयता और उसके लाक्षणिक सौंदर्य पर सबसे अधिक बल देते हैं। उनके इस निबंध को उनकी आलोचना दृष्टि की कुंजी

के रूप में देखा जाता है। इस निबंध की अधिकांश स्थापनाएँ छायावादी कविताओं से मेल खाती हैं। विद्वानों का तो यहाँ तक मानना है कि शुक्ल जी की रागात्मकता छायावादी भावुकता की ही प्रौढ़ स्थिति है।

शुक्ल जी का रस-सिद्धांत वस्तुतः छायावादी आवश्यकता से ही उत्पन्न हुआ था। 'रसात्मक बोध के विविध रूप' में उन्होंने जिस प्रत्यक्ष रूप-विधान, स्मृत-रूप विधान एवं काल्पनिक रूप-विधान का समावेश किया है, वह क्रमशः छायावाद का ही प्रकृति-प्रेम, अतीत-प्रेम और कल्पना सृष्टि है। कविता की भाषा में सिर्फ़ अर्थ-ग्रहण से काम नहीं चलता अपितु उसमें बिंब-विधायिनी क्षमता होनी चाहिए, यह बात भी छायावादी काव्य-भाषा से मेल खाती है। शुक्ल जी कभी छायावाद की कल्पनाशीलता के विरोधी नहीं रहे, अपितु पक्षधर ही रहे छायावादी कवि अखिल सत्ता के एकत्व की आनंदमयी भावना जगाकर हृदय के बंधन खोलने का अभ्यास करते थे। तभी तो महाप्राण निराला कहते हैं—

'काट अंध उर के बंधन स्तर'।
बहा जननि ज्योतिर्मय निर्झर
कलुष-भेद तम हर प्रकाश भर
जगमग जग कर दे ।'

छायावादी कवियों का विश्व-मांगल्य शुक्ल जी के लोक-मांगल्य से ही मेल खाता है। शुक्ल जी का हृदयवाद प्राकारांतर से छायावाद ही है। थोड़े शब्दों में कहा जा सकता है कि छायावाद नाम एक काव्यधारा विशेष की उद्‌भावना तो करता है किंतु इससे अधिक छायावाद एक मौलिक एवं मुक्कम्मल जीवन दर्शन का नाम है जिसकी स्पष्ट और गहरी छाप हिंदी साहित्य की सभी विधाओं पर दिखलाई पड़ती है। कहा जा सकता है कि प्रेमचंद, आचार्य रामचंद शुक्ल और निराला में ऊपरी तौर पर हमें विधागत अंतर भले ही दिखलाई पड़ जाए किंतु उनके अंतस् में एक ही जीवन-दर्शन काम कर रहा था और वह जीवन दर्शन विशुद्ध भारतीय था।

छायावाद के मौलिक जीवन-दर्शन के निर्माण में इन कवियों के जीवन संघर्ष और जीवनानुभवों के योगदान को भी विस्मृत नहीं किया जा सकता है। छायावादी कवियों में निराला के सामाजिक जीवन का दायरा सबसे अधिक विस्तृत था। वे 'समन्वय' पत्रिका से जुड़े थे। रामकृष्ण मिशन द्वारा चलाए जाने वाले सेवा-कार्यों में भी उनकी सक्रिय भागीदारी हुआ करती थी। प्रयागराज में बिताए गए जीवन की दिनचर्या में उनका फूटपाथ पर सोने वाले भिखमंगों से लेकर, रिक्शा, टमटम वाले एवं मोटिया मजूरी करने वाले लोगों के साथ उनका गहरा जुड़ाव था। प्रसाद जी एक कवि के साथ व्यवसायी भी थे। अंतर्मुखी होने के कारण कवि-सम्मेलनों में नहीं जाया करते थे किंतु उनके यहाँ काशी के पण्डितों का जमावड़ा लगा रहता था। महादेवी जी कवयित्री होने के अलावे

प्रयाग महिला विद्यापीठ की आचार्या थीं। इसके अलावे उनका एक लंबा समय समाज के अभिवंचित वर्ग की स्त्रियों के बीच बीतता था। इन कवियों का अपना एक लंबा अनुभव संसार था। प्रसाद एवं पंत जी जैसे कवियों के स्वाधयाय का भी एक विस्तृत संसार था। ऐसे में स्वाभाविक हैं कि छायावाद के मौलिक जीवन-दर्शन के निर्माण में इन कवियों के जीवनानुभवों एवं जीवन-संघर्षों की महती भूमिका रही होगी। शायद यही कारण है कि छायावादी कविता के पाठक इन कविताओं से निष्पन्न जीवन-दर्शन को सहजता से आत्मसात् कर पाते हैं और ये कविताएँ उनके अपने जीवन से उपजी हुई कविताएँ लगती हैं।

✤

प्रेम और सौंदर्य के गायक : प्रसाद

प्रेम और सौंदर्य के अमर गायक जयशंकर प्रसाद छायावादी काव्याधारा के अग्रज कवि के रूप में प्रतिष्ठित हैं। बहुमुखी प्रतिभा के धनी प्रसाद जी ने हिंदी कविता के क्षेत्र में एक नए युग का प्रवर्तन किया वहीं अपने सांस्कृतिक नाटकों के माध्यम से इस विधा को एक गौरवमयी ऊँचाई दी। प्रेमचंद के समकालीन प्रसाद जी ने अपनी अनूठी कथा—शैली से उपन्यास एवं कहानी दोनों विधाओं में अपनी निजी पहचान बनाई। प्रसाद जी के शोधपरक ऐतिहासिक निबंध भारत के सांस्कृतिक विकास को समझने में अत्यंत सहायक हैं।

जयशंकर प्रसाद का जन्म 1889 ई. में काशी के एक प्रसिद्ध वैश्य परिवार सुँघनी साहू के यहाँ हुआ था। व्यावसियक परिवार के होते हुए भी इनके यहाँ काशी के विद्वानों की नित्य मंडली लगा करती थी। फलतः प्रसाद जी के बाल-मानस पर इन सभी का गहरा असर पड़ा। बचपन में एक बार इन्हें अपने परिवार के लोगों के साथ जगन्नाथ जी सहित कई तीर्थों की यात्रा का अवसर मिला। इनके कल्पनाशील मानस पर इन तीर्थों की प्राकृतिक सुषमा की अमिट छाप अंकित हो गई जो कि आगे चलकर इनकी छायावादी कविताओं में देखने को मिली। प्रसाद जी ने 'कलाधर' नाम से बहुत कम उम्र में ही ब्रजभाषा में कविताएँ लिखनी शुरू कर दी थी, बाद में ये जयशंकर प्रसाद के नाम से छपने लगे। ये कविताएँ 'चित्राधार' नामक काव्य-संग्रह में आइं। उसके बाद 'कानन-कुसुम', 'झरना' 'प्रेम-पथिक' 'लहर' और 'आँसू' जैसी रचनाओं में छायावाद का सौदर्य-बोध अपने पूरे निखार में उभरता चला गया। 'कामायनी' प्रसाद जी ही नही, अपितु समग्र छायावाद की सर्वाधिक प्रौढ़तम कृति है जिसे 'रामचरितमानस' के बाद सबसे अधिक पढ़े जाने और सराहे जाने वाले महाकाव्य का दर्जा प्राप्त है।

प्रेम की पीर के प्रमत्त गायक जयशंकर प्रसाद स्वयं को प्रेम-पथ का अनोखा पथिक बतलाते हैं। वे प्रेम के अनोखे पथ के विषय में कहते हैं—

''पथिक प्रेम की राह अनोखी, भूल-भूलकर चलना है।
सँभल-सँभलकर जो चलता है, वह पूरा व्यापारी है।''

प्रसाद जी सभी से प्रेम-यज्ञ में अपने निजी स्वार्थों को हवन् करने के लिए प्रेरित करते हैं—

''प्रेम-यज्ञ में स्वार्थ और कामना हवन करना होगा।
तब तुम प्रियतम स्वर्ग-बिहारी होने का सुख पाओगे।''

कवि का ऐसा मानना है कि सच्चे प्रेमी को प्रेम में प्रतिदान की अपेक्षा नहीं करनी चाहिए। प्रेम में तो सब कुछ न्यौछावर करना होता है—

''पागल रे, वह मिलता है कब
उसको तो देते ही हैं सब,
आँसू के कण-कण से गिनकर
यह विश्व लिए हैं ऋण उधार
तू फिर क्यों उठता है पुकार
मुझको न मिला रे कभी प्यार!''

सच्चे प्रेमी के लिए यह आवश्यक है कि वह अपने निजी प्रेम को विश्वप्रेम में विसर्जित कर दे—

''किंतु न परिमित करो प्रेम, सौहार्द्र विश्वव्यापी कर दो
क्षण-भंगुर सौंदर्य देख, रीझो मत देखो-देखो।''

प्रेम के इस अनोखे पथ की न कोई मंजिल है और न इस यात्रा में कोई पड़ाव होता है—

''इस पथ का उद्देश्य नहीं है, श्रांत भवन में टिक रहना
किंतु पहुँचना उस सीमा तक जिसके आगे राह नहीं।''

वस्तुतः प्रसादजी की काव्य-चेतना समरसतावादी दर्शन पर आनंद-विहार करती है जहाँ जड़ और चेतन के बीच का भेद मिट जाता है। 'कामायनी' के आनंद सर्ग में प्रसाद जी कहते हैं—

''समरस थे जड़ या चेतन, सुंदर साकार बना था।
चेतनता एक विलसती, आनंद अखंड घना था।''

प्रसाद जी की रचनाओं में 'आँसू' का विशेष महत्त्व है। आलोचकों ने इसे 'विरह-काव्य' की संज्ञा दी है। प्रसाद जी कविता का मूल उत्स वेदना से मानते हैं। उनकी प्रेम-कविताओं में स्वानुभूति की ही विवृत्ति हुई है। तभी तो कवि कहता है—

''जो घनीभूत पीड़ा थी, मस्तक में स्मृति सी छाई
दुर्दिन में आँसू बनकर, वह आज बरसने आई।''

प्रसाद जी मूलतः सौंदर्य-चेतना के कवि हैं। इन्होंने प्राकृतिक सौंदर्य पर नारी सौंदर्य का आरोप कर उसमें रसनीय माँसलता पैदा की है, वहीं नारी-सौदंर्य पर प्राकृतिक-सौंदर्य का आरोप करते हुए उसे स्थूल माँसलता से बचाया है। उदाहरणार्थ 'लहर' की इस प्रसिद्ध कविता 'बीती विभावरी जाग री' कविता में भोर का यह अद्वितीय सौंदर्य देखा जा सकता है—

"बीती विभावरी जाग री!
अंबर-पनघट में डुबो रही
तारा-घट उषा-नागरी।
खग-कुल, कुल-कुल सा बोल रहा
किसलय का अंचल डोल रहा
लो यह लतिका भी भर लाई
नवल मधुर रस गागरी।
अधरों में राग अमंद पीये
अलकों में मलयज बंद किए
तू अब तक सोयी है आली,
आँखों में भरी विहाग री।"

कहना नहीं होगा कि भाव-सौंदर्य के चित्रण में प्रसाद जी सिद्ध-हस्त हैं। उनकी शृंगारिक रचनाएँ रीतिकलीन सौंदर्य-बोध की स्थूल माँसलता से बिल्कुल हटकर विविध भाव-भंगिमाओं के साथ आंतरिक सुंदरता को दर्शाने वाला है। उदाहरण के लिए 'चंद्रगुप्त' नाटक की इस नर्तकी का यह भाव-प्रवण रूप देखते ही बनता है—

"तुम कनक किरण के अंतराल में
लुक-छिपकर चलते हो क्यों?
नत-मस्तक गर्व वहन करते
यौवन के घन रस-कण झरते
हे लाज भरे सौंदर्य बता दो
मौन बने रहते हो क्यों?
अधरों के मधुर कगारों में
कल-कल ध्वनि की गुंजारों में
मधु सरिता-सी यह तरल हँसी,
अपनी पीते रहते हो क्यों?"

इतना कुछ होते हुए भी प्रसाद जी की काव्य-रचना का मूल उद्देश्य नारी के शाश्वत-सौंदर्य की स्थापना करना है। उनकी नारी लज्जा से ओत-प्रोत श्रद्धा और समर्पण की प्रतिमूर्ति है जो कि पुरुष के जीवन में सर्वदा अमृत-धारा के रूप में बहती है—

"नारी, तुम केवल श्रद्धा हो
विश्वास रजत नग-पग तल मे
पीयूष स्त्रोत सी बहा करो
जीवन के सुंदर समतल में।"

प्रसाद जी की साहित्य-सेवा में उनके पौराणिक, ऐतिहासिक नाटकों का कम योगदान नहीं है। प्रसाद जी ने महाभारतकालीन जनमेजय से लेकर बारहवीं शताब्दी के जयचंद को अपने नाटकों का प्रतिपाद्य बनाया है। प्रसाद जी का मानना था हमारा उद्देश्य इतिहास के गड़े मुर्द उखाड़ना नहीं है। हम अपने इतिहास के उन उदात्त पक्षों को उद्घाटित करना चाहते हैं जो हमारे भीतर सांस्कृतिक गरिमा के भाव भर सकें। प्रसाद जी ने 'कल्याणी परिणय', 'सज्जन', 'प्रायश्चित', 'चंद्रगुप्त', 'स्कंदगुप्त' 'अजातशत्रु' 'जनमेजय का नागयज्ञ' सहित लगभग एक दर्जन नाटक लिखे। ये सभी नाटक भारतीय नाट्य साहित्य के दस्तावेज हैं जिनके माध्यम से नाटककार जयशंकर प्रसाद ने सांस्कृतिक पुनर्जागरण का शंखनाद करते हुए देश को जगाने का काम किया है। कहना नहीं होगा कि प्रसाद जी का स्वदेशानुराग इनके नाटकों में अधिक मुखर होकर सामने आया है। तभी तो 'चंद्रगुप्त' नाटक की विदेशी पात्र कार्नेलिया भारत देश को 'अरुण यह मधुमय देश हमारा कहती हुई गाती है—

''अरुण यह मधुमय देश हमारा!
जहाँ पहुँच अनजान क्षितिज को मिलता एक सहारा
सरस तामरस गर्भ विभा पर नाच रही तरु-शिखा मनोहर
छिंटका जीवन हरियाली पर, मंगल कुंकुम सारा।''

प्रसाद जी कविता-लेखन के क्षेत्र में जितने रुमानी रहे है, उपन्यास-लेखन में उनका नज़रिया उतना ही यथार्थवादी रहा है। प्रसाद जी की तीनों औपन्यासिक कृतियाँ 'तितली', 'कंकाल' और 'इरावती' (अपूर्ण) कथानक की दृष्टि से कसी हुई, पठनीय और सामाजिक यथार्थ के क्षेत्र में गहराई तक पाठकों को ले जाने वाली हैं। इनकी कहानियों के संकलन हैं—'छाया', 'खंडहर' 'प्रतिध्वनि', 'आकाशदीप' आदि। ये सभी कहानियाँ विविधताओं से भरी हैं। इनके पात्रों के अंतर्द्वंद्व आरंभ से अंत तक पाठकों को बाँधे रखते हैं। प्रसाद जी की 'मधुआ', 'पुरस्कार', 'गुंडा' और 'आकाशदीप' उत्कृष्ट कोटि की कहानियाँ बन पड़ी हैं। यदि प्रेमचंद बाह्य-जगत् अर्थात् गाँव, ग़रीबी, भूख, शोषण और सामाजिक जीवन की उठा—पटक को चित्रित करने वाले कहानीकार हैं तों प्रसाद जी मनोवैज्ञानिक गहराइयों वाले चरित्रों का संसार सृजित करने वाले कहानीकार माने जा सकते हैं।

कुल मिलाकर प्रसाद जी मूलतः कवि-हृदय रचनाकार थे। उनके नाटकों में गीतों के बाहुल्य और उनकी कहानियों के पात्रों के कवित्वमय संवाद इस कथन की पुष्ट करते हैं। उनके साहित्य-सृजन का उद्देश्य लोगों में स्वदेशानुराग की भावना जागृत करना था। उनके शोधपरक निबंधों में इतिहास के गौरवमय पन्नों की पड़ताल की गई है। अड़तालिस वर्ष भी न पूरा कर पाने वाले प्रसाद जी ने हिंदी कविता को छायावाद जैसा स्वर्णिम युग दिया। अपने सांस्कृतिक नाटकों के जरिये प्रसाद जी ने हिंदी रंगमंच

से जुड़े रंगकर्मियों के लिए जो रंग-चुनौतियाँ पेश की उसे स्वीकार करते हुए कई दिग्गज रंगकर्मियों ने इस मिथ को झुठला दिया है कि प्रसाद के नाटक सिर्फ़ पठनीय हैं, मंचन के योग्य नहीं हैं। छायावाद के स्वर्णिम पन्नों को रचने एवं हिंदी नाटक को सांस्कृतिक गरिमा प्रदान करने के लिए प्रसाद जी एक लंबे कालखंड तक याद किए जाएँगे।

✤

कामायनी : रूपक-विधान

महाकवि जयशंकर प्रसाद द्वारा रचित महाकाव्य 'कामायनी' के कलेवर को समझने के लिए उसके रूपक-विधान को समझना ज़रूरी होगा। 'कामायनी' का रचना-विधान 'रामचरितमानस', 'प्रियप्रवास' या 'साकेत' से भले ही भिन्न हो सकता है किंतु इसकी आत्मा महाकाव्य वाली है। 'कामायनी' के रूपक-विधान पर विचार करने के पूर्व यह जान लेना आवश्यक होगा कि रूपक-विधान क्या है? धनंजय के 'दशरूपक' में दृश्यकाव्य के दो प्रमुख भेद करते हुए दस रूपकों एवं आठ उपरूपकों का विवेचन किया गया है। ये सभी आधुनिक शब्दावली में नाटक के भेद हैं। रूपक दृश्यकाव्य का सर्वाधिक प्रचलित और प्रमुख भेद है जिसमें एक उदात्त कथावस्तु होती है, धीरोदात्त नायक होता है, वीर अथवा श्रृंगार-रस की प्रधनाता के साथ और कई अंगी रसों की योजना होती है। कमोबेश संस्कृत से लेकर हिंदी तक के सभी पारंपरिक महाकाव्यों में भी इन्हीं तत्त्वों का विधान होता है। अब बात यदि रूपक-विधान की जाय तो सहज शब्दों में कहा जा सकता है कि रूपक और अन्योक्ति अलंकार का मिश्रित रूप ही रूपक-विधान कहलाता है। रूपक में जहाँ प्रस्तुत पर अप्रस्तुत का अभेदरहित आरोप होता है वहीं अन्योक्ति अलंकार में अन्य के ब्याज से कही गई उक्ति को अन्योक्ति अलंकार कहते हैं। मध्यकाल में अवधी में 'पद्मावत' की रचना की गई जिसमें आचार्य रामचंद्र शुक्ल ने अन्याक्ति-विधान वाली शैली के समाविष्ट होने की बात स्वीकारी है। जहाँ तक 'कामायनी' का प्रश्न है तो 'कामायनी' के रूपकत्व के विषय में स्वयं कवि जयशंकर प्रसाद का कहना है कि यह आख्यान इतना प्राचीन है कि इतिहास में रूपक का भी समावेश हो गया है। इसलिए मनु, श्रद्धा, इड़ा आदि ऐतिहासिक पात्र यदि अपना ऐतिहासिक अस्तित्व रखते हुए सांकेतिक अर्थ की भी व्यंजना करें ता मुझे कोई आपत्ति नहीं। प्रसाद जी 'कामायनी' के आमुख में कहते हैं— "यदि श्रद्धा और मनु अर्थात् मनन् के सहयोग से मानवता का विकास रूपक है तो भी बड़ा भावमय और श्लाघ्य है, यह मनुष्यता का मनोवैज्ञानिक इतिहास बनने में समर्थ हो सकता है।"

'कामायानी' के प्रमुख पात्र और उनकी प्रतीकात्मकता कुछ इस प्रकार हैं— 'कामायनी' के नायक मनु मन के प्रतीक हैं। नायिका श्रद्धा को हृदय का प्रतीक बतलाया गया है। 'कामायनी' की दूसरी प्रमुख स्त्री चरित्र इड़ा को बुद्धि का प्रतीक माना गया है। मनु पुत्र मानव संतति के रूप में रूपायित किए गए हैं। असुर पुरोहित किलात और आकुलि—मानव मन की सद् और असद् वृत्तियों के प्रतीक हैं जो हृदय पर अपना एकाधिकार स्थापित करने के लिए संघर्षरत रहते हैं। 'काम' और 'लज्जा' नामक

अशरीरी पात्र हैं। इनके अलावे जल-प्लावन, त्रिलोक और मानसरोवर भी प्रतीक के रूप में वर्णित हैं। मनु के मन में उपजा अभाव, उनकी अशांति और भटकाव का प्रमुख कारण है। मनु की सबसे बड़ी मानसिक कमजोरी यह है कि वे पुरुषवादी वर्चस्व की अहं भावना से ग्रसित हैं। जब तक वे श्रद्धा के पास रहते हैं और उसके प्रेम में डूबे रहते हैं तब तक सब कुछ ठीक-ठाक चलता है, लेकिन जैसे ही उनके भीतर कामना और हिंसा जैसी भावनाएँ प्रबल होती हैं—उन्हें अस्थिर कर देती हैं। यही नहीं जब वे इड़ा के सामिप्य में राज-प्रबंधन के संरचनात्मक कार्यों में मन को लगाए रहते हैं तबतक सबकुछ ठीक था, किंतु जैसे ही उनकी प्रचण्ड महत्त्वाकांक्षा एवं पुरुषवादी अहं प्रबल होता है, वे निरंकुश और अत्याचारी हो जाते हैं। ऐसे में उन्हें प्रजा के हिंसक विद्रोह का सामना करना पड़ता है और प्रजा मारकर उन्हें घायल कर देती है। श्रद्धा मनु के भीतर की सभी द्वेष-भावना, काम-वासना आदि को दमित कर उन्हें शांति की ओर उन्मुख करती हैं जबकि इड़ा उनके मन को नाना प्रकार के कर्म जालों में फँसाकर उनके भीतर वैषम्य, द्वेष और संघर्ष पैदा करती है। श्रद्धा मनु को संन्मार्ग पर ले जाना चाहती है किंतु किलात और आसुरी मनु को पशु-बलि के लिए प्रोत्साहित करते हैं।

स्पष्ट है कि प्रसाद जी ने रूपक शब्द का प्रयोग पात्रों की ऐतिहासिकता के संदर्भ में किया है, कामायनी के संदर्भ में नहीं। कवि स्पष्ट शब्दों में कहता है कि उनके पात्र ऐतिहासिक महत्त्व के हैं, यदि मनु मन का, श्रद्धा हृदय का और इड़ा बुद्धि का अर्थ देते हों तो मुझे कोई आपत्ति नहीं, परंतु प्रधानता उनके ऐतिहासिक व्यक्तित्व की ही है। 'कामायनी' का संदेश है कि श्रद्धा से वियुक्त होकर बुद्धि का व्यभिचार मनुष्य को आनंद से विमुख रखता है। सामरस्य की स्थिति में जब ज्ञान, इच्छा और कर्म में ऐक्य स्थापित हो जाता है तो यह भटकाव समाप्त हो जाता है और आनंद की स्थिति प्राप्त होती है। जिस प्रकार 'पदमावत' अन्योक्ति-विधान काव्य है उसी प्रकार 'कामायनी' को समासोक्ति-विधान का काव्य माना जाना चाहिए। 'कामायनी' की समस्या आरंभ में श्रद्धा और मनु के बीच दांपत्य संबंध की खट-पट से उठती है जो निहायत मनोवैज्ञानिक है। इसका समाधान यदि मनोवैज्ञानिक स्तर पर दिखाया जाता तो बात बन जाती किंतु फिर रचनाकार रचना के महान उद्देश्य से भटक जाता और 'कामायनी' औसत दर्जे का प्रबंधकाव्य बनकर रह जाती।

हिंदी के कुछ आलोचकों को इड़ा के संपर्क में आने के बाद वर्ग-संघर्ष वाली निहायत भौतिक समस्या का दार्शनिक निदान कृत्रिम प्रतीत होता है। यहाँ स्पष्ट करना अपेक्षित होगा कि हर संघर्ष एक नए संघर्ष को जन्म देता हैं। संघर्ष का समाधान समन्वय में ही संभव है। अब यदि समन्वय का स्वरूप आध्यात्मिक है तो इसके पीछे प्रसाद जी के मन में भारतीय दर्शन के प्रति निष्ठा कार्य कर रही है। जो पाठक या आलोचक इस आध्यात्मिक समाधान से सहमति नहीं बना पाते हैं तो यह उनकी निजी समस्या हो सकती है। इससे न तो 'कामायनी' की मूल्यवत्ता पर फ़र्क़ पड़ता है और

न ही इसके रूपक-विधान पर ही कोई असर पड़ता है। श्रद्धा की ओर से विमुख होने वाली घटना को यदि आधुनिक मानव का अध्यात्म से पलायन के रूप में देखा जाय तो उसका मूल कारण आधुनिक मानव का बुद्धिवाद, भौतिक लिप्सा एवं वर्चस्व की कामना की ओर झुकाव के रूप में देखा जाना चाहिए। आधुनिक जीवन में कष्ट का सबसे बड़ा कारण है—

''ज्ञान दूर कुछ क्रिया भिन्न है /इच्छा क्यों पूरी हो मन की
एक दूसरे से न मिल सकें/यही विडंबना है जीवन की।''

'कामायनी' के रूपक-विधान से इस अपेक्षित फल की प्राप्ति में रचनाकार को बल ही मिला है। 'कामायनी' का रूपक-विधान न तो पात्रों के चरित्र-निर्माण में व्यतिरेक बनता है और न ही कथानक में कोई उलझन खड़ी करता है। इस प्रकार 'कामायनी' के रूपक-विधान को एक सफल रचनात्मक प्रयोग के रूप में ही देखा जाना चाहिए।

✤

कामायनी : समरसतावादी दर्शन

भारतीय संस्कृति मूलतः एक आनंदवादी संस्कृति रही है। वैदिक काल से लेकर अब तक यहाँ एक आस्थावादी और उत्सवधर्मी जीवन-संस्कृति का पोषण होता रहा है। यदि महात्मा बुद्ध के करुणावादी दर्शन की बात छोड़ दें तो समग्र भारतीय-दर्शन आनंदवाद का ही पोषक रहा है। महाकवि जयशंकर प्रसाद ने जिस आनंदवादी दर्शन की स्थापना की है वह सामरस्य की भावभूमि पर प्राप्त होता है। समरसता वह स्थिति होती है जिसमें सुख-दुख, पाप-पुण्य सभी एकाकार होकर आनंद तत्त्व में विलीन दिखते हैं। प्रसाद जी का यह आनंदवादी दर्शन कश्मीर के प्रत्यभिज्ञा दर्शन से गहरे रूप से अनुप्राणित है। प्रत्यभिज्ञा दर्शन के अनुसार ब्रह्म आनंद स्वरूप, ज्योतिर्मय, माधुर्य संपन्न एवं अत्यंत रमणीय है। अद्वैतवादियों की तरह प्रसाद जी संसार को दुखमय नहीं मानते। उनके अनुसार परम तत्त्व शिव ही हैं जो कि अपनी इच्छा से विश्व का लीलामय विस्तार करता है—

''चिति का विराट् वपु मंगल
यह सृष्टि सनातन सुंदर।''

'कामायनी' में प्रतिपादित आनंद शैवाद्वैत का आनंद है जिसमें आत्म और परमात्म ही नहीं जगत् की भी बाह्य द्वयता अंतर्लीन हो जाती है। सामान्य व्यक्ति को प्रकृति की जड़ता और उसमें व्याप्त चेतनता हमेशा भरमाती है। तभी तो इस अभेद भाव के 'भरम' को मिटाने के लिए प्रसाद जी 'कामायनी' के आरंभ में ही कहते हैं—

''ऊपर हिम था, नीचे जल था
एक तरल था, एक सघन
एक तत्त्व की ही प्रधानता
कहो उसे जड़ या चेतन।''

अब सवाल यह खड़ा होता है कि व्यक्ति सामरस्य की स्थिति को कैसे प्राप्त करेगा? प्रसाद जी के अनुसार यह सब कुछ एक आध्यात्मिक यात्रा से संभव है। कहा जा सकता है इसका संबंध आत्मा के उन्नयन से है जो कि योग-साधना से प्राप्त होता है। योग-विज्ञान में मानव-शरीर में पंचकोश की बात की गई है— अन्नमय कोश, मानोमय कोश, प्राणमय कोश, विज्ञानमय कोश और आनंदमय कोश। कुंडलिनी जागरण के द्वारा साधक अन्नमय कोश से आनंदमय कोश तक की यात्रा करता है जहाँ मनुष्य, प्रकृति और परमात्मा के बीच का भेद भाव मिट जाता है और अनंद की अवस्था को प्राप्त करता है। साधना के इस परम अवस्था में साधक को सर्वत्र परमार्थ सत्ता की

व्यापकता दिखती हैं। वस्तुतः शिवोऽहं ही समरसता की स्थिति है। 'कामायनी' के आनंद सर्ग में इस भाव-दशा को इन रूपों में चित्रित किया गया है। सारस्वत प्रदेश में प्रजा के हाथों घायल होने के उपरांत मनु श्रद्धा के उपचार से ठीक होते हैं। पुनः श्रद्धा मनु एवं मानव के साथ कैलाश मानसरोवर की यात्रा करती है। श्रद्धा मनु को अपने अलौकिक प्रभाव से आकाश में तीन तारों की तरह त्रिपुर के दर्शन करवाती है, जो वस्तुतः ज्ञान, इच्छा और क्रिया के प्रतीक हैं। शक्तिरूपा श्रद्धा अपनी स्मित रेखा से उन तीनों को एक में मिला देती है, तब नटराज का ताण्डव नृत्य होने लगता है और मनु तन्मय हो जाते हैं—

''समरस थे जड़ या चेतन
सुंदर साकार बना था।
चेतनता एक विलसती
आनंद अखंड घना था।''

अब यदि 'कामायनी' के कथानक एवं पात्रों के चारित्रिक विकास में इस सूत्र की तलाश करें तो पाएँगे कि जल-प्लावन के पश्चात एकाकी जीवन व्यतीत करने वाले मनु कुछ समय तक यज्ञ के उच्छिष्ट अन्न से अपने तन का पोषण करते हुए उसे जीवित रखते हैं। श्रद्धा के संपर्क में आने के बाद और उसके प्रेम में डूबने के बाद उनके मन एवं प्राण-चेतना का विस्तार होता है। उच्छृंखल मति वाले महत्त्वाकांक्षी मनु श्रद्धा को छोड़कर इड़ा के संपर्क में आते है। वहाँ उनके विज्ञानमय कोश का पूर्ण विकास होता है और वे एक नागरी-सभ्यता को उत्कर्ष पर पहुँचाने में नेतृत्व की भूमिका निभाते हैं। मनु की यह प्रचंड सफलता उनके भीतर अहंकार-भावना को उकसाती है। वे आकुलि और किलात के उकसावे में आकर पशु-बलि के लिए तैयार हो जाते हैं। यहाँ प्रसाद जी ने एक संदेश यह भी दिया है कि वैज्ञानिक विकास की अंधी दौड़ में जब-जब मनुष्य पेड़-पौधे एवं पशु-धन का नाश करता है तब-तब उसका सर्वनाश सुनिश्चित हो जाता है। कहा जा सकता है कि प्रसाद जी ने आज से लगभग अस्सी वर्ष पहले आज के विध्वंस की ओर संकेत कर दिया था। प्रसाद जी ने यह भी सीख दी थी कि बुद्धिवाद का निषेध करते हुए हृदय पक्ष की प्रधानता से ही संसार में समरसता आ सकती है।

'कामायनी' अपने समय के मनुष्य के भौतिक एवं आध्यात्मिक दोनों प्रकार के प्रश्नों के उत्तर देने का एक मानवीय प्रयत्न है जिसमें कवि को पूरी सफलता मिली है। वैसे भी रचना में समाधान महत्त्वपूर्ण नहीं होता। महत्त्वपूर्ण होता है रचना के देशकाल की अन्विति में समाधान के प्रयास की कितनी ईमानदार कोशिश की गई है, और इस पर प्रसाद जी पूरे खरे उतरते दिखाई देते हैं।

प्रसाद ने जी ने 'कामायनी' में मनुष्य की अतृप्ति और कामनाओं की अपूर्णता से उत्पन्न विषमता आदि को मनु के संदर्भ में बख़ूबी उभारा है। उन्होंने यह बतलाने

का प्रयास किया है कि मनुष्य की अतृप्ति और अपूर्णता-बोध जैसी मानसिक दुर्बलताएँ ही उसके भटकाव का कारण बनती हैं। साथ ही साथ उन्होने यह भी संकेत दिया है कि काम-शक्ति का रचनात्मक प्रयोग करते हुए रचनात्मक विकास के कई अध्याय मनुष्य जोड़ सकता है। प्रसाद जी ने 'कामायनी' में देवों और दानवों के पौराणिक आख्यान को दोहरे स्तर पर प्रयुक्त किया है। देवासुर संग्राम सदैव हमारी सात्विक और तामसिक वृत्तियों के भीतर भी सदैव चलता रहता है। जब-जब मानवी-चेतना पर आसुरी वृत्तियाँ हावी होती है तब-तब अनेक प्रकार के विध्वंस उभरकर सामने आते हैं।

'कामायनी' के मूल में दांपत्य संबंध की व्याख्या है। उत्तर आधुनिकता के इस दौर में पति-पत्नी संबंध में काफ़ी बिखराव एवं विकृतियाँ देखी जा रही है। संबंधो की पवित्रता और शुचिता से हटकर अधिकार भावना अधिक प्रबल होती जा रही है। समलैंगिकता, 'लिव इन' जैसे विकृत संबंधों के बढ़ते प्रचलन से चीज़ें और भी जटिल होती जा रही हैं। वस्तु-स्थिति यह है कि पति और पत्नी पहले पुरुष और स्त्री बनें, धीरे-धीरे अब व नर और मादा के रूप में परिणत होते चले जा रहे हैं। ऐसे में 'कामायनी' की प्रासंगिकता और भी बढ़ गई है।

प्रसाद देव संस्कृति और नागर संस्कृति के विनाश को अंकित करते हुए अतिवादों से मुक्त ऐसी समरस अवस्था की कल्पना करते हैं, एक ऐसा लोक रचते हैं, जहाँ कोई शापित-तापित नहीं होता। ज़रूरत है कि महानगर के लोग अपने दांपत्य संबंध के प्रति ईमानदार और संवेदनशील बनें। दैहिक एवं आर्थिक शोषण ख़त्म हो। आधुनिक शब्दावली में कहा जा सकता है कि जैव-विविधता को स्वीकारते हुए संपूर्ण प्रकृति के साथ सह-अस्तित्व वाली जीवन-शैली को स्वीकार करते हुए गाँव नगर सभी जगह समरसता लाने का प्रयास किया जाए। प्रकृति की गोद में मनुष्य की नियति के प्रश्नों का समाधान ही 'कामायनी' के रचना-विधान का अनिवार्य अंग है। इसमें प्रसाद जी को पूरी सफलता मिली है।

✤

कामायनी : महाकाव्यत्व

अपने रचना–काल के साथ ही 'कामायनी' अपने स्वरूप–विधान को लेकर विवाद के घेरे में रही है। धीरोदात्त नायकों के चरित्रों की अमर गाथा के रूप में महाकाव्य को देखने वाले कई परंपरावादी आलोचकों की दृष्टि में 'कामायनी' के महाकाव्यत्व को लेकर कई प्रकार की कमियाँ खटकती रही हैं। वस्तुत: पंद्रह सर्गों में विभक्त 'कामायनी' के विधान में महाकाव्य की स्थापित परिभाषाओं से कई स्तर पर विचलन है। मनु कोई धीरोदात्त नायक न होकर कई प्रकार की मानवीय दुर्बलताओं से युक्त साधारण इंसान प्रतीत होते हैं। मोटे दिमाग़ और हठी स्वभाव वाले मनु यदि कर्म सर्ग में श्रद्धा की बात मान लेते तो शायद पूरी रचना का अंत ही कुछ और होता। बावजूद इसके यह माना जा सकता है कि 'कामायनी' एक महती उद्देश्य वाला महाकाव्य है, काल–बोध एवं निजी कला–बोध के आधार पर प्रसाद जी ने महाकाव्यत्व के कलेवर में यदि कुछ परिवर्तन किया भी है तो वह आकर्षक बना पड़ा है। 'कामायनी' का रचना–विधान रूपक कथा जैसा नहीं है। इसमें स्थूल कथानक की विवृत्ति भी नहीं है और न ही घटनाओं की उठा—पटक है। 'कामायनी' पढ़ते समय पाठक को स्वयं कल्पनाशील होना पड़ता है। अपने को रचना ग्रहण करने के योग्य बनाना पड़ता है।

ऋग्वेद में श्रद्धा और मनु दोनों का नाम ऋषियों के रूप में मिलता है। श्रद्धा वाले सूक्त में सायण ने श्रद्धा का परिचय देते हुए लिखा है— 'कामगोत्रजा श्रद्धानामर्षिका' अर्थात् श्रद्धा काम गोत्र की बालिका है, इसलिए श्रद्धा नाम के साथ उसे कामायनी भी कहा गया है। मनु प्रथम अग्निहोत्र प्रज्ज्वलित करने वाले तथा अन्य कई वैदिक कथाओं के नायक हैं। शतपथ ब्राह्मण के प्रथम काण्ड के आठवें अध्याय में जल–प्लावन का वर्णन किया गया है। इस प्रसंग से 'कामायनी' की शुरुआत करना यह संकेत करता है कि प्रसाद जी वैदिक समाज की सुदृढ़ पृष्ठभूमि पर ही 'कामायनी' का वितान खड़े करना चाहते होंगे। यह बात अलग है कि प्रसाद जी ने स्थूल कथानक की मदद से तत्कालीन समाज के इतिवृत्त को प्रस्तुत करने में रुचि न दिखलाते हुए श्रद्धा और मनु के अंतर्संबंधों के माध्यम से ही कथानक को आगे बढ़ाने काम किया है।

मनु देवों से विलक्षण थे और उन्होंने जल–प्लावन के पश्चात् देव संस्कृति के नष्ट होने के उपरांत नवीन मानवीय संस्कृति का सूत्रपात किया ऐसा संकेत शतपथ ब्राह्मण में मिलता है। 'कामायनी' के मनु देव संस्कृति वाले उच्छृंखल, निर्बाध और आत्मतुष्टि में जीने वाले एक ऐसे प्राणी हैं जो सभी प्रकार की मानवीय दुर्बलताओं से ग्रसित हैं। रचना के आरंभ में वे अवसाद में डूबे एक व्यक्ति के रूप में चित्रित हुए हैं। श्रद्धा के

अपरूप सौंदर्य को देखकर उनमें रूपजन्य अनुराग उपजता है और वे सुघड़ प्रेमी दिखते हैं। स्वयं श्रद्धा के शब्दों में 'तरंगों में फेंके हुए चमकीले मणि' के सदृश्य दिखते हैं। अपादमस्तक वासना में डूबे कामार्त्त मनु का रूप भी अनूठा बन पड़ा है। इड़ा के संपर्क में आने पर मनु की प्रशासकीय क्षमता उभरकर सामने आती है, किंतु थोड़ी सी सफलता मिलने के बाद एक प्रचंड अहंकारी मनुष्य की क्या दुर्गति होती है, इसकी झलक भी हमें मिल जाती है। अंततः श्रद्धा के सहयोग से त्रिपुर दर्शन के पश्चात् मनु के ज्ञान-चक्षु खुलते हैं। श्रद्धा एवं मनु के समन्वय से मानवी संस्कृति की धारा फूटती है और मानवी संस्कृति की विकास-यात्रा आगे बढ़ती है।

असुर पुरोहित आकुलि और किलात् 'कामायनी' के कथानक में नाटकीय मोड़ लाने का काम करते हैं। उनके संसर्ग में आने पर मनु के भीतर के पूर्व संस्कार जागृत हो उठते हैं और पशु बलि वाला यज्ञ संपन्न करने के लिए उन्मुख होते हैं। वस्तुतः आकुलि और किलात मनु को पूरी तरह दिक्भ्रमित करने का काम करते हैं।

इड़ा के संबंध में शतपथ ब्राह्मण में कहा गया है कि उसकी उत्पत्ति पुष्टि या पाक-यज्ञ से हुई है। उस पूर्ण योषिता को देखकर मनु ने उससे पूछा कि तुम कौन हो? इड़ा ने कहा कि 'तुम्हारी दुहिता हूँ।' मनु ने पूछा कि मेरी दुहिता कैसे? उसने कहा कि तुम्हारे दही, घी, इत्यादि के हवियों से ही मेरा पोषण हुआ है। ऋग्वेद में इड़ा को मनु की पथ प्रदर्शिका एवं मनुष्यों पर शासन करने वाली बताया गया है। ऋग्वेद के मंत्रों में मध्यमा, बैखरी और पश्यंती की प्रतिनिधि भारती, सरस्वती के साथ इड़ा का नाम आया है। लौकिक संस्कृत में इड़ा शब्द पृथ्वी अर्थात् बुद्धि, वाणी आदि का पर्यायवाची है। इड़ा को मेधसवाहिनी नाड़ी भी कहा गया है। इड़ा का बुद्धिवाद श्रद्धा और मनु के बीच में व्यवधान बनने में सहायक होता है। बुद्धिवाद के विकास में अधिक सुख की खोज में दुख मिलना सहज स्वाभाविक है।

अंततः कहा जा सकता है कि रचना-वितान की दृष्टि से 'कामायनी' महाकाव्य के पारंपरिक स्वरूप से कई स्तर पर भिन्न है। 'कामायनी' के पंद्रह सर्ग हैं—चिंता, आशा, श्रद्धा, काम, वासना, लज्जा, कर्म, ईर्ष्या, इड़ा, स्वप्न, संघर्ष, निर्वेद, दर्शन, रहस्य, आनंद। 'कामायनी' में पारंपरिक महाकव्यों की तरह आधिकारिक कथा के साथ चलने वाली न तो प्रांसगिक कथाओं की भरमार है और न पताका प्रकरी वाला आरोह एवं अवसान का रोमांच ही है। तथापि उपरोक्त सर्गों में हम एक मनोवैज्ञानिक विकास वाला क्रम ज़रूर पाते हैं। 'कामायनी' के नायक ने चिंता से लेकर आनंद तक की यात्रा तय की है। इसी प्रकार इसके कथानक में वनवासी-संस्कृति से लेकर नागर संस्कृति तक के विकास-यात्रा की सांकेतिक झलक भी मिलती है। नागर—संस्कृति के विध्वंस के पश्चात मानसरोवर की यात्रा एवं त्रिपुर दर्शन के साथ आनंद सर्ग में समरसता की भावभूमि पर जाकर रचना समाप्त होती है। यहाँ यह स्पष्ट कर देना अपेक्षित होगा कि 'कामायनी' के अनेक अंतर पाठ हैं। आनंद सर्ग को पूरे महाकाव्य के निष्कर्ष के रूप

में लेना भूल होगी। उदाहरण के लिए नारी-जीवन के संदर्भ में रचनाकार का पुरोवाक् 'नारी! तुम केवल श्रद्धा हो' लज्जा सर्ग में ही व्यक्त कर दिया गया है। इन पंक्तियों में नारी के शाश्वत सौंदर्य को रूपायित करते हुए कहता है—

''नारी! तुम केवल श्रद्धा हो
विश्वास रजत-नग-पग तल में,
पीयूष स्त्रोत सी बहा करो
जीवन के सुंदर समतल में।''

कहना नहीं होगा कि पूरी 'कामायनी' की आत्मा इन्हीं पंक्तियों में बसती है, किंतु जो पाठक इस रचना के दार्शनिक पक्ष को मज़बूत मानते हैं और समरसता के सिद्धांत की स्थापना को ही रचना के अभिप्रेत के रूप में देखते हैं उन्हें 'समरस थे जड़ या चेतन' वाली पंक्तियाँ महत्त्वपूर्ण लग सकती हैं। इस लिहाज़ से 'कामायनी' के हर पुनर्पाठ के बाद पाठक को इन संदेशों से इतर एक वृहत्तर संदेश की अनुगूँज सुनाई पड़े तो आश्चर्य की बात नहीं है।

❖

नीलकंठ निराला

हिंदी-जगत् में छायावाद के अवसान के बाद जिस कवि की कविताओं पर सर्वाधिक चर्चा हुई वे हैं— महाप्राण सूर्यकांत त्रिपाठी 'निराला'। संघर्ष और साधना के कवि निराला का काव्य जितनी विविधताओं से भरा रहा है, उनका जीवन उतनी ही आपदाओं से घिरा रहा है। उनके अपराजेय शौर्य और संघर्ष की झलक 'सरोज स्मृति' एवं 'राम की शक्तिपूजा' जैसी कविताओं में मिलती है।

निराला का जन्म 1896 ई. में पश्चिम बंगाल के मेदिनीपुर जिले के महिषादल राज्य में हुआ था। इनके पूर्वज मूलतः उत्तर प्रदेश के उन्नाव जिले के बैसवाड़ा क्षेत्र के गढ़कोला नामक गाँव के रहने वाले थे। रोजी-रोटी के जुगाड़ में इनके पिता बंगाल चले आए थे जहाँ बालक सूर्यकुमार का जन्म हुआ था। जन्म की कोई निश्चित तारीख़ स्पष्ट नहीं होने के कारण इन्होंने अपन चाहने वालों को कहा कि मैं वाणी का वरद्पुत्र हूँ, आप चाहें तो मेरा जन्मोत्सव माघ वसंत पंचमी को सरस्वती पूजा के दिन मना सकते हैं। तब से लेकर अब तक इसी दिन को 'निराला-जयंती' मनाने की परंपरा चल पड़ी है। ग़रीबी के कारण बालक सूर्यकुमार की नियमित शिक्षा नवमी कक्षा तक ही चल सकी किंतु इन्होंने संस्कृत, बांग्ला और अंग्रेज़ी साहित्य का गहन स्वाध्याय किया था। मधुर और सधे हुए कंठ के साथ निराला जब बंग-मंडली में रवींद्र संगीत गाते थे तो सभी बंग-भाषी विस्मय से भर उठते थे। यही कारण था कि मातृभाषा की तरह बांग्ला बोलने वाले निराला जब रामकृष्ण मिशन और 'समन्वय' पत्रिका से जुड़े तो उनके बीच वे दूध-मिश्री की तरह घुल गए।

कविता-लेखन की प्रतिभा निराला में बहुत कम उम्र में ही फूट पड़ी। निराला की सर्वाधिक चर्चित कविता 'जुही की कली' 1916 ई. में 'सरस्वती' के लिए भेजी गई थी जिसे आचार्य महावीरप्रसाद द्विवेदी ने सखेद वापस कर दिया था। बाद में यह कविता 'मतवाला' में प्रकाशित हुई। निराला का पहला प्रकाशित काव्य-संकलन 'अनामिका' है किंतु इनका सर्वश्रेष्ठ संकलन 'परिमल' को माना जाता है। इसके अलावे 'अणिमा', 'गीतिका', 'सरोज-स्मृति', 'राम की शक्तिपूजा', 'तुलसीदास', 'कुकुरमुत्ता', 'बेला', 'नए पत्ते', 'अर्चना', 'आराधना', 'गीतकुंज' और 'सांध्यकाकली' इनकी प्रमुख काव्य-रचनाएँ हैं। निराला का गद्य-संसार भी अत्यंत समृद्ध है। 'अप्सरा', 'लिली', 'बिल्लेसुर बकरिहा', 'कुल्लीभाट', 'चतुरी चमार', 'सुकुल की बीवी' आदि इनकी प्रमुख गद्य-रचनाएँ हैं। इसके अलावे निराला ने 'पंत और पल्लव' एवं 'प्रबंध-प्रतिमा' जैसी आलोचनात्मक कृतियों में अपनी भावयित्री प्रतिभा का परिचय दिया है।

निराला विविध भावों के कवि हैं। इन्होंने आत्मा, परमात्मा, प्रकृति, सामाजिक संघर्ष, विनय, दैन्य, भक्ति आदि विविध भावों पर भावुकता एवं समस्तता के साथ कविताएँ लिखी हैं। इनमें हमें भाव-वैविध्य के साथ-साथ अंतर्विरोध के स्वर भी सुनाई पड़ते हैं। एक ओर उद्दाम जिजीविषा के कवि निराला 'अभी न होगा मेरा अंत' की घोषणा करते हैं तो दूसरी ओर वे घोर निराशा में डूबे हुए कहते हैं—

''दुख ही जीवन की कथा रही
क्या कहूँ, आज जो नहीं कही।''

निराला ने हिंदी को जो नया सौंदर्य-बोध दिया वह बिल्कुल निरावृत्त और कुंठामुक्त था। उन्होंने 'जुही की कली' कविता के साथ जिस नई काव्य-शैली का प्रवर्तन किया, उसकी झलक निम्न पंक्तियों में देखी जा सकती हैं—

''विजन वन-वल्लरी पर
सोती थी सुहाग भरी,
स्नेह-स्वप्न मग्न, अमल-कोमल तनु तरुणी
जुही की कली, दृग बंद किए शिथिल पत्रांक में।''

निराला की कविताओं का सबसे धारदार पक्ष उनकी सामाजिक यथार्थ वाली कविताओं में उभरकर सामने आया है। 'भिक्षुक', 'विधवा', 'तोड़ती-पत्थर' और 'दान' जैसी निराला की दर्जनों ऐसी आरंभिक दौर की कविताएँ हैं जो उस दौर में लिखी गईं जबकि हिंदी में प्रगतिवाद का प्रादुर्भाव नहीं हुआ था। ये सभी कविताएँ गहन् मानवीय संवेदनाओं की कोंख से उपजी हुई प्रतीत होती हैं। उदाहरण के लिए 'वह तोड़ती-पत्थर' कविता की पंक्तियाँ देखी जा सकती है जिसमें श्रमरत मजदूरिन की पीड़ा और उसके नैसर्गिक सौंदर्य को बड़े सहज रूप से प्रकट किया गया है—

''श्याम तन भर बँधा यौवन
नत-नयन प्रिय कर्म रत मन,
गुरु हथौड़ा हाथ
करती बार-बार प्रहार
सामने तरु-मालिका, अट्टालिका प्राकार।''

भारतीय साहित्य में रवींद्र यदि 'समुद्र के कवि हैं' तो निराला 'बादल के कवि' माने जाते हैं। निराला ने बादल को आधार बनाकर छः कविताएँ लिखीं हैं। 'बादल राग' कविता में बादल दुखियारे किसानों की पीड़ा हरने वाला है, शोषित समाज का संकट हरने वाला है—

''जीर्ण बाहु है शीर्ण शरीर
तुझे बुलाता कृषक अधीर,

ऐ विप्लव के वीर,
चूस लिया है उसका सार
हाड़ मात्र ही है आधार,
ऐ! विप्लव के पारावार!

महाकवि निराला की कविताओं में सांस्कृतिक पुनर्जागरण का शंखनाद हुआ है। इनकी लंबी कविताओं विशेषकर 'तुलसीदास' और 'जागो फिर एक बार' जैसी कविताओं में जागरण का यह भास्वर स्वर सर्वाधिक मुखर रूप में प्रस्तुत हुआ है—

''जागो फिर एक बार
सिंहनी की गोद से
छिनता है रे शिशु कौन?
वह तो मेषमाता, रहती है निर्निमेष
स्मरण करो बार-बार
जागो फिर एक बार।

निराला की लंबी कविताओं में 'कुकुरमुत्ता' का विशिष्ट स्थान है। गहरे व्यंग्यबोध वाली यह कविता कुकुरमुत्ता के ब्याज से गुलाब की अभिजात्यता पर कड़ी चोट करती है—

''देता हुआ बुत्ता, बोला कुकुरमुत्ता
अबे सुन बे गुलाब, भूल मत पाई
गैर रंगों ख़ुशबू आब,
चूसा ख़ून खाद का तूने अशिष्ट
डाल पर इतरा रहा 'कैपीटलिस्ट'।''

निराला की परवर्ती रचनाओं यथा 'अर्चना', 'आराधना', 'गीतकुंज' और 'सांध्यकाकली' की कविताओं मे अध्यात्म एवं भगवद् भक्ति की प्रधानता दिखती है। कवि परम सत्ता से आग्रह करता है कि वह उन्हें भवसागर से पार करे। ध्यातव्य है कि इन कविताओं में एक भक्त हृदय की आत्म-विह्वलता और समर्पणशीलता की भावना अधिक है, वहाँ तत्त्व चिंतन की गूढ़ता कम ही मिलती है। कवि एक कातर भक्त की तरह आत्म-निवेदन करते हुए कहता है—

''भवसागर से पार करो हे
आओ बेड़ा पार करो हे।''

अंततः हम कह सकते हैं कि क्रांतिदर्शी कवि निराला ने खड़ीबोली हिंदी-कविता में कविता को छंदों के जड़-बंधनों से मुक्त करते हए और मुक्तछंद को लोकप्रिय बनाते हुए हिंदी कविता के चतुर्दिक विकास के द्वार खोल दिए। निराला ने कविता के शिल्प

को लेकर जितने अभिनव प्रयोग किए, उतना शायद ही किसी हिंदी कवि ने किया होगा। उनकी 'गीतिका' के गीतों में जहाँ कवित्व एवं संगीत का मणिकाँचन योग मिलता है वहीं इनके लंबे प्रगीतों से हिंदी कविता को काफ़ी गति मिली। निराला की लंबी कविताएँ अज्ञेय और मुक्तिबोध के लिए लंबी कविताएँ लिखने के लिए प्रेरणा का आधार बनीं। निराला अपने जीवन के अंतिम काल में उपेक्षापूर्ण और एकांत जीवन व्यतीत करने के लिए अभिशप्त हुए। ऐसे महामानव का महज तिरसठ-चौसठ साल में दिवंगत हो जाना हिंदी के लिए एक अपूरणीय क्षति का कारण बना। हिंदी के सुप्रसिद्ध साहित्यकार आचार्य शिवपूजन सहाय ने निराला के आकस्मिक निधन पर एक अत्यंत भावपूर्ण संस्मरण लिखा था—'नीलकंठ निराला'। निःसंदेह निराला ने विरोधों का गरलपान करते हुए शिव की तरह हिंदी भाषियों के लिए शिव तत्त्व से आपूरित जो कल्याणकारी साहित्य लिखा, उसके लिए हिंदी जगत् एक लंबे कालखंड तक उनके प्रति कृतार्थ रहेगा।

✤

निराला की लंबी कविताएँ

निराला की समग्र-काव्य साधना में उनकी लंबी कविताओं 'सरोज-स्मृति', 'राम की शक्तिपूजा', 'तुलसीदास' और 'कुकुरमुत्ता' का अन्यतम स्थान है। ये कविताएँ जहाँ कवि के जीवन-संघर्ष को उद्‌भासित करती हैं वहीं बहुत हद तक परवर्ती हिंदी कविता की विकास-धारा की दिशाओं की ओर भी संकेतित करती हैं। निराला की ये लंबी कविताएँ पाठकों को आद्योपांत बाँधे रखती हैं। इन कविताओं के बीच की नाटकीयता और कवित्व में उनका वक्तत्व-कौशल उन्हें ख़ास बनाता है, विशेषकर 'कुकुरमुत्ता' में यह विशिष्ट तौर पर उभरा है। इसी प्रकार 'तुलसीदास' और 'राम की शक्तिपूजा' में पात्रों के भीतर का द्वंद्व, आत्म संघर्ष एवं नाटकीय परिस्थितियाँ कविता की व्यंजना-शक्ति को कई गुणा बढ़ा देती हैं। उनकी कविताओं में कभी शृंगार और वैराग्य को लेकर द्वंद्व नहीं रहा अपितु सफलता और असफलता को लेकर रहा। अध्ययन की सुविधा के लिए एक-एक कर इन रचनाओं पर विस्तृत चर्चा अपेक्षित होगी।

(क) सरोज-स्मृति

महाप्राण निराला द्वारा लिखित 'सरोज स्मृति' को हिंदी का सर्वश्रेष्ठ शोकगीत कहा जाता है। इस विश्व-स्तरीय रचना पर पिछले लगभग अस्सी वर्षों से सर्वाधिक चर्चाएँ होती रहीं हैं। यह सच भी है कि यदि किसी अध्येता को निराला और उनके साहित्य को समझना है तो उसे अपने अध्ययन की शुरुआत 'सरोज-स्मृति' से करनी चाहिए। 'सरोज-स्मृति' को समग्र निराला-साहित्य का 'प्रवेश-द्वार' भी कहा जा सकता है। अठारह वर्ष में निराला का विवाह मनोहरा देवी के साथ हुआ था। मनोहरा देवी सुंदर कंठ वाली एक रूपवती स्त्री थीं। मनोहरा देवी जब अपने मधुर कंठ से 'रामचरितमानस' की पंक्तियों का गायन करती थीं तो निराला मंत्र-मुग्ध होकर सुनते थे। दुर्भाग्यवश मात्र सात वर्ष के बाद मनोहरा देवी दो संतानों को छोड़कर गोलोकवासिनी हो गईं। दोनों बच्चे रामकृष्ण एवं सरोज नानी की गोद में पलने लगे। जिस समय निराला विधुर हुए थे, उस समय उनकी उम्र मात्र छब्बीस साल की थी। सास चाहती थीं कि निराला दूसरा विवाह कर लें किंतु निराला ने अपनी एक साल की बेटी सरोज से अपनी जन्म-पत्री ही फड़वाकर पुनर्विवाह की सारी संभावनाओं को निःशेष कर दिया। सरोज जब अठारह साल की हुई तो सास ने निराला को बुलाकर सरोज को सौंपते हुए उनसे आग्रह किया कि अब वे उसके हाथ पीले करने का प्रबंध करें। निराला ने विवाह ठीक करने के दौरान जब दहेज लोभी ब्राह्मणों की धनलोलुपता देखी तो वे अत्यंत क्षुब्ध हुए

और एक पढ़े-लिखे संस्कारवान् युवक के हाथों अपनी पुत्री का विवाह कर दिया। विवाह के समय सिर्फ़ परिवार के लोग उपस्थित थे और निराला ने विवाह के मंत्र भी स्वयं पढ़े। दैवयोग से विवाह के सिर्फ़ एक साल के बाद उन्नीसवें वर्ष में सरोज गोलोकवासिनी हो गई। निराला का हृदय चीत्कार कर उठा। शोकाकुल पिता के कंठ से वेदना के जो स्वर फूटे उससे 'सरोज-स्मृति' काव्य का प्रणयन हुआ।

'सरोज-स्मृति' का स्थायी भाव शोक है किंतु इस कविता में उत्साह, हास्य, व्यंग्य, रति जैसे कई विरोधी भावों का प्रभावशाली समावेश इस कविता को विशिष्ट बना देता है। आचार्य रामचंद्र शुक्ल ने कहा है— "जिस कविता में जीवन की अधिक से अधिक दशाओं का मार्मिक चित्रण होता है, वह श्रेष्ठ होती है। इस कसौटी पर यह कविता पूरी तरह खरी उतरती है। 'सरोज-स्मृति' कविता में निराला के साहित्यिक जीवन की संघर्ष-गाथा की स्पष्ट झलक मिलती है। कविता को छंदों के बंधन से मुक्ति की आकांक्षा रखने वाले निराला को उन दिनों भारी विरोधों का सामना करना पड़ा था। आलोचक मुक्तछंद को 'रबर छंद' और केचुआ छंद कहकर उसका मज़ाक उड़ा रहे थे। निराला की रचनाएँ सखेद वापस आ रही थीं। निराला लिखते हैं—

"लौटी रचना लेकर उदास/ताक़ता हुआ मैं दिशाकाश
बैठा प्रांतर में दीर्घ प्रहर/व्यतीत करता था गुन-गुनकर
सम्पादक के गुण, यथाभ्यास/ पास की नोंचता हुआ घास
अज्ञात फेंकता, इधर-उधर/भाव की चढ़ी पूजा उनपर।"

इक्कीसवीं सदी के दूसरे चरण से गुज़रते हुए हम लाख 'बेटा बेटी एक समान' के नारे लगा लें किंतु अभी भी हमारा समाज लिंग-भेद की कुत्सित सोच से ऊपर नहीं उठ पाया है। आज भी लोगों का यह मानना है कि बेटा ही तारता है। निराला ने आज से लगभग पचहत्तर साल पहले इस कुत्सित सोच का खण्डन किया था। वे सरोज की मृत्यु के पश्चात् दुखी होकर यह कहते हैं कि सरोज ने उनसे पहले ही स्वर्ग गमन इसलिए कर लिया कि जब वे अक्षम असहाय अवस्था से इस मार्ग से गुज़रेंगे तब वह उनका हाथ पकड़कर उन्हें पार उतारेगी—

"छोड़कर पिता को पृथ्वी पर
तू गई स्वर्ग क्या यह विचार
जब पिता करेंगे मार्ग पार
यह, अक्षम अति, तब सक्षम,
तारूँगी कर गह दुस्तरतम?

निराला को यह बात भीतर तक झकझोर रही थी कि अर्थागम के उपाय जानते हुए उन्होंने अर्थोपार्जन के ग़लत रास्ते नहीं चुने और अपनी बच्ची को वे 'दधिमुख' नहीं रख सके। यही नहीं, सरोज के विवाह के समय जब दहेज की समस्या सामने आई

तब भी कवि का आत्माभिमान हुँकार उठा। उन्होंने अपने दहेजलोभी स्वजातियों पर तंज कसते हुए कहा—

> *"सोचा मन में हत बार-बार/ये कान्यकुब्ज कुल कुलांगार*
> *खाकर पत्तल में करें छेद,/इनके कर कन्या, अर्थ खेद,*
> *इस विषय-बेलि में विष ही फल/यह दग्ध मरुस्थल रे,-नहीं सुजल*
> *ऐसे शिव से गिरिजा विवाह/करने की मुझको नहीं चाह।"*

इस प्रकार पूरी कविता आत्मपरक होने के साथ-साथ मूल्यवान् सामाजिक दस्तावेज प्रतीत होती है। यहाँ निराला दहेज जैसी कुप्रथा का ही विरोध नहीं करते हैं, अपितु चंद स्वजनों के बीच बिना ताम-झाम के स्वयं मंत्र पढ़ते हुए बेटी का ब्याह भी करते हैं। मातृहीना बेटी के लिए पुष्प-सेज़ स्वयं रचने की बात निराला जैसा क्रांतिकारी कवि ही कर सकता है।

'सरोज स्मृति' कविता अपने रूप-विधान के स्तर पर भी शोकगीत कविता की परंपरा में मील का पत्थर साबित हुई है। इस रचना में भाषा की अलग-अलग परकोटियों के दर्शन होते हैं। कवि ने प्रसंग और संदर्भों के अनुसार सांकेतिक, अलंकृत और प्रत्यक्ष तीनों प्रकार की भाषाओं का प्रयोग किया है। कथोपकथन एवं नाटकीयता के समावेश से संदर्भ अत्यंत जीवंत बन गए हैं। दूसरी ओर निराला ने सरोज के वय:संधि रूप को साकार करने के लिए संभावनामूलक उत्प्रेक्षा अलंकार का जैसा प्रभावशाली प्रयोग किया है, वह अनूठा बन पड़ा है—

> *"धीरे-धरे फिर बढ़ा चरण, बाल्य की केलियों का प्रांगण*
> *कर पार कुंज तारुण्य सुघर/आई, लावण्य भार थर-थर*
> *काँपा कोमलता पर सस्वर, ज्यों मालकोश नव-वीणा पर।"*

प्रभाव की दृष्टि से 'सरोज-स्मृति' में कवि भावावेग की तीव्रता, अनुभूति की प्रगाढ़ता एवं परम विरह की भाव-दशा को व्यक्त करने में पूरी तरह सफल रहा है। कविता में प्रयुक्त निराला का यह कथन 'दुख ही जीवन की कथा रही/क्या कहूँ आज जो नहीं कही" उनके समग्र जीवन-संघर्ष एवं मर्माहत आत्माभिमान को व्यक्त करता है। 'सरोज-स्मृति' को केवल आत्माभिव्यक्ति की कविता मानना उचित नहीं होगा। सरोज की मृत्यु सिर्फ़ दैवी नहीं है। सरोज की मृत्यु कई प्रकार के ज्वलंत सामाजिक सवाल भी खड़े करती है। पूरी कविता के केंद्र में सत्य और असत्य, न्याय और अन्याय तथा संघर्ष और पराजय-बोध के बीच एक अंतहीन द्वंद्व दिखलाई पड़ता है। यूरोप के शोकगीतों में दुख और क्षोभ की वैसी विकट परिणति कहीं नहीं है, अलबत्ता शेक्सपियर के नाटक के 'किंगलियर' में है। निराला का आधा दुख सरोज की मृत्यु के कारण है और आधा दुख अपने संघर्षों के कारण है। विद्वानों का मानना है कि 'रख न सका तुझे दधिमुख' एवं 'धिक् जीवन को जो पाता ही आया जो विरोध' जैसे आत्मग्लानि के

स्वर निराला को तुलसी की तुलना में भवभूति के अधिक निकट ले जाता है। 'राम की शक्ति पूजा', 'सरोज-स्मृति' और 'तुलसीदास' तीनों एक छंदात्मक रचनाएँ हैं, किंतु भीतरी वैविध्य से एकस्वरता की ऊबाऊ प्रकृति कहीं नहीं दिखती है। कुल मिलाकर महाप्राण निराला द्वारा रचित 'सरोज स्मृति' हिंदी ही नहीं, अपितु समग्र विश्व-साहित्य में शोकगीतों की परंपरा में एक अक्षुण्ण स्थान बनाने में सफल रही है।

(ख) राम की शक्तिपूजा

महाप्राण निराला द्वारा रचित उनकी लंबी कविता 'राम की शक्तिपूजा' को यदि निराला की समग्र काव्य-साधना का पुरस्कार कहा जाय तो यह अत्युक्ति नहीं होगी। यह कविता राम के मन में पराजय के भय से लेकर विजय की आस्था तक का ब्योरा प्रस्तुत करती है। भारतीय साहित्य में वाल्मीकि के राम यदि नर-चंद्रमा हैं तो तुलसी के राम 'विधि हरि संभु नचावन हारे' के रूप में अवतरित हुए हैं। मैथिलीशरण गुप्त के राम एक महापुरुष के रूप में आते हैं और कहते हैं— "संदेश यहाँ मैं नहीं स्वर्ग का लाया/ इस भूतल को ही स्वर्ग बनाने आया।" निराला के राम एक ऐसे संघर्षशील पुरुष हैं जो अपने आत्म-सम्मान और सीता की मुक्ति की लड़ाई लड़ रहे हैं। वे पर ब्रह्म न होकर एक ऐसे योद्धा के रूप में अवतरित हुए हैं जिनका समस्त शरीर लहूलुहान है और जिनके सारे दिव्यास्त्र आज के युद्ध में असफल हुए हैं। हारे हुए राम का मन संशयग्रस्त है। यहाँ राम का आत्मसंधर्ष और निराला का आत्मसंघर्ष दोनों एकाकार हैं। यही नहीं, नई कविता का आत्मसंघर्ष भी स्वयं मुक्तिबोध के जीवन का आत्म-संघर्ष है माना जा सकता है। जीवन में सफलता के लिए दूसरे मन की पहचान आवश्यक है—वह मन जो हार-हारकर भी लड़ने में विश्वास करता है। राम के पास दो मन हैं एक मन 'स्थिर राघवेंद्र को हिला रहा रावण जय भय' और दूसरा मन-'वह रहा एक मन और राम का जो न थका' है। यह दूसरा मन दैन्य और विनय नहीं जानता, सिर्फ़ संघर्ष करना जानता है। जल राशि राशि जल पर पछाड़ खाना जानता है। 'राम की शक्ति पूजा' के कथानक का आधार 'रामचरितमानस' न होकर 'शिवमहिम्न स्त्रोत, 'देवी भागवत' और कृतवास ओझा द्वारा रचित बांग्ला रामायण है। रामचरितमानस में राम ने शिव की पूजा की थी जो आज भी रामेश्वरम् के नाम से जाना जाता है। 'शिवमहिम्न स्त्रोत' में देवीपूजन के विधान की चर्चा है। 'राम की शक्ति पूजा' में राम की परीक्षा लेती हुई देवी नीलकमल को पूजन-स्थल से हटा देती हैं। विह्वल राम अपनी नीली आँखें यह कहते हुए अर्पित करने को तत्पर हो जाते हैं— "कहती थी माता मुझे सदा राजीवनयन।" कृतवास ओझा के राम ऐसे पल में कहते हैं— "नीलकमलाक्ष मोहे बोले सर्वेजने।' आपत्काल में सर्वजन के स्थान पर माँ का स्मरण होना अधिक सहज और मनोवैज्ञानिक सत्य लिए हुए है।

'राम की शक्तिपूजा' की पृष्ठभूमि में घोर अँधेरा है— 'है अमानिशा उगलता

गगन घन अंधकार' और मुक्तिबोध का आत्मसंघर्ष भी अँधेरे में रहते हुए अँधेरे के ख़िलाफ़ है। हताशा और निराशा की इस घड़ी में भी दूर जलती मशाल है जो कि आशा का प्रतीक है। हर रचना का अपना एक निजी रचनात्मक वैशिष्ट्य एवं उद्देश्य होता है। विशेषकर निराला के साथ यह बात और भी कारगर प्रतीत होती है क्योंकि उन्होंने हमेशा सजगतापूर्वक ख़ुद को दुहराने से परहेज रखा। जहाँ तक 'राम की शक्तिपूजा' और 'सरोज-स्मृति' में एकसूत्रता की तलाश का प्रश्न हो तो कहा जा सकता है 'सरोज स्मृति' में एक पराजित मन है जो अपने आत्माभिमान को विस्मृत करते हुए कह देता है—"दुख ही जीवन की कथा रही/ क्या कहूँ आज जो नहीं कही।" 'राम की शक्तिपूजा' के अंत में अपराजित मन के अस्तित्व की अनुभूति होती है। वह साधना से पुनः शक्ति एकत्रित करता है और संघर्ष के पथ पर अग्रसित होता है। निराला साधक हैं पूजक नहीं हैं, यद्यपि 'राम की शक्ति पूजा' में 'आराधन का दृढ़ आराधन से दो उत्तर' की बात कही गई है लेकिन 'राम की शक्ति पूजा' योग की साधनावस्था है, मूलाधार से सहस्त्रार तक की यात्रा है।

'राम की शक्पिजा' अपनी विराट् बिंब-योजना के कारण विशिष्ट बन पड़ी है। उदाहरण के लिए राम के भीतर के उथल-पुथल और झंझावात को सामने गरज रहे अंबुधि विशाल से एकीकृत करते हुए समुद्र के भीषण सौंदर्य का जैसा चित्रण निराला ने किया है, वह पूरी हिंदी कविता में दुर्लभ बन पड़ा है—

"शत घूर्णावर्त, तरंग-भंग उठते पहाड़,
जल-राशि-राशि-जल पर चढ़ता खाता पछाड़।"

इसी प्रकार निराला को 'कांट्रास्ट' बिंब रचने में भी अपार सफलता मिली है। राम-रावण के आज के युद्ध के अवसान के साथ सफल और असफल लौट रही दोनों सेनाओं की मनःस्थिति और उनके 'बॉडी लैंग्वेज' को निराला ने जिन रूपों में एक साथ बाँधकर जो प्रस्तुत किया है, वह अद्भुत बन पड़ा है—

"लौटे युग-दल। राक्षस-पतदल पृथ्वी टलमल
बिंध महोल्लास से बार-बार आकाश विकल।
वानर-वाहिनी खिन्न, लख निज-पति-चरण चिह्न
चल रही शिविर की ओर स्थविर-दल ज्यों विभिन्न।"

'राम की शक्तिपूजा' में घहराते हुए रथयान, हुँकार करती हुई सेना और दिव्यास्त्रों की घनघोर गर्जना के आधार पर ही हिंदी के एक विद्वान ने इसे Mock heroic Poetry अर्थात् 'वीरकाव्य' की संज्ञा दी है। यह 'राम की शक्तिपूजा' की निजी विशिष्टता है कि इस कविता में बाहर और भीतर के युद्ध एकाकार हो चुके हैं। तुलसी के राम स्थितप्रज्ञ हैं। उनकी भावकुता सिर्फ़ लक्ष्मण मूर्च्छा के समय छलकती है। दूसरी ओर राम की मनःस्थिति कुछ दूसरी है—

"स्थिर राघवेंद्र को हिला रहा फिर-फिर संशय,
रह रह उठता जग-जीवन में रावण जय भय।"

ऐसे में जबकि मन की निराशा पराकाष्ठा पर चढ़ गई हो, मन इतना उद्वेलित हो कि प्रात के रण समाधान अभी और तुरंत अभी करना चाहता हो, किंतु घनघोर अँधेरे में ख़ुद को लाचार महसूस कर रहा हो, -अंतस् में विद्युत छवि की तरह सीता का स्मरण बिल्कुल सहज स्वाभाविक और प्रसंगानुकूल प्रतीत होता है। यहाँ युद्धभूमि से उठकर राम का प्रत्याभास (फ्लैश बैक) में चला जाना मनोवैज्ञानिक सत्यता को ही दर्शाता है—

'याद आया-
उपवन विदेह का, -प्रथम स्नेह का लतांतराल मिलन
नयनों का-नयनों से गोपन-प्रिय संभाषण,
पलकों का नवपलकों पर प्रथमोत्थान पतन,
काँपते हुए किसलय, -झरते पराग-समुदय,
गाते खग-नव जीवन परिचय, -तरु मलय-वलय, ।"

'राम की शक्तिपूजा' के राम पूजक कम और साधक अधिक हैं। साधक के भी पहले वे संघर्षशील मानव हैं। राम का संघर्ष आसुरी शक्तियों से था। कविता में यह संघर्ष दुहरे स्तर पर ध्वनित हुआ है। एक संघर्ष कवि निराला का भी है। हिंदी कविता की मुक्ति के लिए निराला जीवनभर प्रतिकूल ताक़तों के साथ संघर्षरत रहे हैं। जीवन के स्वार्थ समर हारते रहे है। यह संघर्ष न्याय का अन्याय के ख़िलाफ़, प्रकाश का अंधकार के ख़िलाफ़ और आसुरी वृत्तियों का सद्वृत्तियों के साथ निरंतर ज़ारी है। तभी तो निराला कहते हैं—

"धिक् जीवन को पाता ही आया जो विरोध,
धिक् साधन जिसके लिए सदा ही किया शोध!
जानकी हाय, उद्धार प्रिया का हो न सका।
वह एक और मन रहा राम का जो न थका।"

राम के कभी न थकने वाले मन को शक्ति की आराधना की प्रेरणा यूथवीरों में वयोवृद्ध जामवान् से मिली थी। राम का विकल मन जब यह कहता है— "अन्याय जिधर है उधर शक्ति।" तब जामवान् पुरुषोत्तम नवीन श्रीराम को प्रेरित करते हुए कहते हैं— "आराधन का दृढ़ आराधन से दो उत्तर।" राम शक्ति की उपासना में जुड़ जाते हैं। मूलाधार से सहस्त्रार तक की यात्रा तय होती है। शक्ति पात्रता की परीक्षा लेती हैं और प्रसन्न होकर विजय का आशीर्वाद देती हैं—

"होगी जय, होगी जय, हे पुरुषोत्तम नवीन!
कह शक्ति राम के वंदन में हुई लीन।"

'राम की शक्तिपूजा' कविता 'सत्यमेव जयते' जैसे सिद्धांत सूत्र की पुष्टि करती है। आस्था, उपासना और आत्मोत्सर्ग का संदेश देने वाली यह कविता हमें यह बतलाती है कि जहाँ साधक अपना सर्वस्व न्यौछावर कर के भी लक्ष्य की प्राप्ति के लिए तत्पर हो जाता है, जीवन में वहीं अभीष्ट फल की प्राप्ति हो जाती है। आख्यानक होकर भी यह कविता आधुनिक जीवन-बोध की कविता है। राम की ग्लानि, विजय-कामना के संबंध में संदेह और संघर्ष से भरे हुए अंतर्द्वंद्व में उलझा हुआ राम का मन आज के उलझे हुए मानव-मन से मेल खाता है। निराला आधुनिक मानव को आस्था और विश्वास के बल पर संघर्ष की प्रेरणा देते हैं। हिंदी के कुछ आलोचकों के अनुसार इस कविता में छायावाद की गरिष्ठ शैली अपने उत्कर्ष पर पहुँच गई है, दूसरी ओर विद्वानों के एक समूह का मानना है कि यह कविता महाकाव्यात्मक औदात्य और औदार्य से ओत-प्रोत है। तनाव और अंतर्द्वंद्व की अभिव्यक्त के लिए कविता में प्रयुक्त छंद सर्वथा उपयुक्त है। 'राम की शक्तिपूजा' के रचना-वितान में कवि ने कई शैलियों का समावेश किया है। कवि-स्वर की प्रधानता के कारण इसमें प्रगीतात्मकता है। कवि-कल्पित पात्र इसमें आपस में बात-चीत करते हैं, अत: संवाद और तनावग्रस्त परिस्थितियों में भरपूर नाटकीयता भी है। आख्यानक पात्रों एवं घटनाओं की उपस्थिति के कारण इसे लंबी प्रगीतात्मक कविता न कहकर लंबी आख्यानक कविता कहा जाना चाहिए। इस कविता में मनोवैज्ञानिकता एवं आध्यात्मिकता का सहज समन्वय हुआ है। इसे निराला की 'मोस्ट पावरफूल पोएट्री' के रूप में देखा जा सकता है जिसने अज्ञेय, मुक्तिबोध एवं नरेश मेहता जैसे कवियों को प्रभावशाली लंबी कविताएँ लिखने के लिए प्रेरित किया। अपने अनूठे रचना-विधान एवं शक्तिशाली भाव-व्यंजना की दृष्टि से यह कविता पुनर्पाठ की माँग करती है।

(ग) कुकुरमुत्ता

निराला की लंबी कविताओं में 'कुकुरमुत्ता' का विशिष्ट स्थान है। हिंदी के कुछ प्रगतिशील एवं उत्साही विद्वानों ने इस कविता के माध्यम से यह भी साबित करने की कोशिश की है कि 'कुकुरमुत्ता' में आकर निराला प्रगतिवादी हो गए हैं। यह कविता पूँजीवादी ताक़तों को धूल चटाती हुई सर्वहारा का विजयगाथा कहती है। इसके लिए वे इस कविता की निम्न पंक्तियों का हवाला देते हैं—

''देता हुआ बुत्ता, बोला कुकुरमुत्ता
अबे सुन बे गुलाब, भूल मत पाई
गैर रंगो, ख़ुशबू आब।
चूसा ख़ून खाद का तूने अशिष्ट
डाल पर इतरा रहा कैपीटलिस्ट।''

यहाँ यह स्पष्ट कर देना आवश्यक होगा कि निराला के द्वारा प्रकृति-प्रेम वाली कविताओं के सामानांतर ही आरंभिक काल से ही सामाजिक वैषम्य वाली कविताएँ लिखी जाती रही हैं। उदाहरण के लिए 'भिक्षुक', 'तोड़ती पत्थर' जैसी कविताएँ देखी जा सकती हैं। सच तो यह है कि 'कुकुरमुत्ता' निराला की मानसिकता का प्रामाणिक आत्म-बिंब है। असंभव नहीं कि प्रगतिशील आंदोलन में पंत के आ जाने के बाद निराला ने झुंझलाहट के साथ यह कविता लिखी हो। निराला की कविताओं के आरंभिक चरण में ध्वनित मानवीय करुणा 'कुकुरमुत्ता' तक आते आते विद्रूप व्यंग्य में परिणत हो गई है। निराला की कविताओं में वर्णित व्यंग्य का दायरा इतना विस्तृत है कि वह अपने आप मे सेठ साहूकार, जमींदार, सामंत, ब्राह्मण, पाखण्डीं संतों से लेकर कवियों इतिहासकारों एवं नेताओं को समेट लेते हैं— "खुला भेद विजयी कहाए हुए जो, लहू आदमी का पीये जा रहे हैं।" थोड़े शब्दों में 'कुकुरमुत्ता' उदात्त के विपर्यय के रूप में विद्रूप व्यंग्य और विडंबनाओं से भरी कविता बन पड़ी है।

'कुकुरमुत्ता' कविता में सामान्य पाठक कुकुरमुत्ता को सर्वहारा और गुलाब को धनी वर्ग के प्रतीक के रूप में देखता है और इसमें कोई व्यतिरेक भी नहीं है, किंतु डॉ. दूधनाथ सिंह यह नहीं मानते हैं कि कुकुरमुत्ता प्रगतिवाद के वैचारिक दबाव से उपजी रचना है, क्योंकि वे इस तरह की रचना मार्क्सवाद के आगमन के पूर्व भी कर रहे थे। दूसरी बात यह कि 'कुकुरमुत्ता' की बुनावट और संरचना का आधार वर्ग-वैषम्य या वर्ग-घृणा नहीं है। वह सिर्फ़ एक 'पैसिव' व्यंग्य है। कुकुरमुत्ता की सारी बड़बोली में कहीं भी क्रांति की गंध नहीं है, बल्कि अपनी परंपरागत महत्ता, मूल्यवत्ता और निरंतरता सिद्ध करने में है। कुकुरमुत्ता उगाए नहीं उगता— इस सच्चाई को प्रमाणित करता है कि साधारण या सामान्य को पैदा नहीं किया जा सकता। वह स्वयंभू है और अपने अस्तित्व की सार्थकता के लिए किसी का मुखापेक्षी नहीं है।

अभिव्यक्ति के स्तर पर अत्यंत धारदार और 'लाउड' होने के बावजूद 'कुकुरमुत्ता' कविता कई प्रकार की विसंगतियों से भरी पड़ी है। 'कुकुरमुत्ता' में कोई एक मुद्दा ठीक-ठीक पकड़ में नहीं आता है। आरंभ से अंत तक एक अव्यवस्था, एक अराजकता, यहाँ तक कि व्यर्थता दृष्टिगोचर होती है। अपनी औघड़ अभिव्यक्ति में कुकुरमुत्ता का एक लंबा वक्तव्य संलाप के बदले प्रलाप मालूम पड़ता है। पिंड से लेकर ब्रह्माण्ड तक व्याप्त कुकुरमुत्ता ब्रह्म का ही एक विलक्षण संस्करण बनकर रह गया है। ढीठ, उद्दण्ड और उच्छृंखल कुकुरमुत्ता को कुछ आलोचकों नें 'क्रूद्ध युवा चरित्र' के रूप में देखा है जिसका पूर्ण विकास 'नई कविता' के दौर में हुआ। यह वही क्रूद्ध पीढ़ी है जिन्होंने अकविता तक आते आते सब कुछ ध्वस्त कर के रख दिया। लेकिन दूसरी ओर कुकुरमुत्ता को यदि शोषित सर्वहारा को क्रांतिकारी रूप में मान लें तो कविता के अंत में इस क्रांतिकारी का लज़िज तरकारी (कबाब) के रूप में परिणति वाली बात कुछ समझ में नहीं आती है।

इतना कुछ होते हुए भी यह तो मानना ही पड़ेगा कि कुकुरमुत्ता से तुच्छजन की विशिष्टता का बोध होता है। नई कविता में जिसे 'लघुमानव' और उसके बाद के काल में जिसे 'आम आदमी' या सामान्य जन कहा गया— कुकुरमुत्ता उस वर्ग का प्रथम संस्करण या आदि संस्करण है। अपने बड़बोलेपन की अभिव्यक्ति में कुकुरमुत्ता सामान्य मानव प्रतीत नहीं होता कुकुरमुत्ता का व्यक्तित्व बहुआयामी, व्यापक और अद्वितीय तो है ही, प्रखर बौद्धिकता से ओत-प्रोत है। हिंदी के कुछ विद्वानों ने यह भी माना है कि निराला का कुकुरमुत्ता 'एकोऽहं बहुष्याम' का विस्तार-मात्र है। कुकुरमुत्ता की भाषा बहुत हद तक अकाव्यात्मक है। इसकी भाषा को खिचड़ी खड़ीबोली का नाम भी दिया जा सकता है जिसमें संस्कृत, देशी उर्दू, फारसी और अंग्रेज़ी के शब्दों का घालमेल हुआ है। कुकुरमुत्ता की भाषा को बिल्कुल उनकी सधुक्कड़ी भाषा से मेल खाती है। ऐसा प्रतीत होता है कि कवि ने बोले जाने वाले शब्दों की असंपादित अनुकृति ही कर डाली है। कुकुरमुत्ता की भाषा सही रूपों में प्रकृत भाषा है। भाषा का यह अकाव्यात्मक रूप अकविता के दौर में ख़ूब फला-फूला।

अंततः विश्वंभर मानव के शब्दों में कहा जा सकता है कि निराला का दृष्टिकोण प्रगतिशील अवश्य है पर वे मार्क्सवादी नहीं हैं। जन साधारण का पक्ष उन्होंने मानवतावाद के आधार पर ही लिया है। 'कुकुरमुत्ता' में कहीं भी वर्ग-संघर्ष की भावना दिखती भी नहीं है। कुकुरमुत्ता उसे 'जनखा' और 'हरामी' तक कह देता है किंतु शांत और शालीन स्वभाव का गुलाब उसके ख़िलाफ़ एक शब्द तक नहीं बोलता। अपनी सारी असंगतियों यहाँ तक कि अस्पष्टताओं के बावजूद नई सृजनशीलता और सामाजिक संस्कृति को स्वर प्रदान करने वाली यह कविता हिंदी की परवर्ती काव्यधारा को निराला की अन्य लंबी कविताओं की तुलना में सबसे अधिक प्रभाव डालने वाली कविता बन पड़ी है। परवर्ती कवियों को अपने समकालीन जीवनबोध में 'कुकुरमुत्ता' जैसी आक्रामक और देशज संस्कार वाली कविता अधिक अनुकूल और प्रांसगिक लगी होगी। फलतः बदलते सामाजिक राजनीतिक परिवेश में उन्होने उसी का अनुसरण किया। वैसे भी अन्य छायावादी कवियों की तुलना में निराला की कविताओं में हास्य और व्यंग्य का पुट अधिक है। वे विरोधियों पर उसी निर्भीकता से प्रहार करते हैं, जिस निर्भीकता से पूर्व में कबीर किया करते थे। तभी तो निराला कहते हैं—

''खुला भेद विजयी कहाए हुए जो
लहू दूसरे का पिये जा रहे हैं।

निश्चित रूप से यही कारण है कि नागार्जुन से लेकर धूमिल तक हिंदी के परवर्ती कवि निराला के ही क़रीब दिखते है। 'कुकुरमुत्ता' में कई विरोधी बातें एक साथ ध्वनित होती दिखती हैं। यह निराला की गतिशील काव्य-चेतना के प्रवाह में लिखी कविता है। निराला शायद विदेशी विचारधारा पर आधारित प्रगतिवादी चिंतन को हृदय से नहीं

अपना पा रहे थे, जबकि उनके समानधर्मा पंत जी 'रूपाभ' जैसी पत्रिकाओं के माध्यम से उस ओर उन्मुख हो रहे थे। संभव है कि निराला ने झुंझलाहट में यह कविता लिखी है। 'कुकुरमुत्ता' के लिखे जाने का कारण चाहे कुछ भी हो, किंतु इतना तो मानना ही पड़ेगा कि यह लंबी कविता 1960 ई. की 'क्रूद्ध-युवा-पीढ़ी' के लिए उपजीव्य काव्य साबित हुई। अपने बड़बोलेपन की अभिव्यक्ति में 'कुकुरमुत्ता' सामान्य मानव प्रतीत नहीं होता है। उसका व्यक्तित्व बहुआयामी, व्यापक और अद्वितीय तो है ही, वह प्रखर बौद्धिकाता से भी ओत-प्रोत है। इस मामलें में वह मुक्तिबोध के 'ब्रह्मराक्षस' का पूर्वज प्रतीत होता है। वह इतना जीनियस और प्रखर है कि ब्रह्म संबंधी अवधारणा पर भी प्रच्छन्न व्यंग्य करने से नहीं चूकता है। 'कुकुरमुत्ता' सही अर्थों में एक क्रांतिधर्मी कविता है जो एक ओर भाषा, भाव एवं अभिव्यंजना के स्तर पर कई प्रकार की काव्य-रूढ़ियों का भंजन करती है वहीं विचारधारा के स्तर पर जीवन और समाज को नए नज़रिये से देखने की दृष्टि देती है। कहना नहीं होगा कि हिंदी में युग-परिवर्तन की आहट निराला की इसी 'कुकुरमुत्ता' कविता में पहली बार ध्वनित हुई है, अतः हिंदी कविता के विकास के स्वरूप को समझने के लिए कुकुरमुत्ता का अध्ययन बेहद ज़रूरी बनता है।

✤

निराला : क्रांति, विद्रोह और विद्रूप व्यंग्य

महाकवि निराला का काव्य विविधताओं से भरा हुआ है। उसमें विरोध और व्यतिरेक के कई ऐसे स्वर बार-बार उठते हैं। वस्तुतः किसी भी आलोचक या पाठक के लिए उनकी रचनाओं को सरलीकृत करते हुए उनके विषय में कोई सामान्य राय कायम कर पाना आसान काम नहीं हैं। उनके विषय में दूधनाथ सिंह लिखते हैं— ''निराला की हर रचना एक संपूर्ण जीवन-दृष्टि है। वे अपने समकालीन अन्य तीनो छायावादी कवियों की अपेक्षा अधिक आत्मस्थ, निजत्वपूर्ण और अधिक गतिशील हैं।'' निराला की कविताओं के अध्ययन के लिए कालक्रम का आधार बेमानी सिद्ध होता है, अलबत्ता पंत की कविताओं के अध्ययन में इससे काफ़ी मदद मिलती है। निराला एक ही साथ प्रगतिवादी, प्रकृतिवादी और आध्यात्मिक कविताएँ करते हुए कालक्रमिकता के सारे सरलीकरण को ध्वस्त करते हुए दिखते हैं। निराला 'तोड़ती पत्थर', 'भिक्षुक', 'दान' जैसी कविताएँ प्रगतिवाद के आगमन के बहुत पूर्व लिख चुके थे। साथ ही साथ उन्हीं दिनों 'तुम और मैं' एवं 'पास हीरे, हीरे की खान' जैसी आध्यात्मिक कविताएँ भी लिख रहे थे। कहा जा सकता है कि निराला की हर कविता गतिशील काव्य-चेतना के प्रवाह में लिखी कविता है।

छायावादी कवियो में निराला क्रांति-चेतना के कवि माने जाते हैं। उनकी क्रांति मानवीय करुणा की कोंख से पैदा हुई है। उनके समग्र साहित्य में मानव-मात्र को पीड़ा से मुक्ति दिलाने की छटपटाहट दिखती है। निराला ने कविता के लिए भले ही 'मैं शैली' अपनाई थी किंतु उनकी कविता पर-पीड़ा से ही उपजी थी। वस्तुतः मानव-मात्र के दुख तकलीफ और पीड़ा के प्रतिकार स्वरूप ही उनकी काव्य-चेतना का उत्तरोत्तर विकास विद्रोह और विदूप व्यंग्य में होता चला गया है। धूप में पत्थर तोड़ती हुई मजदूरिन सामने तरु-मालिका अट्टालिका प्राकार' को भी देखती है और कवि की ओर भी उस निरीह बच्ची की की दृष्टि से देखती है— ''जो मार खा रोई नहीं'' की स्थिति में है। वह भी कवि को नज़र उठाकर तब देखती है जब वह देखती है कि कोई उसे देख रहा है। एक प्रकार से वह कवि की ओर उम्मीद से देखती है, शायद वे उसकी पीड़ा को समझ पाएँगे। इसी प्रकार निराला का भिक्षुक को यह आश्वस्त करना कि ठहरो, मेरे हृदय में है अमृत-तत्त्व, मैं तुम्हें सींच दूँगा'' ये सारी बातें प्रगतिवादी प्रचारवाद से बिल्कुल अछूती थीं। इसका मतलब यह नहीं निकाल लेना चाहिए कि निराला को राजनीति से परहेज़ था। परवर्ती काल में वे 'न आए वीर जवाहर लाल' जैसी व्यंग्यात्मक कविताएँ लिखते हैं, जिसमें तत्कालीन प्रधानमंत्री तक लेपेटे में आ जाते हैं। सच्चाई

यह है कि निराला का विद्रोह एवं उनकी क्रांतिधर्मिता सामाजिक, साहित्यिक रूढ़ियों से लेकर राजनीतिक दासता के विरुद्ध है। उन्होंने 'दान' और 'आ रे यमुना के किनारे' जैसी कविताओं में बगुला भगत पाखंडियों की ख़ूब ख़बर ली है। उनकी कविताओं में सामाजिक विसंगतियों पर कहीं सीधी चोट की गई है तो कहीं व्यंग्य का सहारा लिया गया है। 'कुकुरमुत्ता' का व्यंग्य-बोध गहरा और चतुर्दिक है। निराला की शोषितों और पीड़ितों के प्रति सहानुभूति किताबी उपज नहीं हैं। उनकी करुणा और आक्रोश का सीधा संबंध समाज से हैं। बंगाल के भयंकर अकाल की पीड़ाजनक एवं दारुण स्थिति को इन शब्दों में देखा जा सकता है जिसमें वे समस्त राष्ट्र को कठघरे में लाकर खड़े कर देते हैं—

''बाप बेटा बेंचता है
भूख से बेहाल होकर
धर्म धीरज प्राण खोकर
हो रही अनरीति बर्बर
राष्ट्र सारा देखता है।''

निराला की कविताओं को शोषक वर्ग के प्रति आक्रोश और शोषित वर्ग के प्रति सहानुभूति वाले सरलीकृत फार्मूले से देखना भारी भूल होगी। वे 'मास्को डायलाग्स' में सोशलिस्टों की ख़बर लेते हैं तो 'वनबेला' में प्रपंची राजनेताओं पर तंज कसते हैं। 'दान' में धार्मिक बाह्याडंबर की पोल खेलते हैं तो 'सरोज-स्मृति' में अपने दहेजलोभी स्वाजातियों पर ही तीखा प्रहार करते हैं। वे हमेशा परिवेशगत अन्याय के ख़िलाफ़ आवाज़ उठाते हैं। 'राजे ने अपनी रखववाल की' में व्यंग्य की धार इतनी तेज हैं कि यह एक साथ राजतंत्र, सामंतवाद, ब्राह्मणवाद, ख़ुशामदी कवियों, लेखकों इतिहासकारों सभी को लपेट लेती है। निराला कहते हैं—

''खुला भेद विजयी कहाए हुए जो,
लहू आदमी का पीये जा रहे हैं।''

निराला ने 'महँगू महँगा रहा' और 'झिंगुर डटकर बोला' जैसी कविताओं में शोषणकारी ताक़तों के ख़िलाफ़ आवाज़ उठाते हुए समाज के कमज़ोर लोगों के हक की आवाज़ बुलंद की थी। निराला ने हमेशा से बराबरी वाले समाज की स्थापना का सपना देखा था। वे अमीरों की हवेली को किसानों की पाठशाला बनाने का सपना देखते थे। आज के परिप्रेक्ष्य में जबकि राजनीति में जातिवादी, वर्गवादी जैसी फिरकापरस्त ताकतें सामाजिक विघटन के माहौल पैदा करने को आमादा हैं, निराला की 'दलित जन पर करो करुणा' जैसी पंक्तियाँ मानव-मात्र को एकता के सूत्र में बाँधे रखने में सहायक हो सकती हैं। घृणा, विद्वेष, आक्रोश जैसे नकारत्मक भाव सामाजिक कटुता को बढ़ाने में ही सहयक होंगें। दूसरी ओर करुणा की कोंख से उपजी सहिष्णुता और सेवा की

भावना सदा समानता के मार्ग को प्रशस्त करने में सहायक होगी। सत्ता सदा से अहंकार पैदा करती है। रामकृष्ण परमहंस की सेवा-भावना के प्रति निष्ठा रखने वाले निराला सामाजिक विसंगतियों को मानवता की सेवा से ही दूर करने के पक्षधर है। निराला काव्य की विद्रोही चेतना जहाँ हममें प्रतिकार की ताक़त भरती है वहीं अहंकार को शमित करती हुई समाज के पीड़ितों, उपेक्षितों और ग़रीबों को उनका वाज़िब हक दिलाने के लिए हमें उकसाती है। इस लिहाज़ से आज निराला की सामाजिक चेतना वाली कविताओं का महत्त्व और भी बढ़ गया है।

(क) निराला : छायावाद के सर्वश्रेष्ठ गीतकार

निराला सुमधुर कंठ-स्वर वाले बड़े भाव-प्रवण गायक थे और बंग-प्रमियों के बीच रवींद्रनाथ के गातों का सुमधुर कंठ-स्वर से गाया करते थे। वे संगीत-कला के मर्मज्ञ थे। उनके काव्य-संकलन 'गीतिका' के सारे गीत स्वर, लय एवं शास्त्रानुवर्ती हैं। निराला के गीत तराशे हुए, विवेक को साधकर रचे हुए गीत हैं, वे भावोद्‌गार मात्र नहीं हैं। उनमें जल की तरलता नही, हीरे की सी कठोरता और भीतरी दमक है। निराला के गीतों में छायावादी कवियों की तुलना में सबसे अधिक भावगत विविधता है। उन गीतों में लोक संवेदना की छुअन है। निराला का एक मशहूर गीत है— "बाँधो न नाव इस ठाँव बंधु, देखेगा सारा गाँव बंधु' में बंग-संस्कृति की झलक मिलती है। नायिका को लोक-शिकायत की चिंता है, इसलिए अभिसार के क्षणों में वह अपने प्रियतम से उस घाट पर नाव बाँधने से मना करती है जहाँ सभी अपने नाव बाँधते हैं। निराला की का एक और लोकप्रिय गीत है— "नैनों के डोरे लाल, गुलाल प्रिय संग खेली होली।" इस होली गीत में उत्तर भारतीय समाज की होली संस्कृति की मादकता और मस्ती मिलती है। सबके सामने पर्दा ज़रूर है किंतु पर्दे के भीतर हँसी ठिठोली से भरी होली 'कसक मसक गई चोली' के साथ परवान चढ़ती है।

निराला के गीतों में शब्द बोलते हैं। शब्द-संयोजन के प्रति निराला इतने सजग और निपुण है कि हर पद-बंध के लिए मानो पहले से ही तय कर लेते हैं कि पदों का वर्ण विन्यास क्या होगा, पदों में वर्णो की संख्या कितनी होगी, उसका नाद-सौंदर्य क्या होगा। उदाहरणार्थ निराला की चर्चित कविता 'प्रिय यामिनी जागी' की निम्न पंक्तियाँ देखी जा सकती हैं—

"हेर उर के पट, फेर मुख के बाल
लख चतुर्दिक चली मंद मराल,
गेह में प्रिय स्नेह की जयमाल
वासना की मुक्ति, मुक्ता त्याग में तागी।"

नाद-सौंदर्य की दृष्टि से निराला का सर्वाधिक चर्चित अभिसार गीत 'मौन रही

हार' की ये पंक्तियाँ लाज़वाब बन पड़ी हैं जहाँ नायिका के आभूषण ही सबकुछ कह देते हैं—

''कण-कण कर कंकण, प्रिय
किण किण रव किंकिणी,
रणन-रणन नूपुर, उर लाज,
लौट रंकिणी,
और मुखर स्वर पायल करे बार-बार,
प्रिय पथ पर चलती, सब कहते शृंगार।''

उपरोक्त पंक्तियों की आरंभिक दो पंक्तियों के सभी शब्द दो वर्णो वाले हैं, एक चतुर्दिक शब्द को छोड़कर जिसके पद-भार को संतुलित करने के लिए कवि तीसरी पंक्ति में चार वर्ण वाले जयमाल पद का प्रयोग करता है। दो-तीन वर्णों वाले ये सभी शब्द जहाँ एक चटकीला संश्लिष्ट चाक्षुष बिंब तैयार करते हैं वहीं इन शब्दों का लयात्मक संगीत हमें बाँधकर रख देता है। इसी प्रकार निराला का एक और प्रसिद्ध गीत है—'सखि वसंत आया'। इसकी निम्न पंक्तियाँ गीति सौंदर्य की दृष्टि से अनूठी बन पड़ी हैं—

सखि, वसंत आया।
''किसलय-वसना नव-वय लतिका
मिली मधुर प्रिय-उर तरु-पतिका,
मधुप वृंद बंदी
पिक-स्वर नभ सरासाया।''

यहाँ 'किसलय-वसना नव वय लतिका' और प्रसाद जी की 'लो यह लतिका भी भर लाई, नवल मधुर रस गागरी' में अद्‌भुत साम्य देखने को मिलता है। कहा जा सकता है कि शृंगारिक गीत लिखने के मामले में निराला बेजोड़ हैं। उनके शृंगार वर्णन का भाव-पक्ष अत्यंत समृद्ध है।

निराला ने देशभक्ति की भावना से ओत-प्रोत जो गीत लिखें हैं वे और भी उत्कृष्ट बन पड़े हैं। इस स्तर पर उनकी तुलना सिर्फ़ प्रसाद जी से की जा सकती है। इस दृष्टि से 'एक बार बस और नाच तू श्यामा', 'भारति जय विजय करे' और वर दे वीण वादिनी वर दे' कविता देखी जा सकती है। शास्त्रकारों ने गीतिकाव्य के लिए जिन अपेक्षित गुणों यथा—भावावेग की तीव्रता, वैयक्तिकता, अनुभूति की सधनता, लयात्मकता, संगीतात्मकता, स्पष्टता, संक्षिप्तता आदि की चर्चा की है, वे सभी निराला के गीतों में मौज़ूद हैं। निराला की 'वर दे वीणावादिनी वर दे' का शब्द-संयोजन देखा जा सकता है—

''वर दे वीणावादिनी वर दे
प्रिय स्वतंत्र रव, /अमृत मंत्र नव/ भारत में भर दे।

काट अंध उर के बंधन स्तर/ बहा जननि ज्योतिर्मय निर्झर
कलुष भेद तम-हर प्रकाश भर/ जगमग जग कर दे।''

यदि 'जन-गण-मन' को भारत का राष्ट्रगान होने का गौरव प्राप्त है तो निराला की 'वर दे वीणावादिनी वर दे' कविता को हिंदी भाषा और साहित्य का गौरव-गान हाने का सौभाग्य प्राप्त है। तभी तो ज्ञान और संगीत की अधिष्ठात्री सरस्वती वंदना से हिंदी के साहित्यिक एवं सांस्कृतिक आयोजनों का शुभारंभ होता है।

(ख) निराला काव्य की दार्शनिक पृष्ठभूमि

निराला काव्य की दार्शनिक पृष्ठभूमि पर विचार करते समय यह ध्यान में रखना होगा कि अद्वैतवाद, सांस्कृतिक पुनर्जागरण, विवेकानंद के नववेदांतवाद एवं जीवन की प्रतिकूल परिस्थितियों से प्राप्त अनुभवों से मिल-जुलकर निराला का जीवन-बोध निर्मित हुआ है। निराला की निष्ठा वेदांत-दर्शन में है, किंतु ये पारंपरिक अद्वैतवादियों से थोड़े भिन्न भी हैं। अद्वैतवादियों की तरह निराला ब्रह्म के सत्य की बात तो करते हैं किंतु सांसारिकता के निषेध के बजाय उनके भीतर इसे सुंदर बनाने का संकल्प है। यह ठीक है कि संसार में दुखों का अंबार है किंतु इसके लिए न तो वैराग्य के मार्ग को अपना लेना ठीक है और न ही गलदश्रु भावुकता से संसार का कल्याण होने वाला है। विवेकानंद के गुरु स्वामी रामकृष्ण परमहंस ने कहा था—'जीव ही शिव है' और 'नर सेवा ही नारायण सेवा है।' दीन दुखियों की सेवा कर के संसार के दुख को कमतर किया जा सकता है। निराला ने कविता लेखन में भले ही 'मै शैली' अपनाई हो किंतु उनमें हम सर्वत्र पर दुखकातरता दिखलाई पड़ती है—

''मैंनें मैं शैली अपनाई/देखा, दुखी एक निज भाई,
दुख की छाया पड़ी हृदय पर/झट उमड़ वेदना आई।''

अद्वैतवादियों की तरह निराला भी जीव और ब्रह्म में तात्त्विक भेद नहीं मानते। वे कबीर और अपनी समनाधर्मा महादेवी की तरह जीवात्मा और ब्रह्म के बीच रागात्मक संबंध को स्वीकार करते हैं। ख़ास बात यह है कि उनका संबंध लिंग-बोध से ऊपर है पुरुष होकर कबीर ख़ुद को 'पिऊ की बहुरिया' कहते हैं। स्त्री होने के नाते महादेवी जी का स्त्रीत्व पूरी इयत्ता के साथ उनकी कविताओं में दिखता है, किंतु निराला ख़ुद को लिंग-भेद से परे रखते हैं। वे कहते हैं—

''तुम तुंग हिमालाय श्रृंग/और मैं चंचल गति सुर सरिता
तुम विमल हृदय उच्छ्वास/ और मैं कांत कामिनी कविता।''

कबीर की तरह निराला संसार की क्षणभंगुरता को लेकर वीतरागी नहीं हैं। उनके अनुसार परम ब्रह्म के लीला विलास की इच्छा ही ईश्वर के रूप में जगत् की सृष्टि करता है। इसके मूल में 'एकोऽहं बहुष्याम्' की भावना काम करती है। निराला सहित

सभी छायावादी कवियों के लिए यह संसार का स्वरूप मूलतः आनंदमय है। प्रसाद के शब्दों में— 'चिति का विराट वपु मंगल, यह सत्य सनातन सुंदर।' यह शरीर नश्वर होकर भी साधना-धाम और मोक्ष का द्वार है। यह मोक्ष आत्म साक्षात्कार से अथवा 'अन्नमय कोश' से लेकर 'आनंदमय कोश' की यात्रा से संभव है। निराला सहित सभी छायावादी कवि कभी मृत्यु बोध से आक्रांत नहीं होते। सच तो यह है कि वे हर क्षण, हर पल संसार के सौंदर्य पर आह्लादित होते हैं। निराला माया से मुक्ति नहीं चाहते अपितु 'वासना से मुक्ति, मुक्ता त्याग में तगी' की बात करते हैं।

निराला में भक्ति, रहस्य-साधना एवं तत्त्व-चिंतन की त्रिवेणी एक साथ प्रवाहित है। आचार्य नंददुलारे बाजपेयी ने यह स्वीकारा है कि अद्वैतवाद निराला की कविताओं का मेरुदंड है। अद्वैतवाद की एक परिणति मानवतावाद में है तो दूसरी परिणति रहस्यवाद में है। निराला की रहस्यवादी कविताओं में आवेग के स्थान पर तत्त्व-चिंतन की प्रधानता है। चिंतन की प्रधानता के कारण प्रसाद में प्रकृति के प्रति मुग्धता का भाव कम है। वे अपने इष्टदेव से सिर्फ़ उदारता प्रदर्शन की अपेक्षा रखते हैं। वे कहते हैं—

"तुम हो कौन और मैं हूँ क्या/ इसमें क्या है धरा सुनो,
मानस जलधि रहे चिर चुबिंत/ मेरे क्षितज उदार बनो।"

सर्वात्मवाद से प्रभावित होने के कारण पंत जी समस्त सृष्टि में एक ही परम सत्ता के दर्शन करते हैं। उनके लिए भी अन्य छायावादी कवियों की तरह प्रकृति उस परम सत्ता से जुड़ने का माध्यम है। पंत जी में भावुकता और तन्मयता की भावना अधिक है। तभी तो वे कहते हैं—

"न जाने कौन अए द्युतिमान/ जान मुझको अबोध अज्ञान/
फूँक देते हो छिद्रों में गान/ सुझाते हो तुम पथ अनजान/
अहे सुख-दुख के सहचर मौन/नहीं कह सकती तुम हो कौन?"

महादेवी वर्मा ने रहस्य-साधना के समस्त सोपानों को बड़े संयम के साथ पार किया है। उनमें मिलन की तीव्र उत्कंठा के भाव तो हैं किंतु साथ ही साथ विरह-दशा को उन्होंने अधिक विस्तार दिया है। यही कारण है कि उनका समग्र काव्य ही वेदनामय हो उठा है। परम-मिलन की स्थिति को वे विस्तार भी नहीं देती हैं बल्कि संकेत भर करती हैं— "तुम मुझमें प्रिय फिर परिचय क्या?" परिचय का विस्तार उनके काव्य का अभिप्रत भी नहीं है।

निराला भी प्रकृति को विराट् से जुड़ने का माध्यम मानते हैं। वे प्रकृति का आध्यात्मिकीकरण करते हैं। उन्हें सृष्टि के कण-कण में परमात्मा का उल्लास दृष्टिगोचर होता है। सृष्टि के सौंदर्य को निहारते हुए आत्मा-परमात्मा का भेद करने वाली बुद्धि विस्मृति की अवस्था को प्राप्त करती है। यही नहीं, निराला में 'अर्चना', 'आराधना'

काल तक आते-आते सूरदास वाली को आत्म-निवेदन और आत्म-विह्वलता वाली समर्पणशीलता दृष्टिगोचर होने लगती है—

"भवसागर से पार करो हे/आओ बेड़ा पार करो हे।"

आचार्य नंददुलारे बाजपेयी निराला को 'बीसवीं सदी में अद्वैतवाद के प्रतिनिधि कवि' के रूप में प्रतिष्ठित करते हैं। किंतु यहाँ स्पष्ट कर देना अपेक्षित होगा कि संसार की क्षण-भंगुरता निराला को व्यथित नहीं करती है। सर्वात्मवाद के प्रति निष्ठा रखने वाले निराला चराचर जगत् के प्रति अनन्य अनुराग की भावना रखते हैं। यही कारण है 'चित्रकूट-प्रसंग' और 'पंचवंटी-प्रसंग' जैसी तत्त्व-चिंतन वाली कविताएँ लिखने वाले निराला प्रेम और श्रृंगार को परमात्मा के आनंदमय स्वरूप की अभिव्यक्ति के रूप में देखते हैं। कहा जा सकता है कि निराला की दर्शन प्रधान कविताएँ परमात्मा के स्वरूप की आनंदमयी अभिव्यक्ति हैं।

(ग) मुक्तछंद और निराला

हिंदी कविता में मुक्तछंद का प्रयोग सबसे पहले किसने किया, इसे लेकर विद्वानों में अलग-अलग राय हो सकती है किंतु इसे व्यापकता और लोकप्रियता प्रदान करने का श्रेय निराला को जाता है, इसमें दो राय नहीं है। मुक्तछंद को हिंदी कविता में स्थापित करने वाले निराला 'परिमल' की भूमिका में मुक्तछंद के विषय में कहते हैं— "मनुष्यों की मुक्ति की तरह कविता की मुक्ति होती है। मनुष्यों की मुक्ति कर्मों के बंधन से मुक्ति होती है और कविता की मुक्ति छंदों के शासन से अलग होना है। जब किसी छंद को मात्रा, वर्ण आदि के बंधनों से छुटकारा मिल जाता है तो उसे मुक्त छंद कहते हैं।"

मुक्तछंद का अर्थ है छंद-रूढि से मुक्ति। मुक्तछंद में छंद के बाह्याडंबर यथा तुक, चरणों के सम विषम आदि से मुक्ति तो होती है किंतु कविता में आद्योपांत आंतरिक लय का निर्वाह ज़रूर होता है। लय की यह अन्विति ही समग्र भावों को बाँधे रखती है। हिंदी की पहली मुक्तछंद कविता 'जूही की कली' में इसी आदर्श का पालन दिखलाई पड़ता है—

"विजन-वन-वल्लरी पर/सोती थी सुहाग-भरी
स्नेह स्वप्न-मग्न/अमल-कोमल तनु-तरुणी
जुही की कली/दृग बंद किए, शिथिल पत्रांक में।'

इस छंद की लय घनाक्षरी की है किंतु इसके चरण विषम हैं और तुक भी नहीं है। भावावेग के अनुकूल इसके चरणों का विस्तार और संकोच किया जाता है। घनाक्षरी की तरह यह आठ चरणों में समाप्त भी नहीं होता अपितु जबतक कविता का भाव-प्रवाह समाप्त नहीं होता है कविता चलती रहती है। यहा स्पष्ट कर देना अपेक्षित होगा

कि निराला अतुकांत कविताओं को मुक्तकाव्य या स्वच्छंद छंद नहीं मानते। 'परिमल' के तीसरे भाग की सभी रचनाएँ मुक्तछंद में हैं। मुक्तछंद में कविता सभी प्रकार के छांदस अनुशासन से आज़ाद रहती है। कविता में भावानुकूल एक नैसर्गिक प्रवाह आद्योपांत बना रहता है तथा पद-योजना में आंतरिक लय और अन्विति अंत तक बनी रहती है, जो भावों को बिखरने नहीं देती। निराला के पूर्व हिंदी में कुछ कवियों ने अतुकांत कविताएँ अवश्य लिखीं किंतु मुक्तछंद को लोकप्रिय बनाने का श्रेय निराला को ही है। मुक्तछंद रचनें में उन्होंने बांग्ला तथा अंग्रेज़ी के ब्लैंकवर्स से प्रेरणा अवश्य ली है किंतु यह उनकी सर्वथा एक मौलिक चीज़ है।

✤

पंतकाव्य का क्रमिक विकास

चंदन की तुनुक सुकुमार लचीली डाल पर नवनीत के अवलेप से जो प्रतिमा गढ़ी जा सकती है निश्चय ही वह प्रतिमा प्रकृति के सुकुमार कवि सुमित्रानंदन पंत की होगी। प्रकृति-पुत्र पंत जी का जन्म 'भारत का स्वीटजरलैंड' कहे जाने वाले उत्तराखंड के कूर्मांचल क्षेत्र के कौसानी नामक गाँव में 1900 ई. में हुआ था। जन्म के मात्र छः घंटे के बाद नवजात शिशु की माँ दिवंगता हो गईं फलतः गुसाईदत्त पंत को माँ का प्यार दुलार प्रकृति से ही प्राप्त हुआ। तभी तो पंत जी के लिए प्रकृति देवी, माँ, सहचरी, प्राण सब कुछ रही। पंत जी 'पल्लव' की भूमिका में लिखते हैं कि मैं घंटों हिमवान की उपत्यकाओं में बैठकर हिमालय की विशालता और उसके विराट् सौंदर्य को एकटक निहारता रहता था और कोई अव्यक्त सत्ता मेरे भीतर सौंदर्य-चेतना के जाल बुनती रहती। प्रकृति के इस रमणीय सौंदर्य का कवि के किशोर-मानस पर कुछ ऐसा असर पड़ा कि कवि ने प्राकृतिक-सौंदर्य के समक्ष नारी-सौंदर्य को भी झुठला दिया और कह उठा—

''छोड़ द्रुमों की मृदु छाया
तोड़ प्रकृति से माया,
बाले! तेरे बाल-जाल में
कैसे उलझा दूँ लोचन?
भूल अभी से इसी जन को!''

कहना नहीं होगा कि पंत जी को कविता करने की प्रेरणा प्रकृति से प्राप्त हुई। इनकी पहली कविता 'घंटाघर' शीर्षक से प्रकाशित हुई। पंत जी का पहला काव्य-संग्रह 'वीणा' नाम से प्रकाशित हुआ जिसे कवि ने 'बाल-सुलभ प्रयास' के रूप में स्वीकार किया है। 'वीणा' की कविताओं में अज्ञात सत्ता के प्रति जिज्ञासा और उसके अनूठे सौंदर्य के प्रति विस्मय के भाव अधिक हैं। ये रचनाएँ रहस्य-भावना से अनुप्राणित हैं। 'ग्रंथि' एक विरह-काव्य है जिसमें प्रेयसी के विछोह से उपजे मानसिक संताप को प्रकृति के विभिन्न उपादानों के माध्यम से व्यक्त किया गया है। इस रचना में भी किशोर-सुलभ भावुकता के दर्शन होते हैं जहाँ वह अपनी प्रेयसी से बिछुड़ते हुए कहता है—

''शैवालिनी! जाओ तुम मिलो सिंधु से, अनिल! आलिंगन करो तुम गगन को।
चंद्रिके! चूमों तरंगों के अधर, पवन गाओ, उडुगण वीणा बजा।''

'पल्लव' को पंत जी की सर्वश्रेष्ठ कृति के रूप में देखा जाता है। आलोचकों ने जहाँ इसकी भूमिका को 'छायावाद का घोषणा-पत्र' के रूप में देखा है वहीं एक

आलोचक ने यहाँ तक कह दिया कि 'पल्लव' उनकी समग्र काव्य-साधना का पुरस्कार है। जो स्थान अंग्रेज़ी के 'रोमांटिसिज्म' में वर्डसवर्थ के 'लिरिकल बैलेड्स' का है वही स्थान छायावाद में 'पल्लव' का है। पल्लवकालीन रचनाओं में प्रकृति की सुषमा का चित्रण तो है ही, युवा कवि के मानस में उमड़ने घुमड़ने वाली सुख-दुख, हर्ष-विषाद जैसी भावनाएँ भी यहाँ बख़ूबी व्यक्त हुई हैं, कवि कहता है—

''सुख-दुख के मधुर मिलन से, यह जीवन हो परिपूरन
कभी घन में ओझल हो शशि, कभी शशि में ओझल हो घन।''

इतनी दार्शनिकता के बावजूद भी पंत जी अपनी काव्य-यात्रा के पूर्ववर्ती काल में मूलतः सौंदर्यवादी चेतना के कवि रहे। 'गुंजन' की रचनाओं के विषय में कहा जाता है कि पल्लव काल तक पंत जी प्रकृतिवादी थे, 'गुजन' में वे प्रेयसीवादी हो गए। 'छाया' को मानवी काया का रूप देता हुआ कवि कहता है—

''हाँ प्रिय आओ बाँह खोलकर, मिलकर गले जुड़ा लें प्राण
फिर तुम तम में मैं प्रियतम में, हो जावें द्रुत अंतर्धान।''

यहाँ ध्यान देने वाली बात है कि कल्पना-लोक में सदैव विचरण करने वाले चिर कुमार कवि पंत जी आजीवन कुँवारे रहे। कविता के स्तर पर उन्होंने 'भावी पत्नी के प्रति' कविता में दांपत्य-जीवन की योजना तो बनाई किंतु वह योजना कभी पूरी न हो सकी। यह ठीक है कि पंत जी को फूल, भौंरे, नदी, निर्झर बहुत प्रिय थे, वे उनकी सुंदरता पर कुछ इस प्रकार रीझते चले गए कि निजी जीवन में नारी की इयत्ता को भी झुठला गए, किंतु एक दूसरा सत्य यह भी है कि उन्होंने अपनी कविता के चिंतन के केंद्र में मानव को ही रखा। तभी तो कवि ने कहा है—

''सुंदर विहग, सुमन सुंदर / मानव तुम सबसे सुंदरतम।'

पंत जी की कविताओं में उनकी लंबी कविता 'परिवर्तन' का विशेष महत्त्व है। पंत के समानधर्मा निराला इस कविता के विषय में कहते हैं कि 'यह कविता विश्व की किसी भी सर्वश्रेष्ठ कविता से निःसंकोच मैत्री कर सकती है। 'परिवर्तन' कविता लिखने के क्रम में पंत जी की काव्य-चेतना एक नई करवट लेती है। वह कल्पना के मनोरम जगत् से विदाई लेता है और जागतिक यथार्थ की ओर रुख करता है। 'युगांत' में छायावादी युग के अंत की घोषणा होती है। 'युगवाणी' में नवयुग को वाणी मिलती है। 'ग्राम्या' में भारतमाता ग्रामवासिनी अपनी दारुण दशा में चित्रित होती है। कवि गाँव के लोगों के नारकीय जीवन को देखकर मर्माहत हो उठता है—

''यह तो मानव लोक नहीं रे, यह है नरक अपरिचित
भारत का यह ग्राम, सभ्यता संस्कृति से निर्वासित।''

'युगांत-ग्राम्या' काल में कवि 'रूपाभ' नामक पत्रिका के संपादन के दौर में साम्यवादी विचारधारा से प्रभावित होता है किंतु भारतीय होने के नाते उनकी निष्ठा सदैव बनी रहती है। कवि कहता है—

''मनुष्यत्व का तत्त्व सिखलाता, निश्चय हमको गाँधीवाद।
सामूहिक जीवन विकास की, साम्य-योजना है अविवाद।''

किसी विद्वान का मानना है कि सरस्वती की जवानी यदि कविता है तो दर्शन उसका बुढ़ापा है। पंत जी की कविताओं पर यह बात पूरी तरह लागू होती प्रतीत होती है। अपने जीवन की प्रौढ़ावस्था में पंत जी महर्षि अरविंद के दर्शन से प्रभावित होते हैं और उनकी काव्य-चेतना स्वर्णिम हो उठती है। वे 'स्वर्णधूलि, 'स्वर्णकिरण', उत्तरा, 'अतिमा', 'लोकायतन', और 'सत्यकाम' जैसी रचनाएँ लिखते हैं। महर्षि अरविंद के अतिमानवतावादी विचारधारा के प्रति अटूट आस्था रखने वाले पंत जी का मानना है कि हर मनुष्य साधना के बल पर भगवत् स्वरूप को प्राप्त कर सकता है और भौतिकवाद की चपेट से बचने का एकमात्र उपाय भागवत-दर्शन को स्वीकार कर लेना है। पंत जी की 'चिदबंरा' इसी उच्च दार्शनिक पृष्ठभूमि पर प्रतिष्ठित रचना है जिस पर कवि को ज्ञानपीठ सम्मान से सम्मानित किया गया। पंत जी द्वारा रचे रेडियो रूपक भी विशिष्ट बन पड़े हैं। पंत जी का देहावसान 1977 ई. में हुआ। लगभग साठ वर्षों तक की लंबी अवधि तक साहित्य साधना में जुड़े पंत जी छायावादी काव्यधारा के सबसे कुशल शब्द-शिल्पी माने गए। पंत जी युग-चेतना के कवि रहे, उन्होंने बदलते युग-संदर्भों के अनुसार कविता की। उनकी काव्य-चेतना के उत्तरोत्तर विकास के आधार पर हम कह सकते हैं कि पंत जी सही अर्थों में छायावादी कवि होने के साथ-साथ प्रगतिशील एवं प्रयोगधर्मी कवि थे। कालिदास के बाद भारतीय साहित्य में शायद ही कोई इतना बड़ा प्रकृति-प्रेमी हुआ होगा। उनकी प्रकृति-प्रेम से जुड़ी कविताएँ हिंदी की धरोहर हैं।

✤

पंत और प्रकृति-चित्रण

आधुनिक हिंदी कविता में पंत और प्रकृति-चित्रण दोनों एक दूसरे का पर्याय के रूप में प्रतीत होते हैं। प्रकृति अनादि काल से कविता में मौज़ूद रही है। पंत जी के समानधर्मा अन्य छायावादी कवि भी प्रकृति से एक पल कभी दूर नहीं दिखाई पड़ते हैं, किंतु पंत जी ने प्रकृति का जैसा चित्ताकर्षक और मनोहारी चित्रण किया है, वैसा अन्य कवियों के द्वारा नहीं बन पाया है। एक अंग्रेज़ी विद्वान का मानना है कि प्रकृति ने तन-मन और प्राण से जिन्हें सुंदर बनाया है उन्हें प्रकृति हमेशा सुंदर दिखलाई पड़ती है। पंत जी पर भी यह बात लागू होती हुई प्रतीत होती है। कूर्मांचल के पर्वतीय प्रदेश के रहने वाले पंत जी के विषय में हरिवंशराय बच्चन ने अपने संस्मरण में लिखा है कि पहली बार इलाहाबाद में खुले आकाश के नीचे आयोजित एक कवि सम्मेलन में उन्होंने पंत जी को दूर से सुना था। लंबे सुनहले बाल एवं मधुरिम आवाज़ को सुनकर एक पल के लिए उन्हें लगा कि वे किसी महिला कवयित्री को सुन रहे हैं। मंच तक पहुँचते-पहुँचते उनका ख़ूबसूरत भ्रम जाता रहा। पंत जी के विषय में एक अन्य हिंदी विद्वान ने भी लिखा है कि चंदन की तुनुक सुकुमार लचीली डाल पर नवनीत अर्थात् मक्खन के अवलेपन से जो प्रतिमा गढ़ी जा सकती है, निश्चित रूप से यह प्रतिमा प्रकृति के सुकुमार कवि पंत की हो सकती है। प्रकृति के साथ गहरे जुड़ाव के विषय में पंत स्वयं यह मानते हैं कि जन्म के मात्र छः घंटे के बाद ही वे मातृहीन हो गए, फलतः प्रकृति से ही उन्हें माँ का प्यार दुलार मिला और प्रकृति उनके लिए देवी, माँ, सहचरी, प्राण सब कुछ हो गई । प्रकृति के इस सतरंगी सौंदर्य में पंत जी कुछ इस प्रकार डूबते चले गए कि उन्हें जीवन में एक सहचरी भी आवश्यक होती है, इसका भान भी नहीं रहा और उनकी 'भावी पत्नी के प्रति' योजना धरी की धरी रह गई। पंत जी की कविताओं में प्रकृति अपने विविध रूपों में आई है। अध्ययन की सुविधा के लिए हम उन्हें निम्न रूपों में रख सकते हैं—

प्रकृति का आलंबनकारी चित्रण—प्रकृति का आलंबनकारी चित्रण छायावादी कवियों की निजी विशेषता मानी जा सकती है। इसके पूर्व की कविताओं में पेड़-पौधों की गणना मात्र कर दी जाती थी, या अधिक से अधिक लताओं और पतिकाओं को जिक्र मात्र किया जाता था। अलबत्ता कविराज गण औषधीय वृक्षों के औषधीय गुणों के क्रम में पहचान के लिहाज़ से ही सही, इनका रूप वर्णन अवश्य कर दिया करते थे। वास्तविकता यह है कि पहली बार छायावादी कवियों ने प्रकृति को स्वतंत्र सत्ता प्रदान करते हुए उसका हू-ब-हू रूप वर्णन अवश्य किया है। पंत

जी प्रकृति को अपने विशाल फलक पर चित्रित करने में सिद्धहस्त साबित हुए जिसमें पहाड़ की ऊँचाई और उसकी तलछटी में शोभित ताल का सौंदर्य एक साथ साकार हो उठा। पावस ऋतु में प्रकृति के पल-पल बदलते स्वरूप का चित्रण करते हुए कवि कहता है—

''पावस ऋतु थी पर्वत प्रदेश
पल-पल परिवर्तित प्रकृति वेश,
मेखलाकार पर्वत अपार
अपने सहस्त्र दृग-सुमन फाड़
नीचे पद-तल में महाकार
अवलोक रहा है बार-बार।''

प्रकृति का उद्दीपनकारी चित्रण— प्रकृति के उद्दीपनकारी चित्रण की परंपरा सबसे प्राचीन रही है। कालिदास से लकर विद्यापति तक, भक्तिकाल के सूर से लेकर आधुनिक काल के हरिऔंध तक की कविताओं में प्रकृति के उद्दीपनकारी चित्रण के अनगिनत दृष्टांत भरे पड़े हैं। इस चित्रण में प्रकृति नायक अथवा नायिका के मानोभावों को तीव्र करने में सहयोग प्रदान करती है। कह सकते हैं कि प्रकृति नायक अथवा नायिका के साथ रोती और हँसती है। पंत जी ही नहीं अपितु संपूर्ण छायावादी कवियों ने प्रकृति के उद्दीपनकारी स्वरूप में कम ही रुचि दिखलाई है। यहाँ प्रकृति अपनी स्वतंत्र सत्ता के रूप में ही अधिकांश स्थलों पर आई है। किंतु इसका मतलब यह नहीं समझ लेना चाहिए कि इन कवियों ने प्रकृति के उद्दीपनकारी स्वरूप का बिल्कुल तिरस्कार ही कर दिया। पंत जी प्रकृति के विभिन्न उपादानों के माध्यम से अपनी गलद्श्रु भावुकता को इन शब्दों में व्यक्त करते हैं—

''मेरा पावस ऋतु सा जीवन
मनस सा उमड़ा अपार मन,
गहरे धुँधले धुले साँवले
मेघों से भरे मेरे नयन।''

मानवीकरण के रूप में— छायावादी कवियों के लिए प्रकृति जड़ नहीं रह गई है। इन्होंने जड़ प्रकृति पर मानवीय हाव-भाव एवं क्रिया-व्यापार का आरोप किया है। कहा जाता है कि छायावादी कवियों ने अंग्रेज़ी के रोमांटिसिज्म के कवियों से प्रभावित होकर हिंदी में मानवीकरण एवं विशेषण-विपर्यय जैसे नवीन अलंकारों का प्रचुर प्रयोग किया है। ये अलंकार हमारी काव्य-परंपरा में नहीं थे। विशेषत: मानवीकरण अलंकार के प्रयोग में सभी छायावादी कवियों को भरपूर सफलता मिली है। इसके पीछे का मनोविज्ञान यह है कि पंत जी जैसे जन-भीरु कवि का अधिकांश समय प्रकृति के साथ वार्तालाप में व्यतीत होता दिखता है। नारी सौंदर्य की उपेक्षा कर के प्रकृति-सौंदर्य के

पीछे लट्टू रहने वाले पंत जी को पेड़ की छाया भी मानवी काया दिखती है। तभी तो वह उसे रति-श्रांता ब्रज-बनिता के रूप में चित्रित करता है—

"कौन? कौन तू परिहत वसना
म्लान मना भू पतिता सी,
वातहता विच्छिन्न लता सी
रति-श्रांता ब्रज वनिता सी।"

उपदेशिका के रूप में—पंत जी की कविताओं में प्रकृति उपदेशिका के रूप में भी अवतरित हुई है। प्रकृति पंत जी को कहीं जीवन का मर्म समझाती है तो कहीं प्रकृति के सुलझे हुए रहस्यों को समझाती है। जीवन में सुख और दुख दोनों का आना-जाना लगा रहता है। हमें सुख और दुख दोनों के प्रति सम-भाव रखना चाहिए। ये बात अलग है कि इन दोनों में भी किसी एक की अतिशयता जीवन के संतुलन को बिगाड़ देती है। इस जीवन में सुख सभी चाहते हैं, दुख कोई नहीं चाहता है, किंतु पंत जी पंत जी चिर सुख और चिर दुख दोनों से बचना चाहते हैं। तभी तो पंत जी यह कामना करते हैं—

"सुख-दुख के मधुर मिलन से
यह जीवन हो परिपूरन,
कभी घन में ओझल हो शशि
कभी शशि में ओझल हो घन।"

दार्शनिक भावों के निरूपण के रूप में—संपूर्ण छायावाद की अपनी एक सुदृढ़ दार्शनिक पृष्ठभूमि रही है। प्रसाद जी पर प्रत्यभिज्ञा दर्शन के साथ महात्मा बुद्ध के करुणावादी दर्शन का गहरा असर रहा है। तभी तो वे सागर की उठने वाली लहरों से भी 'करुणा की नव-अंगराई सी' की तरह उठने का आगह करते हैं। निराला अद्वैतवाद से प्रभावित हैं। वे जीवात्मा और ब्रह्म के बीच के संबंध को हिमालय और सरिता के संबंध से प्रदर्शित करते हुए कहते हैं— "तुम तुंग हिमालय श्रृंग/ और मैं चंचल गति सुर-सरिता।" इस तरह के दार्शनिक भावों के निरूपण में पंत जी भी पीछे नहीं हैं। वे जीवन के आवागमन को 'नौका विहार' शीर्षक कविता में उद्धृत करते हुए कहते हैं—

"हे जग जीवन के कर्णधार!
चिर जन्म-मरण के आर-पार
शाश्वत् जीवन नौका-विहार
करता मुझको अमरत्व दान।"

माना जाता है कि छायावादी कवियों को प्रकृति का कोमल पक्ष ही अधिक भाया है। कोमल-प्राण कवि पंत जी पर भी यह बात लागू होती हुई प्रतीत होती है, किंतु यहाँ

स्पष्ट कर देना अपेक्षित होगा कि पंत जी ने 'परिवर्तन' शीर्षक लंबी कविता में प्रकृति के कई प्रलयंकारी रूपों का चित्रण किया है। इसी प्रकार प्रसाद ने 'कामायनी' और निराला ने 'राम की शक्तिपूजा' में सागर की उत्ताल तरंगों का जिन रूपों में चित्रण किया है, वह अपने आप में अद्‌भुत बन पड़ा है। जहाँ तक पंत के प्रकृति-चित्रण का प्रश्न है तो प्रकृति अपनी संपूर्णता में पंत जी के काव्य में ही आई है। ये सिर्फ़ हिमवान् की हरी-भरी उपत्यकाओं का ही वर्णन नहीं करते हैं अपितु घर-बाड़ी की हरियाली का वर्णन भी उसी तल्लीनता के साथ करते हैं—

''लहलह पालक, महमह धनिया
आलू औ' सेम फली फैली,
मखमली टमाटर हुए लाल
मिर्चों की बड़ी हरी थैली।''

कहा जा सकता है कि पंत जी का प्रकृति चित्रण बेजोड़ है। आज जबकि प्रकृति की सुंदरता जीर्ण-शीर्ण हो रही है, ऐसे में पंत जी कविताएँ मानव-हृदय में एक बार पुनः प्रकृति के प्रति अनन्य अनुराग जगाने के काम आ सकती है। हमें 'प्रकृति की ओर लौट चलो' की तरह पंत जी जैसे महान् कवियों की प्रकृति-चित्रण वाली कविताओं की ओर लौटना होगा।

✤

पंतकाव्य में सामाजिक चेतना

प्राकृतिक सुषमा के कुशल चितेरे पंत जी पर आम तौर पर यह आरोप लगता रहा है कि उनका काव्य जागतिक संघर्षों से कटा रहा है। उनकी कविताओं में जीवन के सुख:दुख की सुगबुगाहट सुनाई ही नहीं पड़ती है। वस्तुतः यह आरोप पूरी तरह सत्य नहीं है। निराला को छोड़कर लगभग सभी छायावादी कवियों का स्वर कभी 'लाउड' रहा ही नहीं, जबकि सत्य यह है कि सुख-दुख की बात हमेशा चलती रही है। तभी तो कवि कहता है—

''सुख-दुख के मधुर मिलन से
यह जीवन हो परिपूरन,
कभी घन में ओझल हो शशि
कभी शशि में ओझल हो घन।''

वस्तुतः पंत जी ने मानव को प्रकृति से अलग कभी देखा ही नहीं। उसके सुख-दुख, हर्ष-विषाद, उत्थान-पतन सभी प्रकृति से ही जुड़े हुए थे। यही नहीं, पंत जी ने मनुष्य मात्र की कभी उपेक्षा भी नहीं की। तभी तो उन्होंने कहा—

''सुंदर विहग, सुमन सुंदर, मानव तुम सबसे सुंदरतम।''

इतना कुछ होते हुए भी 'वीणा' से लेकर 'गुंजन' तक की कविताओं में भूख, ग़रीबी, सामाजिक शोषण जैसे तल्ख स्वर कहीं नहीं सुनाई पड़ते हैं, इन तथ्यों से भी इंकार नहीं किया जा सकता। वैसे तो डॉ. नामवर सिंह को हिंदी कविता की कोंख में 1930 ई. के आसपास से ही प्रगतिवादी कविताओं के बीज अंकुरित होते हुए दिखने लगे थे किंतु पंत जी पर तो यह बात बिल्कुल ही लागू होती हुई प्रतीत नहीं होती है। किंतु दूसरी ओर छायावाद कवियों में पंत जी ही पहले कवि थे, जिन्होंने कविताओं में प्रगतिशलता का स्वागत किया था। वे 'रूपाभ' और 'चाँद' जैसी मासिक पत्रिकाओं से जुड़े। ये दोनों पत्रिकाएँ प्रगतिशील रुझानें रखती थीं। वस्तुतः 'परिवर्तन' जैसी लंबी कविताएँ लिखने के क्रम में ही पंत जी की काव्य-चेतना नई करवटें लेने के लिए कुलबुलाने लगी थी, किंतु यह बदलाव 'युगांत' और 'युगवाणी' में ही स्पष्ट तौर पर दिखाई पड़ा। कहना नहीं होगा कि इस दौरान पंत जी भी मार्क्सवाद की चपेट में आ गए। उन्होंने 'मार्क्स के प्रति' कविता में मार्क्स को प्रलयंकारी शिव का तृतीय ज्ञान चक्षु' तक की संज्ञा दे डाली—

"अंतर्मुख अद्वैत पड़ा था, युग से निष्क्रिय निष्प्राण,
जग में उसे प्रतिष्ठित कर के, दिया साम्य ने वस्तु विधान।"

किंतु यहाँ स्पष्ट कर देना अपेक्षित होगा कि मार्क्स के प्रति अटूट आस्था रखते हुए भी पंत जी ने कभी भी सामाजिक बदलाव के लिए ख़ूनी संघर्ष का समर्थन नहीं किया। शोषणविहीन समाज की स्थापना का स्वप्न वे गाँधीवाद में ही देखते हैं—

"नहीं जानता युग विर्वत में होगा कितना जन-क्षय
पर मनुष्य के सत्य अहिंसा इष्ट रहेंगें निश्चय।"

दूसरी बात यह कि कवि का ऐसा विश्वास है कि सामाजिक बदलाव सिर्फ़ आर्थिक बदलाव के बल पर नहीं लाया जा सकता है। वे समाज में आमूल-चूल परिवर्तन लाने के लिए सभी प्रकार की सामाजिक रूढ़ियों और जड़-बंधनों से मनुष्य की मुक्ति चाहते हैं। साथ ही साथ पंत जी अच्छी तरह जानते हैं कि नारी की स्थितियों के बदलाव के बिना हर बदलाव अधूरा ही साबित होगा। तभी तो युगों से जड़-बंधनों में जकड़ी नारी के लिए पंत जी कहते हैं—

"मुक्त को नारी को मानव, मुक्त करो नारी को।"

यहाँ पंत जी चिर बंदिनी नारी को पूरा सम्मान देते हुए उसे 'जननि, सखि, प्यारी' कहकर संबोधित करते हैं। वस्तुतः पंत जी की सामाजिक चेतना व्यापक जन कल्याण के चरम लक्ष्य को लेकर आगे बढ़ती हैं। वहाँ किसी प्रकार के वर्ग विद्वेष या वर्ण विद्वेष के लिए कोई जगह नहीं हैं, सामाजिक कुव्यवस्था के प्रति आक्रोश ज़रूर है। पंत जी की सामाजिक चंतना 'नव संस्कृति', 'मज़दूरनी के प्रति', 'वह बुड्ढा' और 'ताज' जैसी कविताओं में मुखरित हुई है। सौंदयोपासक होकर भी पंत जी 'ताज' के सौंदर्य को देखकर अभिभूत नहीं होते, उल्टे उनके भीतर ताज के बाहर बैठे भिखमंगों को देखकर बेचैनी होती है। महाकवि रवींद्र ने 'ताज' को काल के गाल पर ठहरे हुए आँसू के रूप में देखा था। कुछ इसी प्रकार के आक्रोश के भाव कवि प्रकट करता है—

"स्फटिक सौंध में हो शृंगार मरण का शोभन
नग्न, क्षुधातुर, वासविहीन रहें जीवित जन?"

इस लिहाज़ से पंत जी की कविता 'किसान की आँखें' की चर्चा यहाँ बेहद प्रासंगिक होगी। इस कविता का किसान जमींदारीं व्यवस्था का शिकार हो जाता है। जमींदार के लठैत उसके बैल खोलकर ले जाते हैं। जवान लड़के के द्वारा प्रतिकार करने पर ये लठैत उसे पीट-पीटकर मार डालते हैं। दुख और पीड़ा में डूबी किसान की जवान बहू भी कुछ दिन जी कर कुएँ में डूबकर जान दे देती है। इतना कुछ होते हुए भी इस कविता में शोषण के ख़िलाफ़ प्रतिकार का स्वर तो है किंतु ऐसी विषम परिस्थितियों में भी पंत जी ने किताबी क्रांति जैसी कोई चीज़ चित्रित नहीं की है जो कि आगे चलकर

मुक्तिबोध या नागार्जुन की कविताओं में मिलती है। वस्तुतः इसे देशकाल एवं विचारधारा के दबाव के रूप देखा जाना चहिए। ये कविता 1935 के आसपास लिखी गई है जबकि नागार्जुन की 'हरिजन गाथा' कविता 1977 ई. में लिखी गई है। पंत जी अपनी कविताओं में साम्यवाद के उग्र हिंसात्मक तेंवर के अनुरूप अपना स्वर निर्मित नहीं कर सके, इसके पीछे कारण यह भी हो सकता है कि उनपर औपनिषदिक चिंतन, स्वामी रामतीर्थ, महर्षि अरविंद एवं गाँधी के विचारों का भी भारी दबाव रहा होगा।

वस्तुतः पंत जी की सामाजिक चेतना बहुत हद तक बौद्धिकता के दबाव से उपजी चेतना ही प्रतीत होती हैं। एक विद्वान आलोचक के अनुसार पंत जी ने 'ग्राम्या' काल में गाँव की ओर रुख किया तो ज़रूर किंतु वहाँ के ज़मीनी यथार्थ को बहुत दिनों तक वे झेल नहीं पाए और एक टूरिस्ट की तरह गाँव घूम-फिरकर वापस आ गए। आगे चलकर तो पंत जी की काव्य-चेतना ही भौतिकता से दूर होती चली गई। महर्षि अरविंद के प्रभाव में लिखी उनकी कविताओं में इनका जीव-दर्शन ही बदल गया दिखता है। वे कहते हैं—''यह जीवन संस्थान मात्र है/ भागवत जीवन ही भू जीवन का उद्देश्य है।'' इस तरह पंत जी जीवन की भौतिक समस्याओं का समाधान भी अध्यात्म में तलाशने लगते हैं। उनकी 'सत्यकाम' जैसी रचना इसी सत्यान्वेषण की तलाश की परिणति है।

✤

वेदना की अमर गायिका : महादेवी

आधुनिक युग की मीरा कही जाने वाली महीयसी महादेवी वर्मा के संपूर्ण काव्य का स्थायी-भाव वेदना है। वे अरूप की आराधिका हैं। उनका समग्र काव्य उनके आध्यात्मिक प्रियतम के प्रति निवेदित है। उन्होंने स्वयं को 'दुख की बदली' से रूपायित किया है। उनका समग्र जीवन और उनकी साहित्यिक साधना मेघ की तरह जन-कल्याण के प्रति समर्पित है।

महादेवी वर्मा का जन्म उत्तरप्रदेश के फर्रुखाबाद में 1907 ई० में हुआ था। इन्होंने संस्कृत से एम.ए. किया और बाद में प्रयाग महिला विद्यापीठ की आचार्या नियुक्त हुईं। इनका दांपत्य जीवन सफल नहीं रहा। ख़ास बात यह रही कि वे उस युग में भी पुरुषवादी समाज को चुनौती देते हुए अपनी अस्मिता की लड़ाई लड़ी और समग्र जीवन साहित्य-सेवा एवं अभिवंचित स्त्रियों के अधिकार की लड़ाई लड़ते हुए व्यतीत किया। महादेवी जी यह स्वीकार करती हैं कि बचपन में उन्हें इतना प्यार दुलार मिला कि अनायास ही उनके भीतर वेदना और करुणा जैसे कोमल भावनाओं के प्रति आकर्षण पैदा होता चला गया। वे कहती हैं कि हमारे असंख्य सुख चाहें हमें मानवता की पहली सीढ़ी तक न पहुँचा सकें किंतु हमारा एक बूँद आँसू भी जीवन को उर्वर बनाए बिना नहीं बह सकता। महादेवी जी की वेदना के आदर्श महात्मा बुद्ध हैं जिन्होंने संसार के दुख से दुखी होकर अपना घर द्वार छोड़ा था और दुख से मुक्ति के लिए एक नवीन मार्ग का प्रवर्तन किया था। महादेवी जी निजी जीवन में कभी अकेली नहीं रहीं। उनके साथ उनके अहाते में पलने वाले पालतू पशुओं यथा— गौरा, गिल्लू, सोना, हेमंत, वसंत का विस्तृत संसार था। शिक्षा और साहित्य से जो भी समय बचता, वे इलाहाबाद के आसपास के इलाकों में घूम-घूमकर ऐसी कुमारिकाओं, विधवाओं या सधवा स्त्रियों की सुधी लिए फिरती थीं जो किसी न किसी रूप से त्रस्त हुआ करती थीं। महादेवी जी उनकी हर संभव सहायता भी करती थीं।

जहाँ तक महादेवी जी की साहित्यिक साधना का प्रश्न है तो वे छायावाद के चार प्रमुख कवियों में वे विशिष्ट थीं। नीहार, रश्मि, नीरजा, सांध्यगीत, दीपशिखा उनकी प्रमुख काव्य-कृतियाँ हैं। इन्हें उत्तरप्रदेश सरकार के द्वारा भारत-भारती पुरस्कार से सम्मानित किया गया। इसके अलावे इनकी कृति 'यामा' पर इन्हें ज्ञानपीठ सम्मान से भी सम्मानित किया गया। महादेवी जी का गद्य-संसार भी कम रोचक, आकर्षक एवं महत्त्वपूर्ण नहीं है। 'अतीत के चलचित्र', 'शृंखला की कड़ियाँ' एवं 'पथ के साथी' इनके महत्त्वपूर्ण रेखचित्र एवं संस्मरण हैं। हिंदी गद्य की संप्रेषणीयता को समृद्ध करने में इन रचनाओं का अपना ऐतिहासिक योगदान हैं। विद्वानों का ऐसा मानना है कि यदि

हिंदी गद्य से हम रामवृक्ष बेनीपुरी, शिवपूजन सहाय और महादेवी वर्मा के रेखचित्र एवं संस्मरणों को निकाल दें तो इसकी भरपाई किसी रूप में न की जा सकेगी।

महादेवी वर्मा का संपूर्ण काव्य रहस्य-भावना से अनुप्राणित हैं। वे आधुनिक युग में रहस्यवादी चेतना की एकमात्र संपूर्ण कवयित्री मानी जा सकती हैं। इनके समकालीन सुमित्रानंदन पंत में अज्ञात प्रियतम के प्रति तीव्र जिज्ञासा एवं विस्मय भावना की ही प्रधानता हैं। प्रसाद एवं निराला की रहस्य-भावना में तत्त्व-चिंतन की गूढ़ता तो है किंतु महादेवी जी की कविताओं वाली अनुभूति की वह तरलता नहीं दिखती, वह संपूर्ण समर्पणशीलता नहीं दिखती है। कहा जा सकता है, महादेवी जी विराट् प्रकृति में उस असीम सत्ता की मौजूदगी ही नहीं महसूस करती हैं, बल्कि वे सृष्टि के कण-कण में उस सत्ता से मिलन की विकलता के भी दर्शन करती हैं—

''रजनी ओढ़े जाती थी जब झिलमिल तारों की जाली,
उसके बिखरे वैभव पर जब रोती थी हरियाली।
शशि को छूने मचली सी जब लहरों का कर चुंबन,
बेसुध तम की छाया मे, तटिनी करती आलिंगन।''

हिंदी के प्रसिद्ध इतिहासकार एवं आलोचक डॉ. रामकुमार वर्मा का कहना है— ''रहस्यवाद जीवात्मा की उस अंतर्निहित प्रवृत्तियों का प्रकाशन है जिसमें जीवात्मा ब्रह्म के साथ अन्योन्याश्रय संबंध जोड़ती हुई उसके प्रति प्रणय निवेदन करती है।'' महादेवी जी अपने आध्यत्मिक प्रियतम के साथ इसी अद्वैत संबंध को स्वीकारती हैं। वे कहती हैं—

''बीन भी हूँ मैं तुम्हारी रागिनी भी हूँ।''

उस आध्यत्मिक प्रियतम से मिलने के लिए उनका आकुल अंतर कहता है—

''मेरा सजल मुख देख लेते
यह करुण मुख देख लेते।

वे अज्ञात प्रियतम के प्रति प्रणय निवेदन करती हुई कहती हैं—

''जो तुम आ जाते एक बार
हँस उठते पल में आर्द्र नयन
घुल जाता होठों से विषाद,
छा जाता जीवन में वसंत
लुट जाता चिर संचित विराग,
आँखें देती सर्वस्व वार।''

लेकिन यहाँ गौर करने वाली बात है यह है कि वे अपनी अलग सत्ता और अपनी अलग इयत्ता के प्रति भी उतनी ही आग्रही हैं। वे एक ओर अमरत्व का लोक त्यागकर मिटने का अधिकार मानती हैं तो दूसरी ओर मिलन के क्षणों के सुखद पलों को भी

ठुकराने की बात करती हैं। वे अपने प्रियतम से बराबरी के हक की अपेक्षा रखती हैं। वे कहती हैं—

''पर शेष नहीं होगी, मेरे प्राणों की व्रीड़ा
तुमको पीड़ा में ढूँढा, तुझमें ढूँढूँगी पीड़ा।

वेदना की अमर गायिका महादेवी जी को विरह के क्षण अधिक प्रिय हैं, क्योंकि विरह साधना की जागृतावस्था हैं जहाँ जीवात्मा ब्रह्म के अस्तित्व की अनुभूति करती है। वे महामिलन के इन क्षणों से अधिक विरह दशा को मूल्यवान् समझती हैं। तभी तो वे कहती हैं—

''आज आए हो हे करुणेश, इन्हें जो तुम देने वरदान
गलाकर मेरे सारे अंग, कर दो आँखों का निर्माण।''

किंतु इसका तात्पर्य यह नहीं कि महादेवी जी मिलन की कामना ही नहीं करतीं। घायल कभी घाव नहीं चाहता, घाव से मुक्ति चाहता है। मीराबाई ने कहा था— ''मीरा के प्रभु पीर मिटौंगे, जब बैद साँवलिया होय।'' महादेवी जी भी मिलना चाहती हैं किंतु उनमें नारी सुलभ लज्जा के भाव भी उतने ही हैं। तभी तो वे महामिलन के इन क्षणों में आकाश के तारों से यह आग्रह करती हैं—

''हे नभ के दीपावलियों, तुम पलभर को बुझ जाना,
मेरे प्रियतम को भाता है, तम के पर्दे में आना।''

महामिलन के इन क्षणों में द्वैत-भावना का तिरोभाव हो उठता है और वे कहती हैं—

''तुम मुझमें प्रिय फिर परिचय क्या?

कुल मिलाकर महादेवी जी का समग्र जीवन उन्हीं के शब्दों में 'नीर भरी दुख की बदली' के समान रहा है। जिस प्रकार बदली बरस कर भूमि को उर्वर कर उसमें नवजीवन के अंकुर की उम्मीद जगा जाती है, उसी प्रकार उन्होंने अपना समस्त जीवन साहित्य-सेवा एवं दुख से संतप्त समाज की सेवा में उत्सर्ग कर दिया। लगभग अस्सी वर्ष का दीर्घ जीवन एवं मूल्यवान साहित्य का सृजन करने वाली महादेवी जी के लिए उन्हीं के शब्दों में कहना अपेक्षित होगा-

''मैं नीर भरी दुख की बदली
विस्तृत नभ का कोई कोना
मेरा ना कभी अपना होना,
परिचय इतना, इतिहास यही
उमड़ी कल थी मिट आज चली।''

महादेवी की रहस्य-साधना

महीयसी महादेवी जी के संपूर्ण काव्य में रहस्य-भावना का अजस्त्र धारा प्रवाहित है। भक्तिकालीन कवयित्री मीराबाई यदि रूप की राधिका हैं तो महादेवी जी अरूप की आराधिका हैं। उनका समग्र काव्य प्रकृति में अंतर्निहित एक अज्ञात सत्ता के प्रति निवेदित है। कहा जा सकता है कि उनकी आस्था निर्गुण निराकार ब्रह्म में है। हिंदी के प्रसिद्ध आलोचक छायावाद और रहस्यवाद को वस्तु के स्तर पर एक ही मानते थे। उनका मानना थ कि उपनिषदों में जो ब्रह्मवाद है, आधुनिक हिंदी कविता में वहीं रहस्यवाद है। छायावादोत्तर काव्यधारा के कवि एवं इतिहासकार डॉ. रामकुमार वर्मा रहस्यवाद के विषय में लिखते हैं— "रहस्यवाद जीवात्मा की उस अंतर्निहित प्रवृत्तियों का प्रकाशन है जहाँ जीवात्मा ब्रह्म के अस्तित्व की अनुभूति करती हुई उसके साथ रागात्मक संबंध जोड़कर उसके प्रति प्रणय-निवेदन करती है। इस दृष्टि से कबीर और मीरा दोनों एक ही भावभूमि पर परिलक्षित होते हैं। वस्तुतः रहस्यवाद का संबंध अद्वैतवाद से ज़रूर है किंतु भिन्नता यह है कि साधना के स्तर पर जीवात्मा और ब्रह्म की द्वयता को स्वीकार किया गया है। यह ससीम आत्मा असीम परमात्मा से अलग होकर नाना प्रकार के कष्ट पाती है। जैसे ही जीवात्मा को ब्रह्म के अस्तित्व की अनुभूति हो जाती है, उसके क़दम रहस्य-साधना के पथ पर आगे की ओर चल पड़ते हैं। महादेवी जी ने भी पूरी निष्ठा एवं आत्म-विश्वास के साथ रहस्य-साधना के पथ पर अपने चरण ही आरोपित ही नहीं किए हैं, अपितु साधना के विभिन्न चरणों को बड़े संयम के साथ पार भी किए हैं। महादेवी जी की रहस्य-साधना की इस यात्रा को हम निम्न रूपों में रेखांकित कर सकते हैं—

अज्ञात सत्ता के प्रति जिज्ञासा की भावना—महादेवी जी सहित सभी छायावादी कवि सर्वात्मवाद के प्रति अटूट आस्था रखते हैं। उनका मानना है कि समस्त चराचर जगत में एक ही परम सत्ता का वास है। प्रकृति के विभिन्न उपादानों में वही सत्ता निवास करती है। भोर की किरणों के साथ वही मुस्कराता है। यहाँ यह भी स्पष्ट कर देना होगा कि संत कवियों की तरह छायावादी कवि प्रकृति की क्षणभंगुरता का ध्यान करते हुए उसके प्रति वीतराग का भाव नहीं रखते हैं, अपितु इन्हें प्रकृति के कण-कण से बेहद प्यार है। यह सृष्टि इनके लिए रहस्यमयी है किंतु इन्हें बहुत प्यारी भी है। प्रकृति के अतुलनीय सौंदर्य को देखकर महादेवी जी अभिभूत हो उठती हैं। आकाश की चमकती तारावलियों को देखकर वे कहती हैं—

"किन उपकरणों का दीपक
किसका जलता है तेल?
किसकी वर्ति कौन करता,
इनकी ज्वाला से मेल?

महादेवी जी को ऐसा प्रतीत होता है कि अंतरिक्ष के सारे ग्रह नक्षत्र किसी एक ही परम सत्ता के आकर्षण में बँधकर गतिमान हैं। वे प्रकृति के कण-कण में उस परम सत्ता से मिलने की आकुलता की झलक पाती हैं।

मिलन की तीव्र उत्कंठा—रहस्य-साधना का यह दूसरा चरण है। जीवात्मा को जैसे ही ब्रह्म के अस्तित्व की अनुभूति हो जाती है, वह एकांत और अंतर्मुखी होकर साधना में लीन हो जाती है। उसके भीतर अपने प्रियतम से मिलने की तीव्र उत्कंठा जागृत हो जाती है। वे कहती हैं—

"जो तुम आ जाते एक बार!
हँस उठते पल में आर्द्र नयन,
घुल जाता होठों से विषाद
गाता प्राणों का तार-तार
आँखें लेती सर्वस्व वार।"

वे अपने प्रियतम की गुहार लगाती हुई उनसे मनुहार करती हैं—

"मेरा सजल मुख देख लेते
यह करुण मुख देख लेते।"

परंतु प्रियतम का मिलना इतना आसान कहाँ है? यह आत्मा कई जन्मों की यात्रा करती है तब जाकर उसे उसका सामिप्य प्राप्त हो पाता है। उसका साधनामय जीवन दीपक के समान हो उठता है, जो हर क्षण-हर पल प्रियतम के पथ को ओलोकित करने के उद्देश्य से जलता रहता है।

चिर विरह की कामना—महादेवी जी की रहस्य-साधना का सबसे विस्तृत पक्ष चिर विरह कामना में दिखलाई पड़ता है। महादेवी जी को प्रतीत होता है कि उनका समग्र जीवन विरह के सरोवर में खिले जलजात के सामन है। यह जीवनरूपी लीला-कमल उसी दिन खिलेगा जब उस पर कृपा की किरणें बरसेंगीं। पीड़ा में ही अपने प्रियतम को तलाशने वाली महादेवी जी के लिए 'पीड़ा' उनके प्रियतम से कम मादक नहीं हैं। अब तो इन आँसुओं में न जाने कौन सी हाला घुल गई है—

"घुल गई इन आँसुओं में
देव जाने कौन हाला?
झूमता है विश्व पी-पी
घूमती नक्षत्र माला।"

परम-विरह की इस अवस्था में डूबी महादेवी जी अब मिलन का नाम भी नहीं लेना चाहती हैं। वे मिलन के समय में उत्सर्ग की कामना नहीं करेंगी। यदि प्रियतम आ भी गए तो उनसे यही प्रार्थना करेंगी—

''आज आए हो हे करुणेश
इन्हें जो तुम देने वरदान,
गलाकर मेरे सारे अंग
कर दो आँखों का निर्माण।''

परम-मिलन की अवस्था— महादेवी जी के काव्य में परम मिलन की दशा का सुंदर चित्रण किया गया है। इस परम मिलन के क्षणों को चित्रित करते हुए साधक कबीर कहते हैं—

''नैननि की करि कोठरी
पुतली पलँग बिछाय,
पलकों का चिक डारि के
पिउ को लिया रिझाय।''

महादेवी जी अपने भीतर अपने प्रियतम के अस्तित्व की अनुभूति करती हुई कहती हैं—''तुम मुझमें प्रिय फिर परिचय क्या?'' यहाँ ध्यान देने योग्य बात यह है कि साधना की स्थिति में द्वयता की स्थिति बनी हुई है। वहाँ एक प्रकार की अधिकार भावना के दर्शन होते हैं जब महादेवी जी कहती हैं कि ''तुमको पीड़ा में ढूँढ़ा, तुझमें ढूँढूँगी पीड़ा। किंतु परम-मिलन की इस दशा में यह द्वैत भाव बिल्कुल मिट गया है। कबीर में तो उस समय लिंग बोध भी है। वे कहते हैं—''पिउ को लिया रिझाय। महादेवी जी के प्रियतम लिंग-बोध से ऊपर हैं। वे न स्त्रीलिंग न पुल्लिंग हैं। वहाँ अब तो परिचय की ज़रूरत भी नहीं हैं जीवात्मा और ब्रह्म के बीच की सारी औपचारिकताएँ मिट गई हैं। इस प्रकार हम कह सकते हैं कि महादेवी जी ने रहस्य साधना के समस्त सोपानों को प्राप्त करते हुए चरम को पाया है। वे पंत जी की तरह विस्मय की भूलभुलैया में नहीं रह गई हैं और न ही प्रसाद या निराला की तरह ये गूढ़ तत्त्व-चिंतन के मोह में पड़ी हैं। उनके लिए रहस्य-साधना मात्र अनुभूति का विषय है। वहाँ संपूर्ण समर्पण है। महादेवी जी की रहस्य-साधना पर हम गीता के निष्काम कर्मयोग, औपनिषदिक चिंतन एवं महात्मा बुद्ध के करुणावादी दर्शन की स्पष्ट छाप देख सकते हैं।

✤

महादेवी की कविताओं में गीति-सौंदर्य

काव्यशास्त्र में कहा गया है कि काव्य-रचना भावना, कल्पना और बुद्धि का व्यापार है। यह भावनामय अंतर की रमणीय अभिव्यक्ति है। गीतिकाव्य का सामान्य अर्थ वैसे गेयकाव्य से लिया जाता है जिसमें कवित्व एवं संगीत का मणिकांचन योग होता है। यह सर्वविदित है कि छायावादी काव्य का एक उत्कृष्ट पक्ष उसकी गीतिमयता है और पंत जी को छोड़कर तीनों वरिष्ठ छायावादी कवि इस कला में सिद्धहस्त हैं। यही नहीं, इस परंपरा ने अपने उत्तरकाल में गोपालसिंह नेपाली जैसा कवि दिया जिन्हें 'गीतों का राजकुमार' कहा गया है। शिवमंगल सिंह सुमन, आरसीप्रसाद सिंह और जानकीवल्लभ शास्त्री के काव्य की गेयता ने भी हिंदी पाठकों को ख़ूब लुभाया। छायावाद की इस समृद्ध गीति-परंपरा में महादेवी वर्मा का स्थान विशिष्ट है। उन्हें 'छायावादी वन-वसंत की सबसे भाव-मुखर पिकि' कहा गया। अत: गीतकर्त्री के रूप में महादेवी के काव्य का अध्ययन जितना मनमोहक एवं चित्ताकर्षक है उतना ही शस्त्रीय दृष्टि से गुरु-गंभीर और महत्तर भी है।

गीतिकाव्य में भाव-तरंगों का निबंधन इस अनोखे ढंग से किया जाता है कि गीति के श्रवण मात्र से सहृदय की चेतना झंकृत हो जाती है। गीतिकार छोटे आकार वाले पदों में सीधे-सादे शब्दों के माध्यम से अपनी आत्माभिव्यंजना की सहज अभिव्यक्ति देता है। हिंदी में 'गीतिकाव्य' संज्ञा का प्रचलन अंग्रेज़ी के 'लिरिकल पोएट्री' के पर्यायवाची अर्थ के रूप में आरंभ हुआ। वस्तुत: आधुनिक काल में आकर हिंदी का गीत शब्द ही 'गीति' के रूप में परिष्कृत होकर चल पड़ा। अंग्रेज़ी साहित्य में लिखे गए 'लिरिक' 'लायार' नामक वाद्ययंत्र से बजाया जाता था। फलत: हिंदी के गीतिकारों ने भी भरसक यह चेष्टा की कि गीतिकाव्य को स्वर-ताल शास्त्रानुवर्ती ढाँचे में ही ढाला जाय। चूँकि इस विधा में प्रबल अंत:प्रेरणा अथवा भाव-संवेग की सहज अभिव्यक्ति की जाती है, फलत: शब्दों के चयन में उनके आकार एवं सरलीकरण पर गीतिकार का ध्यान ज़्यादा जाता है। आधुनिक युग के श्रेष्ठ कवि एवं गीतिकार रवींद्रनाथ ठाकुर ने लिखा है— "जब मन में किसी वेगवान अनुभव का उदय होता है तब कवि उसे गीतिकाव्य में बाँधे बिना नहीं रह सकता।" इस विधा का गेयता पर ज़ोर डालते हुए 'इनसाइक्लोपीडिया आफ् ब्रिटेनिका' में गीतिकाव्य को परिभाषित करते हुए कहा गया है— "गीतिकाव्य शब्द सामान्यत: ऐसी विधा के लिए प्रयुक्त किया जाता है जिसका आस्वादन किसी संगीत वाद्य-यंत्र के साथ किया जा सके या जिसमें इस प्रकार की संभावना हो।"

स्वयं महादेवी जी के शब्दों में— ''साधारणतः गीति व्यक्तिगत सीमा में तीव्र सुख-दुखात्मक अनुभूति का वह शब्द-रूप है जो अपनी ध्वन्यात्मकता में गेय हो सके।'' गीतिकाव्य की लोकप्रियता एवं साहित्य में इसकी महत्ता को इन शब्दों में बड़े सुंदर ढंग से व्यक्त किया गया है— ''काव्य की ऊँची-ऊँची हिमालय श्रेणियों के बीच गीति मुक्तक एक सजल मेघखंड है जो न उनसे दबकर टूटता है और न बँधकर रुकता है, प्रत्युत् हर किरण से रंग-स्नात होकर उन्नत चोटियों का शृंगार कर आता है और हर झोंके पर उड़कर उस विशालता के कोने-कोने में अपना स्पंदन पहुँचा आता है।'' रोमांटिसिज्म के प्रसिद्ध अंग्रेज़ी कवि शेली ने गीतिकाव्य में करुणा की प्रधानता को स्वीकार करते हुए गीतिकाव्य को कुछ इस प्रकार परिभाषित करने का प्रयास किया है—Our sweetest songs are those which tell us the saddest thoughts.

अर्थात् शोकाकुल अवस्था के सूचक गीत ही मधुर होते हैं। पंत जैसे भावुक कलाकार के अनुसार ''गीतिकाव्य की सर्जना तब होती है जब रचनाकार का हृदय दुख से भाराक्रांत होता है।'' दूसरे शब्दों में हम कह सकते हैं कि 'गीतिकाव्य वेदना का स्फोट है।'' निःसंकोच इसमें करुण रस की प्रधानता होती है। सफल गीतिकाव्य का सौंदर्य सार्वदेशिक एवं सार्वकालिक होता है। यही कारण है कि मीरा और महादेवी अथवा कबीर या रवींद्र के गीतों की मार्मिकता में काफ़ी भाव-साम्य दृष्टिगोचर होता है।

गीतिकाव्य की विवेचना करते हुए डॉ. नगेंद्र ने लिखा है— ''गीतिकाव्य की आत्मा है भाव, जो किसी प्रेरणा के भार से दबकर एक साथ किसी गीति में फूट निकलता है। स्वभाववश ही उसमें हार्दिकता का तत्त्व विद्यमान रहता है। उसमें एक प्रकार की एक सूक्ष्मता तथा सुसंगठित एकता होती है जो समस्त कविता को अन्वित किए रहती है। वह एक सरल क्षणिक और तीव्र मनोवेग का परिणाम होती है।'' दूसरे शब्दों में हम कह सकते हैं कि व्यक्ति के सुख-दुखों की सहजानुभूति जब स्वतः द्रवीभूत होकर रागात्मक होती है तो उसे गीतिकाव्य कहा जाता है। गीति में भाव और स्वरों का संगीत रूप होता है। गीति चाहें सुख के हो या दुख के हों, व्यष्टि और समष्टि के सूत्रों में बँधे हुए लोक-जीवन की वैयक्तिक अनभूतियों की अभिव्यक्ति ही गीतिकाव्य का उपजीव्य होता है। उपरोक्त विवेचन के आधार पर गीतिकाव्य के कुछ विधायक तत्त्वों का निर्धारण हम इन रूपों में कर सकते हैं—

1. आत्माभिव्यक्ति की तीव्रता
2. भाव की तीव्रता एवं घनीभूत प्रभविष्णुता
3. रागात्मक अनुभूति की तीव्रता
4. संगीतात्मकता, लय एवं प्रवाह
5. संक्षिप्तता
6. कलात्मक शैली
7. छंदों की भावानुकूल योजना

महादेवी की समस्त काव्य-रचनाओं को हम गीतिकाव्य की श्रेणी में परिगणित कर सकते हैं। यूँ तो छायावाद का स्वरूप ही प्रगीतात्मक है किंतु प्रसाद का काव्य-सौंदर्य 'कामायनी' जैसे महाकाव्य में अपने उत्कर्ष पर पहुँचा है वहीं निराला 'राम की शक्ति पूजा' और 'तुलसीदास' में अपने महाकाव्यत्व औदात्य में प्रस्तुत होते हैं। जब हम महादेवी की काव्य-चेतना की विकास-यात्रा का रेखांकन करते हैं तो पाते हैं कि महादेवी 'नीहार' से लेकर 'सांध्यगीत' तक गीतिकाव्य के भाव सौंदर्य और कला-सौंदर्य के चरमात्कर्ष के साथ प्रस्तुत हुई हैं। अध्ययन की सुविधा के लिए संक्षिप्त ढंग से निम्न तत्त्वों के आलोक में उनकी कविताओं पर पर विचार किया जा सकता है—

आत्माभिव्यक्ति की तीव्रता—छायावादी कवियों की अभिव्यंजना निरावृत्त न होकर प्रच्छन्न रही है। जहाँ तक महादेवी जी का सवाल है तो नारी सुलभ लज्जा और संकोच के कारण इनकी अभिव्यंजना अपेक्षाकृत कुछ अधिक ही सांकेतिक और गूढ़ हो गई है। किंतु इतना तो स्पष्ट है कि उनका समग्र काव्य उनकी स्वानुभूति की ही विवृत्ति है। उनकी आत्माभिव्यंजना भले ही उनके आध्यत्मिक प्रियतम के प्रति निवेदित हो, किंतु वे सभी लोक-संवेद्य हैं। तभी तो वे कहती हैं—

''मेरे हँसते अधर नहीं जग की आँसू लड़ियाँ देखो
मेरे गीले पलक छुओं मत, मुरझाई कलियाँ देखो।''

यदि लोक-संवेद्यता को हम गीतिकाव्य के लिए एक आवश्यक शर्त मानते हुए मीरा के गीतों से इनकी तुलना करें तो पाते हैं कि विभिन्न युगीन परिथितियों में रहती हुई भी मीरा जहाँ अपने युग की समष्टिगत चेतना की व्यष्टिगत अभिव्यक्ति हैं वहीं महादेवी वर्मा अपने युग की व्यष्टिगत चेतना की समष्टिगत अभिव्यक्ति का प्रसार हैं।

भावात्मकता—भावात्मकता गीतिकाव्य का प्राणतत्त्व है, चाहे उसका स्वरूप गीतात्मक हो या प्रबंधात्मक— दोनों स्तर पर उसकी मौजूदगी अपेक्षित है, क्योंकि भावानुभूति के अभाव में कोई भी रचना 'काव्य' की संज्ञा से भूषित ही नहीं हो सकती। अंतर यह है कि जहाँ अन्य काव्य रूपों में भाव घटना, वार्तालाप, पात्र आदि विभिन्न अवयवों के माध्यम से व्यक्त होता है वहीं गीतिकाव्य में भावोच्छ्वास प्रत्यक्ष होता है। महादेवी जी की कविताओं का अभिप्रेत वेदनाभूति को ही व्यक्त करना है। उनके अनेक गीतों में विप्रलंभ श्रृंगार के स्थायी भाव रति विभिन्न अनुभाव एवं संचारी भावों की समवेत उपस्थिति में समग्रता के साथ व्यंजित हुआ है। उदाहरण के लिए निम्न गीत द्रष्टव्य है—

''उनसे कैसे छोटा है, मेरा यह भिक्षुक जीवन?
उनमें अनंत करुणा है, इसमें असीम सूनापन।''

आलोचकों का मानना है कि महादेवी जी की अधिकांश कविताओं में भाववेग की तीव्रता तो है किंतु उनमें मीरा जैसी भावों की तरलता और सरलता नहीं है। कहीं-

कहीं यह भाव-प्रबलता बौद्धिकता के बोझ से बोझिल हो गई है। मीरा की तरह तीव्रतम भाव-प्रवणता की कमी कई स्थानों पर खटकती है। इसके पीछे मूल कारण यह हो सकता है कि मीरा अपनी अभिव्यक्ति लोकभाषा और लोकराग के माध्यम से कर रहीं थीं। लेकिन महादेवी जी के साथ एक ख़ास बात यह थी कि एक सामान्य कवि जहाँ तीव्र भावावेग की सहायता से जिस ऊँचाई तक पहुँचता है, महादेवी अपनी चित्र-विधायिनी कल्पना शक्ति से पाठकों को भावानुभति के उस स्तर पर ले जाने में सफल हो पाती हैं। कहा जा सकता कि महादेवी जी के गीतों में 'विजुवलाइजेशन' की गज़ब की क्षमता है।

संगीतात्मकता— गेयता अथवा संगीतात्मकता को गीतिकाव्य का प्राण-तत्त्व मान लिया जाए तो अत्युक्ति नहीं होगी। महादेवी जी के साथ भी यह अच्छी बात रही कि वे काव्यकला, चित्रकला एवं संगीतकला तीनों की मर्मज्ञा रहीं और उन्होंने अपने गीतों में इनका बख़ूबी इस्तेमाल किया है। उदाहरण के लिए निम्न पंक्तियाँ द्रष्टव्य हैं—

''जो तुम आ जाते एक बार
कितनी करुणा कितने संदेश
पथ में बिछ जाते बन पराग।
गाता प्राणों का तार-तार
अनुराग भरा उन्माद राग
आँसू लेते वे पद-पखार।''

वस्तुतः संगीतात्मकता उनके काव्य में न सिर्फ़ गेयता का संचार करती है अपितु विषय के अनुकूल वातावरण का सृजन करती हुई उनमें रागात्मकता एवं संप्रेषणीयता के गुणों में भी अभिवृद्धि करती है। इस संबंध में श्री विश्वंभर मानव ने ठीक ही लिखा है— ''उनमें संगीत का वह मोहन-मंत्र है जो मन को लोरी देकर स्वप्नाविष्ट करने की क्षमता रखता है।''

संक्षिप्तता— महादेवी जी के काव्य मे दो स्थितियाँ दृष्टिगोचर होती हैं— उनके कुछ गीत अत्यधिक संक्षिप्त हैं तो कुछ विस्तार की सीमा को छू गए हैं। उदाहरण के लिए 'क्या पूजा क्य अर्चन रे' मात्र नौ पंक्तियों में सिमटी है तो 'जिस दिन नीरव तारों से बोली किरणों की अलकें' गीत मुद्रित बावन पंक्तियों में है। कहा जा सकता है कि संक्षिप्तता का निर्वाह अनिवार्य रूप से नहीं हुआ है। इसका कारण यह भी हो सकता है कि महादेवी जी के गीतों में भावावेग का प्रवाह कुछ कम है और विचार एवं कल्पना की प्रेरणा कुछ अधिक है। प्रस्तुत स्थल पर ध्यातव्य है कि उनके गीत कहीं-कहीं दीर्घता का बोझ ढोते हुए भी भाव-प्रवाह में अवरोधक प्रतीत नहीं होते। इसके पीछे मूल कारण यह है कि यह दीर्घता शुष्कता से युक्त न होकर रमणीय एवं नूतन कल्पनाओं से सुसज्जित है।

भावानुकूल भाषा— जिस प्रकार हमारे कुछ भाव कोमल एवं कुछ भाव कठोर होते हैं उसी प्रकार भाषा में भी कुछ ध्वनियाँ कोमल एवं कुछ कठोर होती हैं। प्रसिद्ध आलोचक विश्वंभर मानव महादेवी जी की भाषा की प्रशंसा करते हुए भी कुछ त्रुटियों की ओर संकेत कर गए हैं— ''भाषा उनकी अत्यंत परिष्कृत, अत्यंत मधुर और अत्यंत कोमल है। उनमें कहीं भी कर्कशता के चिह्न नहीं है।... भाषा जैसे माधुर्य गुण के खराद पर उतार कर दी गई हो। कहीं-कहीं वैसे महादेवी जी भाषा चित्रमयी, तत्समवाची एवं माधुर्य गुण संपन्न रही हैं, किंतु कहीं-कहीं भाषा का देशज रूप भी अपने ख़ूबसूरत रूप में उभरकर सामने आया है, जैसे—

''मधुर पिक हौले हौले बोल
हठीले हौले हौले बोल॥''

उपरोक्त उदाहरण में 'हौले' 'हौले' पदों से महादेवी जी के बचपन के भाषिक संस्कार की झलक मिलती है। महादेवी जी का बचपन इलाहाबाद में व्यतीत हुआ था। इन पदों में उत्तरप्रदेश की उर्दू बहुलता आम पाठकों के लिए रसास्वादन में सहायक ही बनती है। यद्यपि कुछ स्थानों पर शब्दों की जटिलता, धुँधली सांकेतिकता एवं दार्शनिक बौद्धिकता वैसे पाठकों को परेशानी में डालती है जो छायावादी प्रतीक-विधान एवं उसकी सांकेतिकता से अवगत नहीं हैं। महादेवी जी के गीतों के रसास्वादन के लिए पाठकों के लिए यह ज़रूरी है कि वे उनके समग्र काव्य साहित्य का अवगाहन करते हुए उसकी दार्शनिक गहराइयों तक अपनी पैठ बनाएँ। कुल मिलाकर गीतिकाव्य के सभी गुणों यथा भावात्मकता, संक्षिप्तता, वैयक्तिकता, संगीतात्मकता, सौंदर्यमयी कल्पना एवं लयात्मक अनुभूति से संपन्न महादेवी जी के गीत हिंदी साहित्य के अमूल्य निधि हैं।

✤

महादेवी की कविताओं में बिंब-विधान

कविता में बिंब-विधान जितना चारुत्वपूर्ण होता है, उसमें उतना ही लालित्य होता है। बिंब के माध्यम से पाठकों की काव्य-चेतना त्वरित गति से प्रतिपाद्य विषय से तदात्म्य स्थापित कर लेती है। 'बिंब' संस्कृत से आगत तत्सम शब्द है। संस्कृत में इसका अर्थ है— मण्डल, उपमित पदार्थ, प्रतिमा, छाया, प्रतिबिंब। हिंदी आलोचना में व्यवहृत 'बिंब' अंग्रेज़ी के 'इमेज' का पर्यायवाची है। पश्चिमी साहित्य में इसका प्रयोग दो अर्थों में होता है—पहले अर्थ में इसका अर्थ उक्ति के रूप में लिया जाता है जो मन में एंद्रीय भाव की सृष्टि करने वाली प्रतिमा का निर्माण करे। दूसरे अर्थ में इसका विधान 'मानस-प्रतिमा' के रूप में किया जाता है। हिंदी में व्यवहृत 'बिंब' दूसरे अर्थ का द्योतक है। बिंब में प्रतिबिंब का वैशिष्ट्य होता है। प्रतिबिंब किसी मूल तत्त्व का होता है और यह मूल तत्त्व है अंतर और बाह्य जगत के विविध विषय। वे विषय कवि एवं सहृदय दोनों के भीतर संस्कार रूप में विद्यमान रहते हैं। संस्कार अनुभवजन्य एवं जन्मज़ात होते हैं। संवेदनशील कवि भवावेशमयी अवस्था में उसका साक्षात्कार करता है फिर रमणीय रूप में अपने काव्य में उसका निबंधन करता है। कवि-कल्पना के लालित्य से अभिमण्डित होने के कारण वे विषय इतने चित्ताकर्षक बन जाते हैं कि उनका साक्षात्कार करते हुए सहृदय आह्लादित हो उठता है।

आलोचकों ने बिंब को अनेक प्रकार से परिभाषित किया है। कुछ मुख्य परिभाषाएँ इस प्रकार हैं—

"कविता में सबसे सुंदर और सजीव कल्पना-चित्र अथवा बिंब विधान वह है जिसका अनुभव हमें इंद्रियों द्वारा हो सके, जिसे हम स्पर्श कर सकें, देख सकें, सुन सकें।"

"बिंब-विधान वह मानसिक पुनर्निर्मिति है जिसका प्रादुर्भाव शब्दों के माध्यम से देखी हुई, सूँघी हुई, स्पर्श की हुई वस्तुओं के द्वारा होता है। अतः रूप-विधान मानसिक चित्रों के रूप में अनुभवों की अभिव्यक्ति का नाम है।"

"एक समय के इंद्रिय ज्ञान के लेखे-जोखे को कविता के रूप में प्रस्तुत कर देना ही बिंब-विधान है।"

थोड़े शब्दों में "काव्य-बिंब भाव-संवेग से युक्त शब्द-चित्र हैं।"

उपर्युक्त परिभाषाओं को दृष्टिगत रखते हुए बिंब के प्रमुख लक्षणों को इन रूपों में रूपायित किया जा सकता है—

1. काव्य-बिंब में प्रत्यक्षीकृत वस्तु का प्रतिबिंब होता है, उसका यथार्थ रूप नहीं।

2. उसमें अनुकरण नहीं अपितु सृजन की की प्रक्रिया प्रधान होती हैं। सृजन की यह प्रक्रिया कल्पना शक्ति द्वारा उद्‌भूत होती है।

3. जिस चेतना-शक्ति द्वारा विविध विषयों का उन्मेष होता है उसे कल्पना कहते हैं। यह कल्पना ही बिंब सृजन की जननी है।

कहा जा सकता है कि बिंब का संबंध मूलतः इंद्रियों के विषय से है। मन इंद्रियों के माध्यम से साक्षत्कार करता है। इंद्रियाँ पाँच हैं—नेत्र, श्रवण, नासिका, जीभ और त्वचा। उनके मूल धर्म के आधार पर बिंब के पाँच भेद हो जाते हैं—रूप-बिंब, शब्द-बिंब, स्पर्श-बिंब, गंध-बिंब, रस और स्पर्श-बिंब। जिस बिंब में जितनी ही देर तक तीव्रता के साथ इंद्रियगम्य बने रहने का गुण बना रहता है वह उतना ही शक्तिशाली बिंब समझा जाता है। अब हम सुविधानुसार इन पाँच प्रकार के बिंबों का अध्ययन महादेवी जी के काव्य के संदर्भ में करेंगे-

रूप बिंब-विधान— पाँच ज्ञानेंद्रियों में नेत्र श्रेष्ठ है। नेत्र का विषय रूप है। रूप के प्रति आकर्षण प्राणिमात्र की स्वाभाविक प्रवृत्ति है, अतः चित्ताकर्षक काव्य में रूप-चित्रण की अतिशयता पाई जाती है। दिनकर जी की मान्यता है कि ''चित्रमयता ही विज्ञान को काव्य से अलग करती है। दार्शनिक और इतिहासकार किसी ज्ञान को सूचना के भंडार में जमा करते हैं, कवि उसी ज्ञान को चित्र बनाकर लोगों की आँखों में तैरा देता है... । जिस कविता में जितने अधिक चित्र उठते हैं, उसकी सुंदरता भी उतनी ही अधिक बढ़ जाती है।'' जयशंकर प्रसाद ने चित्रमयता को कविता का स्वाभाविक लक्षण माना है— ''कवित्व वर्णमय चित्र है, जो स्वर्गीय भावपूर्ण संगीत गाया करता है।'' चित्रमयता को काव्य को अनिवार्य धर्म माना जाय या न माना जाय, इस विषय में भले ही पक्ष-विपक्ष में तर्क दिए जाएँ— किंतु यह बात सर्वथा ग्राह्य है कि चित्रमयता कविता की अत्यंत महत्त्वपूर्ण विशेषता है जो कि उसके लालित्य एवं प्रभविष्णुता को उत्कर्ष प्रदान करती है। छायावाद की सामान्य प्रवृत्ति के अनुरूप महादेवी जी की भाषा मूलतः चित्रात्मक है। उनके काव्य में प्राकृतिक दृश्यों का मनोरम अंकन हुआ है। संवेदनशील कवयित्री ने अनेक स्थलों पर उन्हें मानवीय भंगिमा प्रदान कर उन्हें आकर्षक रूप प्रदान किया है। उन्होंने कही मानवीय रूप का संक्षिप्त किंतु प्रभावशाली चित्रण प्रस्तुत किया है तो कहीं पूरे वातावरण को रूपायित कर दिया है। प्रस्तुत संदर्भ में रूप बिंब के चार वर्ग बनाए जा सकते हैं—प्राकृतिक, मानवीय, मानव-रूप में प्रकृति, वातावरण प्रधान। यहाँ इन सभी की सोदाहरण व्याख्या अपेक्षित है—

(क) प्राकृतिक रूप-बिंब— छायावादी काव्य में प्रकृति के अनेकानेक रूपों का हृदयहारी वर्णन हुआ है। कोमल-हृदया महादेवी जी ने प्रकृति को एक विशेष दृष्टि से देखा है। उनके काव्य में आलंबन रूप में प्रकृति के अनेक चित्र उपलब्ध हैं। महादेवी जी के प्राकृतिक रूप बिंबों में एक विशेष प्रकार की गतिमयता है। कहा जा सकता है कि महादेवी जी ने प्रकृति के आलबंनकारी रूपों को उकेरने मे गतिशल बिंब-योजना

के प्रति विशेष रुचि दिखलाई है। फेनमयी मुक्तिवलियों से समृद्ध सागर का यह रूप कितना मनोरम बन पड़ा है—

''नव क्षीर निधि की उर्मियों से, रजत झीनें मेघ से सित
मृदु फेनमय मुक्तावली से, तैरते तारक अमित॥''

(ख) मानवीय रूप बिंब— महादेवी जी द्वारा आलंबन रूप में अंकित मानवीय रूप विशेष करुणा भाव से सिक्त है। कवयित्री ने व्यक्तित्व की प्रायः उन्ही झाँकियों को प्रस्तुत किया है जिनमें मूक व्यथा का साम्राज्य हो। वे ख़ुद को दुख की बदली के रूप में रूपायित करती हुई कहती हैं—

''मैं नीर भरी दुख की बदली।
विस्तृत नभ का कोई कोना
मेरा न कभी अपना होना,
परिचय इतना इतिहास यही
उमड़ी कल थी, मिट आज चली।''

महादेवी जी की कविताओं में ऐसी विरहिणी का रूप बार-बार आँखों के सामने आ जाता है, जिसके आँसू या तो आँखों में छलककर रह गए हैं या वेदनातिशयता के कारण सूखकर अनंत करुणा का विषय बन गए हैं—

''हृदय पर अंकित कर सुकुमार
तुम्हारी अवहेला की चोट,
बिछाती हूँ पथ में करुणेश
छलकते आँसू, हँसते ओठ।''

महादेवी जी का प्रियतम है तो करुणेश, किंतु करता अवहेलना है। परिणामतः हृदय असहनीय चोट से व्यथित हो उठता है। आँखें तो बरबस भर आती हैं, किंतु होठों पर हँसी खेलती रहती है। यह इसलिए होता है कि प्रियतम कुछ और न समझे। नारी की इस विवशतामयी स्थिति का गत्यात्मक रूपांकन कितना सशक्त बन पड़ा है।

(ग) मानवीय रूप में प्रकृति— अत्यधिक संवेदनशीलता की स्थिति में कवि प्रकृति पर मानवीय भावनाओं का आरोप कर बैठता है। छायावाद के मानवीकरण वाली विशेषता महादेवी जी में भी कूट-कूटकर भरी है। निम्न पंक्तियों में संध्या-सुंदरी का चित्र कितना सुंदर बन पड़ा है—

''गुलालों से रवि का पथ लीप
जला पश्चिम में पहला दीप,
विहँसती संध्या भरी सुहाग
दृगों से झरता स्वर्ण पराग।''

(घ) वातावरण प्रधान रूप बिंब— जब कवि पूरे परिवेश का चित्रण कर के उसे तीव्रता से इंद्रिय-ग्राह्य बनाना चाहता है तब वातावरण प्रधान बिंब की सृष्टि होती है। महादेवी जी के काव्य में प्रकृति के विभिन्न रूपों के साथ किसी अदृश्य सत्ता के प्रति प्रेमभाव से समर्पित मन का प्रकाशन हुआ है। उस अज्ञात प्रियतम से खींचे प्रकृति का प्रत्येक तत्त्व अनवरत गति से एक अज्ञात दिशा की ओर भागा जा रहा है, कवयित्री को ऐसा भान होता है—

''रजनी ओढ़े जाती थी जब झिलमिल तारों की जाली
उसके बिखरे वैभव पर जब रोती थी हरियाली,
शशि को छूने मचली सी, लहरों का कर चुंबन
बेसुध तम की छाया में तटिनी करती आलंबन॥''

स्पर्श बिंब— स्पर्श का संबंध त्वचा से है। किसी पदार्थ के संपर्क में आने पर त्वचा से स्पंदन होता है। स्पर्श बिंब दो प्रकार हो सकते हैं— पहला स्पर्श क्रिया यथा स्पर्शजन्य संवेदनशीलता (पुलक, रोमांच आदि) के अभिव्यंजक और दूसरा केवल स्पर्श गुण (कोमल, कठोर) और उससे युक्त पदार्थ (पुष्प, पाषाण) के द्योतक होता है। महादेवी जी के काव्य में उपरोक्त दोनों प्रकार के बिंबों का सृजन हुआ है जिन्हें क्रम से निम्न दोहों में देखा जा सकता है—

''इन स्निग्ध लटों से छा दे तन
पुलकित अंकों में भर विशाल,
झुक सस्मित शीतल चुंबन
अंकित कर इसका मृदुल भाल,
दुलरा देना बहला देना,
यह तेरा शिशु जग है उदास।''

इन पंक्तियों में निशा को स्त्री रूप दिया गया है जो जग-शिशु का चुंबन ले रही है।

''नयन श्रवणमय श्रवण नयनमय, आज हो रही कैसी उलझन
रोम-रोम में होता री सखि, एक नया उर का सा स्पंदन।
पुलकों से भर फूल बन गए,
जितने प्राणों के छाले हैं
अलि क्या प्रियतम आने वाले हैं?''

गंध-बिंब— महादेवी जी स्वभाव उदात्त रुचि परिष्कृत है। अतः उनके काव्य में सुगंधपरक गंध बिंब प्रचुर मात्रा में मिलते हैं। फूलों की सुगंध प्राणों को एक तृप्ति प्रदान करती है। कवयित्री ने सुरभित वातावरण का बहुविध वर्णन किया है।

निम्न पंक्तियों में फूलों से लदी वसंत ऋतु की रात ने प्रभात के अंचल को सौरभ से भर दिया है—

''फूलों के मधु से लिखती जो
मधु घड़ियों के नाम,
भर देती प्रभात का अंचल
सौरभ से बिन दाम।''

रस-बिंब— जहाँ-जहाँ रसपान का दृश्यांकन किया है वह रस-बिंब अच्छा बन पड़ा है यों तो मदिरा का स्वाद तिक्त होता है फिर भी उसकी मादकता के कारण महादेवी जी ने उसमें मधुरस की ही कल्पना की है—

''घुल गई इन आँसुओं में देव जाने कौन हाला।
झूमता है विश्व पी-पी घूमती नक्षत्र माला।''

इस प्रकार रूप-वैविध्य की दृष्टि से महादेवीजी का बिंब-विधान अत्यंत समृद्ध है। उनके चाक्षुष बिंब अत्यंत चटकीले बन पड़े हैं। उनकी कविताओं में पुलक और रोमांच की स्थिति बार-बार आई है और इसके लिए इन्होंने जैसे जीवंत स्पर्श-बिंब गढ़े हैं, वे दुर्लभ बन पड़े है।

✤

महादेवी की कविताओं में गुण-धर्म

छायावादी कवियों के शिल्प-सौष्ठव की शास्त्रीय विवेचना की शुरुआत शुक्ल जी की उस टिप्पणी के साथ हुई थी जबकि इन्होंने इसे विषयवस्तु के स्तर पर रहस्यभावना से जोड़कर देखा था, दूसरी ओर इसकी अद्‌भुत चित्र-विधायिनी शैली की प्राकारंतर से प्रशंसा भी कर डाली थी। पहली बार आचार्य नंददुलारे बाजपेयी ने छायावादी काव्य सौंदर्य-बोध के नए मानदण्ड स्थापित किए और इस बात पर बल दिया कि कविता की इतिवृत्तात्मकता से अलग हटकर इसे नए नजरिये से देखने की ज़रूरत है। छायावाद का अधिकांश गीत-प्रगीत के रूप में रचित है, इसलिए इनका मूल्यांकन महाकाव्य के लिए खड़े किए गए मानदंडों के आाधार पर करना इनके कवियों के साथ नाइंसाफ़ी होती। नंददुलारे बाजपेयी के साथ ही छायावादी काव्य के मूल्यांकन के लिए चित्रात्मकता, लाक्षणिकता, ध्वन्यात्मकता, उपचार-वक्रता, प्रतीकात्मकता, सांकेतिकता, विशेषण-विपर्यय, नाद-सौंदर्य जैसे शब्द प्रचलन में आए। बाजपेयी जी के बाद शांतिप्रिय द्विवेदी, लक्ष्मीनारायण सुधांशु, डॉ. नगेंद्र जैसे समकालीन आलोचकों से लेकर डॉ. कुमार विमल एवं डॉ. नंदकिशोर नवल जैसे परवर्ती आलोचकों ने भी सभी छायावादी कवियों की कविताओं का सौंदर्य शास्त्रीय विवेचन इन्हीं शब्दों के दायरे में किया। छायावाद के चारो प्रमुख कवियों में महादेवी जी का आगमन उस दौर में हुआ जबकि छायावादी शिल्प सौंदर्य और स्वच्छंदतावादी समीक्षा दोनों अपने प्रौढ़ावस्था को प्राप्त कर चुके थे। ऐसे में समीक्षा की पुरानी शास्त्रीय परंपरा के अनुसार महादेवी जी के गीतों के मूल्यांकन की ओर आलोचकों का कम ध्यान जाना सहज स्वाभाविक था। महादेवी जी कविताओं में गुण-धर्म की खोज़ को एक महत्त्वपूर्ण कार्य भले ही न माना जाय किंतु अध्ययन का एक रुचिकर विषय तो हो ही सकता है।

काव्य के प्रमुख अंगों में काव्य-गुण को भारतीय काव्यशास्त्र में विशेष स्थान प्राप्त है। रस को उत्कृष्ट बनान वाले तत्त्वों— गुण, रीति और अलंकारों में गुण का स्थान शीर्षस्थ है। पण्डित भोजराज के शब्दों में "अलंकृत काव्य भी गुणहीन होने से श्रावणीय नहीं है। अत: काव्य को अलंकृत होने की अपेक्षा गुणयुक्त होना अधिक आवश्यक है।" इसका समर्थन करते हुए व्यास जी कहते हैं— "अलंकार युक्त काव्य भी गुणरहित होने स आनंदप्रद नहीं होता।" अब प्रश्न यह उठता है कि गुण क्या है? काव्यशास्त्र में गुणों के विषय में कहा गया है कि "जो रस के नित्य धर्म हैं और जिनकी स्थिति रस के साथ अचल है, वे गुण हैं।" कहा जा सकता है कि अलंकार कविता का शोभा विधायक अनित्य धर्म है जबकि रस के साथ गहरे रूप से अनुस्यूत गुण काव्य

का नित्य धर्म है और इसकी स्थिति रस के साथ अचल होती है। गुण का संबंध काव्य की आत्मा से है जबकि अलंकार काव्य का शारीरिक प्रसाधन मात्र है। काव्यशास्त्र में गुण को परिभाषित करते हुए हुए कहा गया है— 'विशेषो गुणात्मा' अर्थात् काव्य में जो विशिष्ट है वह उसका गुण-धर्म है। ये गुण-धर्म विशिष्ट पद-रचना के विधान पर आश्रित होते हैं। कहा जा सकता है कि गुण और 'रीति' में अन्योन्याश्रय संबंध होता है। आचार्य वामन ने रीति को परिभाषित करते हुए कहा है—"विशिष्ट पद रचना इति रीति।" वैसे तो काव्यशात्र में गुण के दस भेद बतलाए गए हैं किंतु अधिकांश काव्यशास्त्रियों ने ओज, माधुर्य और प्रसाद तीन प्रमुख गुणों को ही मान्यता प्रदान की है और अन्य सभी गुणों का समावेश इन्हीं तीन गुणों में कर दिया है। यहाँ अध्ययन क्षेत्र को विस्तार देने के उद्देश्य से महादेवी जी कविताओं में गुण के सभी दस भेदों के उदाहरण की खोज प्रासंगिक होगी—

ओज— जहाँ रचना के अक्षर-विन्यास में परस्पर संश्लिष्टत्व का विधान होता है वहाँ ओज गुण की प्रधानता होती है। दूसरे शब्दों में जहाँ संयुक्त अक्षरों और रेफशिरस्क वर्णों के संयोग होने पर बंध की गाढ़ता रहती है वहाँ ओज गुण होता है। ऐसे काव्य प्रसंगों में संश्लिष्ट पदावली के कारण उक्ति में विलक्षण मादकता आ जाती है, और उसमें ऐसी दीप्ति रहती है कि प्रमाता की चेतना चमत्कृत होते हुए अभिभूत सी हो उठती है। उदाहरणार्थ निम्न पंक्तियों में ओज गुण की उपस्थिति देखी जा सकती है—

"तरंगें उठीं पर्वताकार, भयंकर करती हाहाकार
अरे उनके फेनिल उच्छ्वास, तरी का करते हैं उपहास।

प्रसाद— जहाँ रचना में शिथिलता एवं गाढ़ता का सम्मिश्रण रहता है वहाँ प्रसाद गुण होता है। इन पदावलियों के रचना-विधान में ऐसी विशदता, प्रांजलता और मंथर प्रवाहमयता रहती है कि शीघ्रता के साथ अर्थ-बोध हो जाता है। महादेवी जी की कविताओं के अधिकांश प्रसंगों में प्रसाद गुण का ही समावेश दिखता है। उदाहरण के लिए निम्न पंक्तियों को देखा जा सकता है—

"रूपसि! तेरे घन केशपाश
इन लटों से छा दे तन,
पुलकित अंको में भर विशाल
झुक सस्मित शीतल चुंबन से,
अंकित कर इसका मृदुल भाल,
दुलरा देना, बहला देना
यह तेरा शिशु जग है उदास।"

श्लेष— जहाँ रचनागत बहुत से पद एक पद के साथ प्रतीत होते हैं, वहाँ श्लेष गुण होता है। श्लेष का तत्पर्य है परस्पर मिला हुआ। यहाँ स्पष्ट कर देना अपेक्षित होगा

कि रचना में प्रयुक्त श्लिष्ट पदबंधों के शब्दों में इतनी मसृणता होती है कि परवर्ती शब्द-ध्वनि से मिली हुई सी प्रतीत होती है। उदाहरणार्थ—

''शुभ्र हिम शतदल-किरीटिनी, किरण कोमल कुंतला जो,
स्नित तुंग-तुरंग-मालिनि, मस्त-चंचल-अंचला जो,
फेन-उज्ज्वल अतल सागर चरण पीठ जिसे मिला है,
आत पात्र रजत-कनक-नभ चलित रंगों से धुला है,
पा तुझे ये स्वर्ग की धात्री प्रसन्न प्रणाम।
मानव-वर! प्रसंख्य प्रणाम।''

समता— जहाँ रचना में आद्यांत एक शैली का निर्वाह होता है, वहाँ समता गुण होता है। समता का अर्थ है—एकरूपता, अर्थात् रचना-शैली का एक सा होना। निम्न उदाहरण में आद्योपांत उत्तम शैली का प्रयोग होने से अभिव्यंजना-पद्धति में समत्व आ गया है। परिणामतः प्रभावशीलता बढ़ गई है—

''मेघ सी फिर झर चली मैं!
फूल की रंगीन स्मित में
अश्रु-कण से बाँध बेला
बाँट अगणित अंकुरों में
घुली का सपना अकेला
पंथ के हर शूल का मुख
मोतियों से भर चली मैं।''

समाधि— जहाँ आरोह और अवरोह का क्रम रहता है वहाँ समाधि गुण होता है। समाधि गुण में दीर्घ मात्रा वाले अक्षरों में ध्वनि का अरोह और लघु मात्रा वाले अक्षरों में अवरोह रहता है। गीतिकाव्य में समाधि की स्थिति अनिवार्यतः रहती है—

''मचलते उद्गारों से खेल
उलझते हों किरणों के जाल
किसी की छूकर ठंडी श्वाँस
सिहर जाती हों लहरें बाल!''

माधुर्य— जहाँ रचना के पदों में पृथकता होती है वहाँ माधुर्य गुण होता है। पदों में सामासिक दीर्घता न रहने से कथन-शैली में स्वाभाविकता तथा कृति में प्रांजल सौंदर्य आ जाता है—

''जो तुम आ जाते एक बार!
हँस उठते पल में आर्द्र नयन

घुल जात होठों से विषाद,
छा जाता जीवन में वसंत
लुट जाता चिर-संचित विराग,
आँखें देती सर्वस्व वार।''

सौकुमार्य— जहाँ कोमल वर्णों का प्रयोग होता है वहाँ सौकुमार्य होता है। ट, ठ, ड, ढ आदि कठोर वर्णों के अभाव से पदबंध में यह गुण आता है—

''मैं बनी मधुमास आली!
आज मधुर विषाद की घिर मधुर आई यामिनी
परस सुधि के इंदु से छिटक पुलक की चाँदनी,
उमड़ आई री दृगों में सजल कालिंदी निराली।''

उदारता— जहाँ रचना में प्रयुक्त वर्ण नाचते से प्रतीत होते हैं वहाँ उदारता गुण होता है—

''सिहर-सिहर उठता सरिता-उर
खुल-खुल पड़ते सुमन सुधा-भर,
मचल-मचल आते फिर-फिर,
सुन प्रिय की पद-चाप हो गई
पुलकित यह अवनि!''

उपरोक्त पंक्तियों में 'सिहर-सिहर, 'खुल-खुल' तथा 'फिर-फिर' पद नृत्य करते हुए से प्रतीत हो रहे हैं।

अर्थाभिव्यक्ति— जहाँ शब्दों में अर्थ की स्पष्ट तुरंत प्रतीति कराने की क्षमता होती है वहाँ अर्थाभिव्यक्ति गुण होता है—

''तरल मोती से नयन भरे।
मानव से ले, उठे स्नेह-घन
कसक-विधु पुलकों के हिमकण
सुधि-स्वामी की छाँह
पलक की सीपी में उतरे।''

कांति— जहाँ रचना में उज्ज्वलता होती है वहाँ कांति गुण होता है। यहाँ उज्ज्वलता का अर्थ कवि कल्पना की नवीनता है। चारुत्वपूर्ण ही कवि-कौशल की सिद्धि मानी जाती है—

''मेरे ओ विहग से गान!
सो रहे उर-नीड़ में मृदु पंख सुख-दुख को समेटे हैं

सघन विस्मृति में उनिंदी, अलस पलकों को लपेटे,
तिमिर सागर में घुले दिशि कूल से अनजान।"

इस प्रकार महादेवी जी की अधिकांश रचनाएँ माधुर्य एवं प्रसाद गुण संपन्न हैं। गुण के सभी दस भेदों के एक नहीं दर्जनों उदाहरण उनकी कविताओं में मौजूद हैं जो कि उनके काव्य के रसोत्कर्ष एवं सौंदर्य वृद्धि में सहायक सिद्ध हुए हैं।

मीरा और महादेवी

छायावाद की कवयित्री महादेवी जी का परिचय अंधिकांशतः आधुनिक युग की मीरा कहकर दिया जाता रहा है। यह उपाधि उनको विभूषित भी करती है। स्पष्ट है कि इस तुलना का आधार दोनों के काव्य में मौजूद वेदना की अतिशयता है। इस प्रकार की तुलना के कई फायदे हैं किंतु थोड़ी बहुत हानि भी है। इस प्रकार की टिप्पणियाँ करना चीज़ो को सरलीकृत करते हुए मामले को रफा-दफा करने जैसा है। एक समय था कि हिंदी में 'देव बड़े या बिहारी' जैसी तुलनात्मक आलोचना ने आलोचना के क्षेत्र में एक बखेड़ा ही खड़ा कर दिया था। मीरा और महादेवी में इस प्रकार की तुलना की गुंजाइश भी नहीं बनती है और न ही आज के संदर्भ में इसकी ज़रूरत भी है। इसके बावजूद दोनों कवयित्रियों की कविताओं में मौजूद समानता और असमानता के तत्त्वों की पड़ताल करना निश्चित रूप से एक रुचिकर विषय होगा।

मीरा में वेदना का दर्शन है। दर्शन— अर्थात् अनुभूति। महादेवी में वेदना का दर्शन भी और प्रदर्शन भी है। भय भी और साहस भी है। अश्रु भी है और संतोष भी है। इसीलिए पीड़ा उपचार बन गई। आँसू मोतियों के टकसाल मालूम पड़ते हैं। महादेवी वर्मा की पूरी कविता में यदि 'आँसू' शब्द को गिना जाय तो अपने आपमें एक उदाहरण बन जाएगा। एक दूसरा उदाहरण 'विरह' शब्द का भी देखा जा सकता है। महादेवी की एक छोटी सी कविता 'विरह का जलजात जीवन' है। इस छोटी सी कविता में 'विरह' शब्द ग्यारह बार के आसपास आया है। मीराबाई के काव्य में किसी एक पद की ऐसी पुनरावृत्ति नहीं मिलती है।

हिंदी के प्रसिद्ध आलेचक महेंद्र मधुकर का मानना है कि "मीरा की वेदना जीवन-प्रसूत है जबकि महादेवी की वेदना कल्पना प्रसूत है।" यह सही भी है कि जीवन-प्रसूत वेदना आनंद नहीं देती है। आनंद कल्पना-प्रसूत वेदना में ही होता है। मीरा भक्तियुग की कृष्णप्राण भक्त थीं और महादेवी इस युग की उच्चकोटि की कलाकार...।" मीरा का उत्सर्ग किया हुआ जीवन ही साहित्य, संगीत-कला बन गया है, जबकि महादेवी जी ने कला को ही जीवन बनाने की भरपूर चेष्टा की है। छायावादोत्तर काल के प्रसिद्ध कवि जानकी वल्लभ शास्त्री की दृष्टि में महादेवी की कविताएँ काव्यकला की दृष्टि से उत्कृष्ट बन पड़ी हैं। उनके अनुसार—"मीरा के काव्य के मुकाबले महादेवी महीयसी हैं। महादेवी के प्रत्येक पद में काव्यकला खेल रही है, जबकि मीरा के पद काव्यकला में सर्वत्र एक सहजता ही दिखती है। इसका कारण यह भी हो सकता है कि सभी भक्त कवियों की तरह मीरा का काव्य भी 'स्वांतः सुखाय' था। कल्पना प्रदर्शन के गीत गाना

उनके काव्य का अभिप्रेत भी नहीं था। उन्होंने काव्यशास्त्रियों की नहीं, संतों की संगत की थी। यही कारण था कि प्रेम के भावावेश में जो कोयल की तरह कूक गईं तो उसमें प्रकृति-प्रदत्त पंचम सुर स्वयं आ गया। शास्त्री जी ने अन्यत्र लिखा है— ''महादेवी आराधिका हैं अरूप की, मीरा राधिका हैं रूप की।'' यहाँ दोनों की अलग-अलग उपासना पद्धतियों से इनके काव्य के कलेवर में बहुत अंतर आ गया है। मीरा का काव्य निश्छल प्यार का सहज, सरल उद्‌गार है जबकि महादेवी के गान में वीरस अरूप अध्यात्म दर्शन के सरस चित्र हैं। महादेवी के काव्य में सुंदर को सत्य से चित्रित किया गया है, पर मीरा में सत्य स्वयं सुंदर बन गया है। महादेवी में शिल्पगत नूतनता है जबकि मीरा ने अपने पदो के लिए राजस्थानी समाज में प्रचलित लोक राग-रागिनियों का सहारा लिया है। यही कारण रहा कि महादेवी जी छायावादी कविता के अध्याय में समादृत ज़रूर हुईं किंतु हज़ारो-लाखों स्त्री-पुरुषों के द्वारा कभी मीरा की तरह गायी नहीं गईं। महादेवी झुलसती हुई विश्व-वाटिका को अपने आँसुओं से सींचना चाहती हैं पर मीरा केवल प्रेमलता को लहलही रखने के लिए रोती हैं। सब मिलाकर महादेवी की कविताओं में एक गौरव और गरिमा का स्थिर भाव व्याप्त है जबकि सिर से पैर तक मीरा सरल हैं, तरल हैं।

मीरा की जीवनगाथा इतनी यातनाओं से भरी है कि उसे सुनकर पत्थर की आँखें भी होंगी तो भी भींग जाएँगीं। वास्तव में एक राजकुमारी जिसके चरणों पर वैभव बिखरा पड़ा हो, यदि यह कह उठे कि 'मेरो दरद न जानै कोय' तो उसकी पीड़ा की थाह काव्य के सिद्धांतों से लेना संभव नहीं है। महादेवी जी ने भी कम आँसू नहीं बहाए हैं। समानता के लिए वे दोनों माधुर्य भाव की उपासिका हैं। इस संदर्भ में आलोचक विश्वंभर मानव ने ठीक ही कहा है— ''मीरा जो अनुभव करती थीं वह कह डालती थीं। अतः नारी के हृदय में कितनी आर्द्रता और तड़पन होती है, यह बात उनके पदों में छलक जाती है। परंतु ऐसा लगता है कि महादेवी जी के हृदय में अवरोध है।'' महादेवी ने ऐसे ही प्राणों की व्रीड़ा (शर्म) की बात बार बार दुहरायी है। ऐसा प्रतीत होता है कि जितना कुछ वे कहना चाहती हैं उसकी मनमर्जी अभिव्यक्ति वे स्वयं नहीं दे पा रही हैं। तभी तो वे कहती हैं— ''पर न मैं अब तक व्यथा का/ छंद अंतिम गा सकी हूँ।''

मीरा की भक्ति साधनामूलक थी, महादेवी की काव्य-साधना कलामूलक थी। दूसरी बात यह कि मीरा अपने युग की समष्टिगत चेतना की व्यष्टिगत परिणति हैं, महादेवी अपने युग की व्यष्टिगत चेतना की समष्टिगत अभिव्यक्ति का प्रयास है। एक के गीति माधुर्य की प्रेरणा लोकानुभूति सत्य में है, दूसरे की आत्मानुभूति सौंदर्य में है। मीरा के गीतों के समर्पण में अहं का सर्वथा अभाव है, महादेवी में उसका प्राधान्य है। वे अपनी पूरी इयत्ता के साथ अपनी कविता में मौंजूद रहना चाहती हैं। परम मिलन की अवस्था में भी अपनी मौजूदगी के त्याग का लोभ नहीं सँभाल पाती हैं। संभवतः यह आधुनिक नारी-चेतना के विमर्श से जुड़ा सवाल है। नारी का अपना व्यक्तित्व है।

परमात्मा ही सही, उसके पास भी वह व्यक्तित्वहीन होना नहीं चाहती। यही महादेवी के काव्य एवं उनके व्यक्तित्व दोनों में दम पैदा करता है। कहा जा सकता है कि सर्वथा मधुरा वृत्ति के रंग मे रंगी मीरा के काव्य में कृष्णभक्ति की दीवानगी है, एक नैसर्गिक समर्पण है जबकि महादेवी स्वाभिमानिनी प्रतीत होती है।

हिंदी के प्रसिद्ध कहानीकार जैनेंद्र का मानना है कि— ''मैं मीरा और महादेवी की पीड़ा में किसी प्रकार की समकक्षतता नहीं देख पाता हूँ।'' घायल कभी घाव नहीं चाहता है, घाव से मुक्ति चाहता है। मीराबाई कहती है कि उनको पीड़ा से मुक्ति तब मिलेगी जब स्वयं साँवलिया बैद के रूप में मिलेंगे। दूसरी ओर विरह में प्रेम को ढूँढ़ने वाली महादेवी को मानो विरह से ही प्रेम हो गया है। तभी तो वे कहती हैं— ''मिलन का मत नाम ले/ मैं चिर विरह में हूँ।'' ऐसा लगता है कि महादेवी की गति घायल की है ही नहीं, उनके घाव हृदय के कम और बौद्धिक अधिक लगते हैं। छायवादी काव्य के अधिकारी विद्धान आचार्य नंददुलारे बाजपेयी ने ठीक ही कहा है कि ''मीरा और महादेवी दार्शनिक दृष्टि से एक ही पथ की अनुगामिनी हैं। मीरा का काव्य दिव्य प्रेम और विरह पर आश्रित है जो उसे सहज हृदयग्राही बनाता है। विशुद्ध काव्य दृष्टि से महादेवी मीरा की ऊँचाई पर कम ही पहुँच पाती हैं।'' मीरा और महादेवी के काव्य में एक बड़ा अंतर यह भी है कि मीरा के काव्य पर योग-साधना का प्रभाव जहाँ-तहाँ दिखलाई पड़ जाता है। यही कारण है कि उनके काव्य में शून्य, त्रिकुटी, अनहद नाद, सुषुम्ना नाड़ी आदि शब्द प्रयुक्त हुए हैं, किंतु महादेवी जी का काव्य में योग का नामोनिशान नहीं हैं। मीरा के काव्य में हृदय तत्त्व की प्रधानता है जबकि महादेवी के काव्य में कल्पना तत्त्व की प्रधानता होने के कारण बुद्धि-तत्त्व की प्रधानता अधिक दीखती है। मीरा दरद दीवानी थीं और महादेवी दरद के लिए दीवानी हैं। बस इतना ही कहा जा सकता है कि दोनों अपने अपने युग की स्त्री-चेतना की सहज अभिव्यक्ति हैं।

✤

छायावाद का शताब्दी वर्ष : एक पुनर्मूल्यांकन

छायावादी कविताओं का परिचय यदि कम से कम शब्दों में देना हो तो इन्हें हम 'स्वाधीन-चेतना' की कविता कह सकते हैं। स्वाधीन-चेतना की कविता से तात्पर्य यह हैं कि छायावादी कवियों ने अपने मन की बात रखने कि लिए किसी कल्पित या इतिवृत्त पात्र या प्रसंग का सहारा लेने की ज़रूरत नहीं महसूस की। इन सभी कवियों ने 'मैं शैली' को ही प्रधानता दी। यह सर्वविदित है कि छायावाद का महत्त्व उसके व्यक्तिवाद में नहीं, उसकी आत्मीयता में है। छायावाद का व्यक्तिवाद स्वार्थ के अवगुंठनो से लुंठित नहीं है। यहाँ 'अहं' से उपजे दर्प के लिए कोई स्थान नहीं है। सभी छायावादी कवि बार-बार अपनी कविताओं में अपने निजी प्रेम को विश्व प्रेम में समाहित करने की बात करते हैं। विश्वप्रेम और विश्व-मानवतावाद के प्रति अटूट आस्था छायावादी कवियों को विशिष्ट बनाती है। इनकी काव्य-शैली भले ही 'मैं शैली' हो सकती है कि किंतु इन्होंने कभी भी 'देखा दुखी एक निज भाई' वाले भाव को विस्मृत नहीं किया है। छायावादी कवियों का यह गहरा सामाजिक जुड़ाव वर्णन के स्तर पर प्रच्छन्न होते हुए भी प्रभाव के स्तर पर प्रगाढ़ है।

छायावादी कविताओ में कल्पना की ऊँची उड़ान की बात ख़ूब की जाती है, किंतु छायावादी कविताओं का वैशिष्ट्य कल्पना की ऊँची उढ़ान में नहीं, अपितु उनके आत्म प्रसार में निहित है। वे 'किंतु न परिमित करो प्रेम सौहार्द्र विश्वव्यापी कर दो' की बात करते हैं। उनका प्रेम, जाति-धर्म, संप्रदाय मज़हब से परे है। निराला की कविताओं के प्रेम-साम्राज्य में 'रानी और कानी' दोनों को समान रूप से सम्मान प्राप्त था। यह निराला का सौंदर्य-बोध था जिसमें मामूली चीज़ों एवं मामूली लोगों को नए सौंदर्यबोध के नज़रिये से देखा जा रहा था। पत्थर तोड़ने वाली मजदूरिन के श्रमरत जीवन का भी अपना साँवला सौंदर्य था। 'श्याम-तन भर बँधा-यौवन' अर्थात् मर्यादाओं से बँधा भरा उसका यौवन है। धूप में तपती उस सुंदरता की भी अपनी इयत्ता है, उसका अपना आकर्षण है। आज जहाँ विश्व-बाज़ार में गोरेपन का क्रीम बेंचा जाता है, वहाँ रंग-भेद की स्थिति क्या हो सकती है, इसका सहज अनुमान लगाया जा सकता है। ऐसे में निराला की 'वह तोड़ती पत्थर' कविता दृष्टांत बन सकती है।

इधर हाल के वर्षों में प्रकृति के संरक्षण को लेकर जितनी कविताएँ संख्या और परिमाण की दृष्टि से लिखी गईं और जिस स्तर पर प्रकृति के बिगड़ते स्वरूप के प्रति चिंता ज़ाहिर की गई, ऐसा कभी नहीं देखा गया। इसका स्पष्ट कारण यह है कि ऐसी भयावह समस्या मानव-जाति के सम्मुख आई ही नहीं थी। महान् कवियों

के विषय में यह कहा जाता है कि वे युग-स्त्रष्टा और युग-द्रष्टा होते हैं। छायावादी कवियों को पर्यावरण के विध्वंस और प्रदूषण की पराकाष्ठा से बढ़ते हुए विकराल स्वरूप के भयावह संकट के आगमन की आहट सौ साल पहले मिल चुकी थी। 'कामायनी' में आखेट के नाम पर मनु जब निरीह जंगली जानवरों का नाहक शिकार करते हैं तो श्रद्धा उसका विरोध करती है। वह पशुओं के प्रति अत्यंत करुणाशील दिखती है, किंतु यह करुणा सिर्फ़ महात्मा बुद्ध के करुणावादी दर्शन से उपजी करुणा नहीं है। श्रद्धा को वास्तव में जैव-विविधता के संरक्षण की चिंता है, तभी वह मनु की हिंसा का विरोध करती है।

छायावादी कवियों पर यह भी आरोप लगाया गया कि उनमें समाज-भीरुता है। यदि यह कहा जाय कि उनमें प्रकृति के प्रबल साहचर्य की भावना प्रबल है तो यह बात अधिक उचित लगेगी। छायावादी कविताओं में मनुष्य शायद ही आपको प्रकृति से अलग-थलग मिलेगा। 'कामायनी' के मनु के पास जल-प्रलय के पश्चात जब कुछ नहीं बचा था उस समय भी वे भींगे नयनों से प्रलय प्रवाह को देखते हुए प्रकृति के प्रति ही मुखापेक्षी थे। 'ले चल मुझे भुलावा देकर' जैसी पंक्तियों में जीवन से पलायन का भाव नहीं था, अपितु उसमें नैसर्गिक जीवन की आकांक्षा थी। छायावादी कवि जीवन के कोलाहल से हटना चाहता था, न कि समग्र जीवन से कटना चाहता था। उन्हें भौतिक सुख से अधिक भाव-जगत् का सुख अधिक प्रिय था। प्रसाद जी ने मशीनी युग के आगमन की आहट में ही इसके खतरे को भाँप लिया था। उत्तर-आधुनिकता के इस दौर में जबकि आत्महत्याओं की बढ़ती संख्या ने गहरी चिंता में डाल दिया है, छायावादी कविताएँ उन्हें अवसाद की गहरी चिंता से निकाल कर उनमें नवीन आशा का संचार कर सकती हैं। आज सारा विश्व कोरोना संक्रमण के वैश्विक संकट से गुज़र रहा है। महानगरों के मज़दूर से लेकर छुटभैया व्यापारी तबाह हो गए हैं। कुछ इसी प्रकार का संकट मनु के सामने जल-प्रलय के सामने आया था। संकट की इस घड़ी में श्रद्धा ने मनु से कहा था—

''कहा आगंतुक ने सस्नेह
अरे! तुम हुए इतने अधीर,
हार बैठे जीवन का दाव
जीतते जिसको मरकर वीर।''

छायावादी कविताएँ सिर्फ़ स्वच्छंद प्रेम के आवेगपूर्ण भावोच्छ्वास को ही व्यक्त नहीं करती हैं, घोर मानवीय पीड़ा जो कि आदमी के द्वारा आदमी को पहुँचाई जाती है, उससे उपजी मार्मिक संवेदनशीलता को भी अभिव्यक्त करती है। 'जूही की कली' और 'संध्या-सुंदरी' में निराला जैसे कवि जिस नूतन सौंदर्य-बोध के साथ हिंदी कविता के क्षेत्र में पदार्पण करते हैं, उनका सौंदर्य-बोध 'तोड़ती पत्थर' और 'विधवा' जैसी

कविताओं तक आते-आते बिल्कुल बदल गया है और इसी प्रकार की कविताओं के कारण सौ वर्ष के उपरांत भी छायावाद पर चर्चा की ज़रूरत महसूस होती है। कविता के कलात्मक सौंदर्य के महत्त्व को नकारा नहीं जा सकता, किंतु यह कलात्मकता जब जीवन की विद्रूपताओं का साक्षत्कार करवाते हुए आँखें खोलने का काम करने लगती है तो इसका महत्त्व द्विगुणित हो जाता है। छायावादी कवियों ने इस दायित्व को बख़ूबी निभाया है।

छायावादी कवियों पर यह आरोप लगाया जाता रहा है कि वे स्वप्नजीवी हैं, कल्पनाजीवी हैं। सच यह है कि कवि चाहें जिस काल का हो, कवि जो कुछ भी लिखता है पहले वह उसे कल्पना के माध्यम से ही अपने मानस-पटल पर साकार करता है, फिर उसे शब्दों में रखता है। इस संदर्भ में डॉ. रामविलास शर्मा ने 'राग-विराग' की भूमिका लिखते हुए बड़े पते की बात कही है— "एक कल्पना वह होती है जिसमें कवि यथार्थ जीवन को देखता है, औरों की तुलना में ज़्यादा गहराई से देखता है। दूसरी कल्पना वह होती है जो यथार्थ को धुँधला कर देती है, उस पर ख़ूबसूरती का मुलम्मा चढ़ाती है। निराला की कल्पना इस धरती से दूर कोई मनोरम अपार्थिव लोक रचती है।" निराला के संदर्भ में शर्मा जी की यह कही गई बात कमोबेश सभी छायावादी कवियों पर लागू होती है। छायावाद का महत्त्व सौंदर्य की कल्पना में नहीं, सौंदर्य की भावना में है। स्वप्न में नहीं स्वप्न की वास्तविक आकांक्षा में है। छायावादी कवि यदि प्रथम रश्मि के आगमन के साथ नव विहान का स्वागत करता हैं तो इसमें गुलामी की काली अँधेरी रात के बीतने और स्वाधीनता के प्रभात के आगमन का स्वप्न अवश्य छुपा था। निश्चित रूप से उस स्वप्न में वास्तविकता की आकांक्षा छुपी हुई थी।

छायावाद के आरंभिक दौर में अज्ञात सत्ता के प्रति जो जिज्ञासा की भावना है वह अज्ञानता की कोंख से नहीं उपजी है। उसमें अज्ञात सत्ता के प्रति भयजनित श्रद्धा नहीं है बल्कि वहाँ उसका मन आत्मीयता और अनुराग के गहरे रंग से अनुरंजित है। पुनः उसकी काव्य-चेतना जिज्ञासा तक ही सीमित नहीं रहती। छायावादी कवि प्रकृति के गूढ़ रहस्यों का उद्घाटन करते हुए ज्ञान के प्रसार में विश्वास करता है। यहीं नहीं, सर्वात्मवाद के प्रति आस्था रखने वाले छायावादी कवियों ने अपने युग में आदमी और आदमी के बीच की बराबरी की बात कही, वह लोकतांत्रिक विचारधारा का पोषाण करने वाली थी। रहस्य-भावना से अनुप्राणित छायावादी कवियों का अपना उच्चतर आध्यत्मिक संदेश तो महत्त्वपूर्ण है ही, इसका समाजशास्त्रीय पृक्ष भी कम प्रेरणादायी नहीं है।

ऊपरी तौर पर एक ख़ास शैली के रचनाकार होते हुए भी यदि हम तह में जाते हैं तो इन छायावादी कवियों में काफ़ी भिन्नता पाते हैं। शैली के इस वैविध्य ने इन कवियों को विशिष्ट और अमर बनाया। निराला यदि भाव और अभिव्यंजना के नए-नए विविध पथ निकालने में सबसे आगे रहे तो पंत सौंदर्य चयन और अभिव्यंजना शक्ति को सँवारने

में सबसे आगे रहे। छायावादी कवियों में पंत जी को शब्द-शिल्पी कहा गया है। उनके विषय में कहा गया है कि वे शब्दों को चूस-चूसकर मानो उसका स्वाद चख-चखकर उनका प्रयोग किया करते थे। वे निराला की तरह सामासिक पदावली के निर्माण में रुचि नहीं दिखाते हैं। वे दो-दो तीन-तीन वर्णों वाले शब्दों के पद-मैत्री से संश्लिष्ट बिंबों की योजना करने में सिद्धहस्त हैं। उदाहरण के लिए उनकी 'प्रथम रश्मि' कविता की पंक्तियाँ देखी जा सकती हैं। निराला ने प्रगीत के क्षेत्र में सबसे अधिक कार्य किया तो प्रबंध-कला में सबसे कम योगदान उन्हीं का है। फिर भी विद्वानों का मानना है कि छायावाद का पूरा प्रतिनिधित्व वही करते हैं। जीवन की वास्तविकता के विविध पहलुओं को देखें तो निराला सर्वोत्कृष्ट कवि सिद्ध होंगे। निराला अपनी प्रगतिशील रचनाओं के कारण प्रगतिवादी कवियों के प्रेरक कवि बने, इसलिए भी उन्हें प्रथम स्थान मिलना चाहिए। निराला के काव्य में शक्ति और सौंदर्य सबसे अधिक रहा इसका एक कारण यह भी था कि वे सामाजिक जीवन में सबसे अधिक जागरुक, सक्रिय और संघर्षशील रहे। अभिव्यंजना के नए कौशल के लिए सबसे अधिक खतरे निराला ने उठाए, परंतु वे 'कामायनी' जैसा कोई महाकाव्य नहीं लिख सके। दूसरी ओर 'यमुना के प्रति', 'राम की शक्तिपूजा', 'सरोज़-स्मृति', 'तुलसीदास' को मिलाकर देखा जाय तो ये कृतियाँ 'कामायनी' के समकक्ष ठहर सकती हैं। इतना कुछ होते हुए भी छायावाद की भी अपनी कुछ सीमाएँ रहीं। छायावाद का प्रवेश और अवसान एक आवेग के साथ हुआ जिसके कारण इसमें जीवन के कई वास्तविक पहलू छूट गए। उसकी घोर व्यक्तिवादिता एवं कल्पनाशीता ने उसे जीवन के व्यापक जन-संघर्षों से जुड़ने नहीं दिया। यही कारण था कि इसकी भरपाई प्रगतिशील साहित्य के दौर में हुई।

छायावाद को वैयक्तिकता का उद्दाम विस्फोट के रूप में देखा गया, किंतु इन कवियों का व्यक्तिवाद यूरोप के व्यक्तिवाद से सर्वथा भिन्न था। यूरोप के व्यक्तिवाद में व्यक्तित्व का 'अहं' प्रमुख था। भारत में इस्ट इण्डिया कंपनी की हुकूमत के साथ कंपनी की संस्कृति विकसित होने लगी। रोजगार की तलाश में गाँव के लोग नगरों एवं महानगरों में जमा होने लगे। उनके जीवन में पाश्चात्य शिक्षा और अंग्रेज़ीयत का रंग धीरे-धीरे चढ़ने लगा। कारखानों में काम करने वाले मज़दूर और बाबू वर्ग के लोग जिन्होंने गाँवों में संयुक्त परिवार की ज़िंदगी जी थी, उनकी सोच में भी बदलाव होने लगा। दो-तीन पीढ़ी तक जाते-जाते इनकी जीवन-शैली पूरी तरह बदल चुकी थी। नगरीकरण एवं महानगरीकरण के साथ शहरों में बढ़ते रोजगार के अवसर और आधुनिक शिक्षा ने सब कुछ बदल कर रख दिया था। किंतु यहाँ ध्यान देना होगा कि छायावादी कवियों की व्यक्तिवादिता पश्चिम के 'अहं' केंद्रित व्यक्विद तक सीमित नहीं है। सच तो यह है कि उसकी जड़ें औपनिषदिक चिंतन के 'अहं ब्रह्माऽस्मि' एवं 'शिवोऽहम्' तक फैली हुई हैं। छायावादी कवियों ने हिंदी कविता को जहाँ विराट् प्रकृति से जोड़ा वहीं जीवन के व्यापक कर्मक्षेत्र को अपनी कविता की परिधि में समेटने का अथक प्रयास

किया। छायावादी कवियो के आत्म-प्रसार में जाति, धर्म, संप्रदाय यहाँ तक कि देशकाल की दीवारें भी ढह गईं और निराला ने 'सम्राट एडवर्ड के प्रति' कविता लिखकर गोरे-काले की भेद मिटा दी। ज्ञात हो कि सम्राट एडवर्ड ने एक विधवा अमेरिकी स्त्री के लिए राजगद्दी छोड़ दी थी। आज जबकि अमेरिका और यूरोप सहित विश्व के अधिकांश भू-भागों में नस्ल-भेद की जहरीली हवा की चपेट में मनुष्यता कई बार रक्तरंजित होती रही है, निराला की 'सम्राट एडवर्ड के प्रति कविता प्रेरणादायी हो सकती है।

छायावाद युग में निर्झर अथवा जल-प्रपात पर जितनी कविताएँ लिखी गईं, उतनी कविताएँ कभी नहीं लिखी गईं। निर्झर और बादल जहाँ छायावादी कविताओं में स्वच्छंदता के प्रतीक बन गए वहीं समुद्र विराट्ता का प्रतीक बनकर उभरा। 'कामायनी' में जल-प्लावन और समुद्र की उत्ताल तरंगों को रूपायित करने वाले कई विराट् बिंब हैं। रवीद्रंनाथ की तरह प्रसाद यदि समुद्र के कवि हैं तो निराला बादल के कवि हैं। निराला का ''शत् घूर्णावर्त्त तरंग भंग उठता पहाड़,/ जल-राशि राशि जल पर चढ़ता खाता पछाड़' जैसा बिंब भी बांग्ला शब्दावलियों में 'भीषोण शुंदोर' है। वैसे छायावादी कवि अंधिकांश स्थलों पर भव्यता और दिव्यता के पुज़ारी थे, किंतु समुद्र की लहरों के सौंदर्य का एक दूसरा रमणीय सौंदर्य प्रसाद की 'उठ-उठ री, लघु-लघु लोल लहर' में भी दिखलाई पड़ता है। यहाँ ये वीचियाँ 'करुणा की नव अंगड़ाई-सी' और 'मलयानिल की परिछाई-सी' दिखती हैं। निश्चित रूप से प्राकृतिक सुषमा का ऐसा चित्रांकन न छायावाद के पूर्व हुआ था और न बाद में देखा गया। प्रकृति-चित्रण वाली ये छायावादी कविताएँ हिंदी की धरोहर हैं, यदि ऐसा कहा जाय तो अत्युक्ति न होगी।

हिंदी कविता के इतिहास में रीतिकाल में जहाँ श्रृंगार अतिशय माँसलता का शिकार हुआ वहीं द्विवेदीयुगीन अतिशय नैतिकता के परिणाम स्वरूप प्रेम और श्रृंगार कविता की परिधि से दूर हटता जा रहा था। यह छायावाद के श्रृंगार प्रेम का ही प्रभाव था कि छायावादोत्तर काल में आकर दिनकर जैसे क्रांतिधर्मी कवि भी 'उर्वशी' के रूप-पाश में बँध गए। कहने का मतलब यह है कि छायावादी प्रवृत्तियों का व्यापक प्रभाव इसके अवसान के कई दशकों तक दिखलाई पड़ता रहा। छायावादी शैली के गीतों की अनुगूँज गीतों के राजकुमार कहे जाने वाले गोपालसिंह नेपाली के माध्यम से साहित्य के साथ-साथ सिनेमा में भी सुनाई पड़ती रही। प्रेम, मस्ती और मादकता का यह प्रसार थोड़ा रूप बदलकर हरिवंशराय बच्चन, नरेंद्र शर्मा एवं गोपालदास 'नीरज' के स्वर में सुनाई पड़ता रहा है।

छायावादी कवियों का असीम के साथ एकाकार होने की उत्कट लालसा सिर्फ़ भावजनित नहीं थी। उनकी व्यक्तिवादिता में बुद्धिवाद का सम्मिश्रण भी घुला है। निराला के आत्म-विस्तार में व्यक्तित्व की विराट्ता की आकांक्षा थी तो पंत में हम इसे ज्ञान की विराट्ता के रूप में देखते हैं। पंत सीमित ज्ञान सीमा को तोड़कर प्रकृति और जगत के प्रति जिज्ञासु की भावना से देखते हैं। निराला के भीतर का तत्त्व-चिंतन 'चित्रकूट-

प्रसंग' और 'पंचवटी-प्रसंग' में ख़ूब देखने को मिलता है। 'कामायनी' के मनु तो अपने अवतरण के साथ ही चिंतनशील दिखते हैं। महादेवी की रहस्य-साधना के केंद्र में औपनिषदिक चिंतन है। किंतु यहाँ स्पष्ट कर देना अपेक्षित होगा कि छायावादी कवि कभी न कोरे भाववादी रहे हैं और न ही शुष्क बुद्धिवादी रहे हैं। उनके के काव्य में दोनों धाराएँ साथ-साथ प्रवाहित रही हैं। इसका सबसे बड़ उदाहरण 'कामायनी' जैसा महाकाव्य हो सकता है।

हिंदी के कुछ विद्वानों की शिकायत रही है कि प्रसाद जी ने भौतिक समस्या का ससमाधान आध्यात्मिकता में दिखा दिया है। यह समाधान पूरी तरह कृत्रिम और असंतुष्टि को बढ़ावा देने वाला है। यदि गहराई से देखा जाय तो भौतिकता और आध्यात्मिकता में कोई व्यतिरेकी संबंध नहीं है। संतुलित जीवन के लिए आधुनिक जीवन में उसका सम्मिश्रण कितना आवश्यक है, इसे बतलाने की ज़रूरत नहीं है। 'कामायनी' के आनंदवाद को थोपा नहीं जा सकता किंतु इसे एक प्रभावशाली विकल्प के रूप में रखा अवश्य जा सकता है। मनु के मन में काम का उदय बिल्कुल रहस्यात्मक शक्ति के रूप में होता है। इन कामनाओं के इर्द-गिर्द ही हमारी सारी पारिवारिक और सामाजिक ज़िंदगी चक्कर काटती है। एक समय था कि यज्ञ-विधान मात्र से ही सभी कामनाएँ पूरी हो जाती थी—'कामनाएँ पूर्ण होवें, यज्ञ से नर-नारी की।' ऐसा हो भी जाता होगा, क्योंकि जिस वैदिक काल का चित्रण 'कामायनी' में हुआ है, उस काल के मनुष्य की कामनाएँ अत्यंत सीमित थी। यज्ञ के पके अन्न और सोम रस से उसे परमानंद की प्राप्ति हो जाती थी। 'कण-कण क्वणित रणित नूपूर थे/ हिलते थे छाती पर हार'— जैसी दृश्यावलियों को निहारते हुए उसे सर्वानंद की अनुभूति हो जाती थी। इससे आगे बढ़ते हुए मनु सारस्वत प्रदेश में प्रभुत्व और विलासमय जीवन व्यतीत करते हैं। इड़ा उन्हें अपने सारस्वत प्रदेश में प्रशासनिक प्रबंध का प्रभार क्या सौंपती है, वे इड़ा पर भी अपना नियंत्रण जतलाना शुरू कर देते हैं। पुरुषों के भीतर यह अधिकार भावना और थोड़ी सी शह पाकर ग़लत 'सिग्नल' पकड़ लेना उनकी व्यवहारगत कमज़ोरी है। मनु के साथ भी यही दुर्घटना होती है। उत्तर-आधुनिकता के इस दौर में स्त्री पुरुष संबंध को एक नए सिरे से देखा जा रहा है। यहाँ यह ध्यान देने योग्य है कि मनु और इड़ा पति पत्नी नहीं हैं। मनु अधिक से अधिक इड़ा के मैनेजर हैं। यह उनका दु:साहस ही समझा जाएगा कि वे इड़ा पर नाहक अपना हक जतलाना शुरू कर देते हैं। महानगरों के कार्य-स्थलों पर विशेष कर कार्पोरेट-कल्चर में इस प्रकार की विसंगितियाँ ख़ूब उभरकर सामने आ रही हैं। किंतु इस संबंध में कई प्रकार की आंतरिक विसंगतियाँ छुपी है और यदा-कदा इसके भयावह साइड इफेक्ट भी देखे जाते हैं। ये तो अच्छा हुआ कि मनु की संतान मानव श्रद्धा से पैदा हुई, इड़ा से नहीं। यदि ऐसा होता तो 'कामायनी' का अंत वह नहीं होता। 'कामायनी' में जो कुछ हुआ है उसकी चर्चा करें तो पाते है कि श्रद्धा के साहचर्य से मनु मानव के साथ 'त्रिपुर-दर्शन' करते हैं। उन्हें संपूर्ण सृष्टि अणु-परमाणु के विराट्

नृत्योत्सव के रूप मे दिखलाई देती है। प्रसाद की तरह निराला को भी जीवन की समस्याओं का समाधान शिवोऽहं की अनुभूति में मिलता है। तभी तो वे कहते हैं— 'पास रे, हीरे की खान/ खोजता कहाँ अबोध अज्ञान।' इसी प्रकार महादेवी वर्मा का करुणावाद अकर्मण्य और भीरू नहीं बनाता है अपितु दूसरों का संताप हरने के लिए कर्म-पथ पर अग्रसित होने की प्रेरणा देता है। छायावादी कवियों के द्वारा दिए गए कर्मवाद के इस संदेश को हम स्थायी महत्त्व की चीज़ के रूप में स्वीकार कर सकते हैं।

छायावादी कविताएँ अपनी अन्योक्ति-विधान शैली अथवा अभिव्यंजना के चंद अभिनव प्रयोग के कारण ख़ास नहीं बनीं क्योंकि कविता के शिल्प को लेकर अभिनव प्रयोग तो निरंतर गति से कमोबेश हर युग में चलते रहते हैं। इनके साथ ख़ास बात यह रही कि विरोधों के बावजूद इन्होंने अपनी नवीन अभिव्यंजना शैली की ख़ुद वकालत भी की। निराला ने जिन रूपों में 'परिमल' की भूमिका में मुक्तछंद के विषय में फैलाए जा रहे भ्रम का निवारण किया अथवा पंत ने जिन रूपों में 'पल्लव की भूमिका' में एक लंबी भूमिका के साथ इस नूतन अभिव्यंजना शिल्प के स्पष्टीकरण का काम किया, वह भी अपने आप में कम महत्त्वपूर्ण नहीं था। यहाँ ध्यान देने वाली बात यह है कि इस संदर्भ में ये जो कुछ भी कह रहे थे, वे सारी बातें अपने सभी छायावादी मित्रों से जोड़कर इन बातों को रख रहे थे। उनकें आत्मकथ्य में आत्म-प्रवंचना से अधिक आत्म-लोचन की प्रवृत्ति अधिक प्रबल थी। यही नहीं, ये एक दूसरे के कवि-कर्म पर निर्मम एवं उत्साहवर्द्धक टिप्पणियाँ करते हुए एक दूसरे का मार्गदर्शन कर रहे थे। उदाहरण के लिए निराला द्वारा लिखित 'पंत और पल्लव' जैसी रचना आलोचना के क्षेत्र में इसी कारण विशिष्ट बन पाई। कुछ इसी प्रकार का काम छायावादी कवियों से प्रेरित होकर अज्ञेय जी ने तार-सप्तक के कवियों के लिए किया था। यह काम नई कविता में भी हुआ और एक प्रकार से यह एक साहित्यिक परंपरा ही बन गई।

अंततः यह कहना होगा कि छायावाद हमें रसमग्न करके निष्कृय नहीं बनाता है जाग्रत करके सक्रिय बनाता है। इसके सांस्कृतिक जागरण के स्वर ने अपने गौरवमय अतीत के प्रति आत्म-सम्मान के भाव जगाने का काम किया था। छायावाद की सामाजिक चेतना की कविताओं ने कविता में विषय-विस्तार के साथ मानवीय संवेदनशीलता को विस्तार देने का काम किया था। उनके 'कलुष-भेद तम हर प्रकाश भर/जगमग-जग कर दे'— वाली पंक्तियों में बाहर-भीतर दोनों में उजियारा फैलाने की बात कही गई है। छायावादी कविताएँ भीतर के अँधेरे और अवसाद को मिटाकर हताश निराश मनुष्य के भीतर भी उद्दाम जिजीविषा के भाव भरती है। इस लिहाज़ से छायावादी कविताओं की प्रासंगिकता बढ़ गई है। यह ठीक है कि इनकी कविताओं मे तुलसी साहित्य की तुलना में वास्तविकता कम है किंतु विश्व-मांगल्य के भाव उसी स्तर के हैं। तुलसी ने एक भक्त के रूप में 'सियाराम मय सब जग जानी' के माध्यम से लोक-परलोक को सुधारने की बात कही थी, प्रसाद जी ने 'ज्ञान, इच्छा और कर्म में संतुलन के द्वारा

जीवन-प्रबंधन की बात कही है। जो ईश्वर की सत्ता में विश्वास नहीं करते हैं, उनके लिए भी जीवन-प्रबंधन' का यह सूत्र मान्य हो सकता है। छायावाद हमें उच्चतर जीवन की लालसा और इसके लिए सतत् संघर्ष करने की प्रेरणा देता है। यह संत कवियों की तरह जीवन की नश्वरता और प्रकृति की क्षणभंगुरता को लेकर हमें वीतरागी नहीं बनाता अपितु प्रकृति के अनुराग में अनुरंजित होकर आनंदमय जीवन व्यतीत करने की प्रेरणा देता है। प्रकृति सदा से मनुष्य के लिए दुर्जेय रही है, किंतु सभ्यता के जिस दौर में मनुष्य को यह भ्रम होता है कि उसने प्रकृति पर विजय प्राप्त कर ली है— तब-तब प्रकृति उसे उसकी वास्तविक स्थिति का अहसास दिलाती रही है। आज सारा विश्व कोरोना जैसी महामारी के सामने पस्त है। छायावादी कविताएँ प्रकृति के महत्त्व को प्रतिपादित तो करती ही हैं, उसके साहचर्य के सुख का गुणगान भी करती है। छायावाद हमारी भावनाओं को व्यापक, अनुभूति को गहरा, भावों को परिष्कृत तथा परिवर्तित करता है। हर युग के विशिष्ट कवि एक लंबे कालखंड तक लोक-चेतना को प्रभावित करते रहे हैं। इस दृष्टि से छायावाद के चारो प्रमुख कवि प्रसाद, निराला पंत और महादेवी वर्मा सूर, तुलसी, मीरा और कबीर की तरह कल्याणकारी रहे हैं, यदि ऐसा कहा जाय तो अत्युक्ति नहीं होगी। भारत की आनंदवादी संस्कृति भी तो सदा से विश्व-कल्याण की बात करती रही है।

✤✤✤